Helena Sanfort

Neuanfang in Dolphin Bay

Ein Irland-Liebesroman

Impressum:
Helena Sanfort
c/o Autorenservices.de
Birkenallee 24
36037 Fulda
https://helena-sanfort.de

Von der Autorin ebenfalls erschienen:

Sehnsucht nach Frühling

Wiedersehen in Dolphin Bay

Inhaltsverzeichnis

1. Ankunft in Kerry

Irland zeigte sich von seiner schönsten Seite. Sarah Pearson trat aus dem Flughafengebäude und wurde von einem wolkenlosen, tiefblauen Himmel empfangen. Sie blinzelte, kramte ihre Sonnenbrille aus der Handtasche und setzte sie sich auf die Nase. Die Natur erwachte langsam aus dem Winterschlaf. An den Bäumen zeigten sich die ersten zartgrünen Triebe und eine Amsel zwitscherte laut. Es duftete bereits nach Frühling. Die neue Jahreszeit bedeutete für Sarah ebenfalls einen Neuanfang. Für sie war es die erste Reise nach einer schweren Lebensphase.

Sie sah sich auf dem Parkplatz nach ihrem Leihwagen um. Das Gelände des Kerry Airports war überschaubar, und wenige Minuten später verstaute sie ihr Gepäck bereits in dem kleinen roten Flitzer. Vor Sarah lag eine knappe Stunde Fahrt über enge Straßen, die sich zum Teil am Meer vorbei schlängelten und spektakuläre Aussichten boten. Sarah liebte das atemberaubende Küstenpanorama. Der Westen Irlands fühlte sich wie eine zweite Heimat für sie an. Heute war sie jedoch bedrückt, denn Marcus war zum ersten Mal nicht bei ihr.

Mit fünfundvierzig verlor Sarah ihren Mann durch einen tragischen Unglücksfall. Sein plötzlicher Tod warf sie völlig aus der Bahn und ihr fiel es auch heute, zwei Jahre später, noch schwer zu verstehen, dass er nicht mehr da war.

Sarahs Lebensfreude starb damals mit Marcus. Der Schock über seinen Tod und die Todesumstände saß immer noch tief. Nach vielen Monaten der Trauer gestand sich Sarah ein, dass sie alleine nicht mit dem Erlebten fertig wurde. Obwohl sie sich anfangs sträubte, begab sie sich schließlich in psychologische Behandlung. Durch die ärztliche Hilfe und mit der Unterstützung von Meditation fühlte sie sich mittlerweile besser. Seit einigen Monaten arbeitete sie sogar wieder als Kochbuchautorin. Sie liebte ihre Arbeit und das Schreiben lenkte sie vom übermäßigen Grübeln ab.

Sarah hatte inzwischen erkannt, dass sie sich von ihren Freunden komplett zurückgezogen hatte. Sie wusste, dass Marcus dies nicht gefallen würde, denn ihr Glück stand für ihn immer an erster Stelle. Sie beschloss, dass es langsam an der Zeit war, wieder nach vorne zu blicken und etwas in ihrem Leben zu

verändern. Daher nahm sie eine Einladung von Freunden an.

Marcus und Sarah lernten das Ehepaar Finlay und Connie McIntosh kennen, als sie wegen einer Autopanne ungeplant übernachten mussten und im Bed & Breakfast der beiden ein Zimmer mieteten. Sie verliebten sich sofort in das idyllische Fischerdorf am westlichsten Zipfel von Irland. Bis zu Marcus‘ Tod reisten sie seitdem jedes Jahr mindestens einmal dorthin, um zu entspannen. Sarah hatte Angst, wie es sich ohne ihren Mann anfühlen würde. Sie seufzte und schüttelte die trüben Gedanken ab. Dann schnallte sie sich an, startete den Motor und machte sich auf den Weg nach Dolphin Bay.

2. Der Wendepunkt

Nicholas McKay war ein Vollblutmusiker. Er stand seit mehr als dreißig Jahren auf der Bühne und bereiste im Laufe seiner Karriere die komplette Welt. Obwohl er nie in den ganz großen Arenen gespielt hatte, waren er und seine Folkband recht bekannt und sie hatten eine loyale Fangemeinde. Glücklicherweise war es ihm trotzdem möglich, ein völlig normales Leben zu führen. Die Folkbranche war im Vergleich zur Popsparte eher klein und er wurde daher nicht ständig auf der Straße erkannt oder von Fans verfolgt.

Mit Anfang fünfzig stand er an einem Wendepunkt. Nicholas wünschte sich endlich wieder mehr Zeit für die Familie und für sich. Die letzten Jahre hatten ihn ausgelaugt. Seinen Bandkollegen ging es nicht anders. Aus diesem Grund gaben die Mitglieder der Folk-Rock-Band "Damhsa" vor einigen Monaten ihre endgültige Trennung bekannt. Als Nicholas‘ Kinder klein waren, reiste die komplette Familie immer mit ihm. Sie verbrachten damals trotz der ganzen Auftritte viel gemeinsame Zeit miteinander. Sobald der Nachwuchs in der Schule war, gelang es Nicholas, maximal fünf Monate im Jahr auf Tour zu sein.

Außerdem achtete er darauf, dass er zwischen den Terminen immer mehrere Wochen zu Hause verbringen konnte. Sein jüngster Sohn Matt war vor sechs Jahren ausgezogen. Genau zu dieser Zeit befand sich die Band auf dem absoluten Höhepunkt ihrer Laufbahn. Sie brachten jedes Jahr ein neues Album heraus und waren entweder im Studio oder auf Tour. Ihm blieb kaum Zeit, um zu verschnaufen. Seine Frau Claire liebte Kunst. Als ihr nach dem Auszug von Matt eine Vollzeitstelle in einer Galerie angeboten wurde, sagte sie erfreut zu. Die Arbeit machte ihr Spaß und sie besuchte Nicholas nur noch ab und zu, wenn er unterwegs war. Er verstand das, denn sie hatte immer zu seinen und den Gunsten der Kinder zurückgesteckt. Sie verzichtete damals sogar auf ihr Kunststudium, um ihm den Weg für eine Karriere freizumachen. Claire verdiente es, sich endlich selbst zu verwirklichen. So baute sie sich im Laufe der Zeit unbewusst ein eigenes Leben auf, in dem Nicholas inzwischen keine große Rolle mehr spielte.

Seit der Auflösung der Band verbrachte er seine Tage wieder dauerhaft zu Hause in Vancouver. Gelegentlich trat er noch als Solokünstler auf. Nicholas und Claire erkannten in den letzten Monaten, dass sie sich als Paar fremd geworden waren. Sie spürten die vertraute Nähe zueinander nicht mehr. Es gab keinen Streit, sie respektierten sich nach wie vor, aber es fühlte sich nicht mehr so an wie früher. Sie lebten wie Freunde zusammen, gemeinsame Unternehmungen fanden äußerst selten statt und sie schliefen schon lange nicht mehr miteinander. Ihre Ehe steckte kurz vor dem dreißigsten Hochzeitstag in einer tiefen Krise.

Die beiden beschlossen, unabhängig voneinander herauszufinden, wie sie sich ihre Zukunft vorstellten. Für Nicholas kam die Einladung seines Freundes Finlay McIntosh genau zum richtigen Zeitpunkt. Die Männer lernten sich als Teenager kennen. Finlay nahm damals an einem Schüleraustausch teil und lebte für ein Jahr in Nicholas' Familie. Die beiden hatten von Anfang an einen guten Draht zueinander und es gelang ihnen, die Freundschaft über all die Jahre und zwei Kontinente hinweg zu erhalten. Finlay vermietete Ferienhäuser und betrieb mit seiner Frau erfolgreich ein B&B im Westen Irlands. Dort würde Nicholas sich für einige Wochen frischen Wind um die Nase wehen lassen und seinen Kopf freibekommen. Er bestieg wieder einmal ein Flugzeug und machte sich auf den Weg nach Europa.

3. Das Cottage an der Bucht

Vom ersten Moment hatte die Grüne Insel eine besondere Wirkung auf Sarah ausgeübt. Nirgendwo fühlte sie sich entspannter und glücklicher. Sogar wenn es regnete oder dichter Nebel über die Felder und Hügel waberte, verlor Irland nichts von diesem speziellen Zauber.

Sarah lenkte ihr Auto souverän über die gewundene Straße. Sobald sich eine Möglichkeit ergab, wandte sie den Blick von der Fahrbahn ab. Sie genoss die Aussicht auf den strahlend blauen Atlantik, die zerklüfteten Klippen und die grünen Wiesen mit den grasenden Schafen.

Kurz vor Mittag kam sie am Cottage an. Das malerische einstöckige Haus lag direkt an der Bucht. Es war hellblau gestrichen und wurde durch hohe Fuchsienhecken vor Blicken von der Straße geschützt.

Der Schotter knirschte unter den Reifen, als Sarah in der Einfahrt parkte. Sie öffnete die Fahrertür und sah Connie schon winkend auf sich zukommen. Ihr und ihrem Mann gehörten das Cottage sowie das benachbarte B&B. Im Laufe der Jahre entwickelte sich zwischen den beiden Frauen eine enge Freundschaft.

»Ich freue mich so, dich zu sehen«, rief Connie begeistert aus und nahm Sarah fest in die Arme.

Die Frauen sahen sich an und die Augen der beiden glänzten verräterisch feucht.

»Jetzt werden wir aber nicht in Tränen ausbrechen. Das hätte deinem Mann nicht gefallen.« Connie wischte sich schnell mit dem Handrücken durchs Gesicht.

»Ich habe schon einen guten Whiskey eingeschenkt. Den genehmigen wir uns und Marcus wird sich ärgern, dass er davon nichts abbekommt.«

Sie hakte ihre Freundin unter und die beiden betraten das Haus.

Sarah hatte Whiskey eigentlich nie gemocht, was sich mit dem Besuch einer Destillerie in Dublin allerdings schlagartig änderte. Dort probierte sie eine Mischung aus Whiskey und Cranberrysaft, die ihr erstaunlicherweise schmeckte. Sogar Jahre später beklagte sich Marcus augenzwinkernd darüber, dass er seine Frau fatalerweise zu dieser Kostprobe überredet hatte, da er den Tropfen von dem Moment an mit ihr teilen musste. Die Geschichte sorgte stets für Erheiterung bei ihren Freunden. Mit der Zeit entwickelte sich bei den beiden Paaren Whiskey als Begrüßungstrunk zu einer Tradition.

Connie hatte wie immer dafür gesorgt, dass im Kamin schon ein behagliches Feuer knisterte. Sarah fühlte sich sofort wieder heimisch. Der Boden aus honigfarbenem Echtholz glänzte im Sonnenlicht. Die gesamte rückwärtige Hausfront bestand aus großen Fenstern, welche einen traumhaften Blick auf die Bucht und den weißen Leuchtturm boten. Im Hintergrund ragten die Purple Mountains in den Himmel. Es gab keinen Flur. Man betrat das Cottage und stand sofort im Wohnbereich. Die Küche und der Wohnraum waren offen gestaltet und gingen harmonisch ineinander über. Vom Wohnzimmer aus waren die Schlafzimmer mit den Bädern erreichbar. Im hinteren Teil des Hauses gab es eine Waschküche und einen Abstellraum. Sowohl von der Küche als auch aus dem Wohnbereich gelangte man durch Doppeltüren auf die großzügig angelegte Terrasse.

Auf dem Küchentisch stand der versprochene Whiskey und Connie reichte Sarah ein Glas.

»Slaintè. Auf eine schöne und unbeschwerte Zeit bei uns hier in Irland. Du siehst übrigens toll aus. Dir scheint es wirklich besser zu gehen.«

Die beiden prosteten sich zu und nahmen einen Schluck des bernsteinfarbenen Getränks.

»So langsam berapple ich mich wieder. Wie du weißt, hatte ich Hilfe. Ohne meinen Therapeuten Alex wäre ich heute vermutlich in der geschlossenen Psychiatrie.«

»Ist es wirklich in Ordnung für dich, hier zu wohnen? Wenn das zu viele Erinnerungen wachruft, bringe ich dich gerne woanders unter.«

»Danke Connie, aber ich schaffe das. Dolphin Bay ist für mich überall voll mit Erinnerungen, daher spielt es keine Rolle, wo ich wohne. Im letzten Jahr hat Alex mich darauf vorbereitet, die Panikattacken alleine in den Griff zu bekommen. Das ist jetzt meine Feuertaufe. Wenn es einmal nicht klappt, dann komme ich zu euch und bitte um Hilfe«, merkte Sarah mit fester Stimme an.

»Versprich mir das bitte. Wir sind Tag und Nacht für dich da.«

»Ich verspreche es dir.« Sarah hielt die Finger zum Schwur hoch.

»Finlay kann es kaum erwarten, dich wiederzusehen. Er ist so glücklich, dass du diesem Besuch zugestimmt hast. Wir werden alles tun, damit es dir an nichts fehlt. Seit er weiß, dass du kommst, schwärmt er außerdem ununterbrochen von deinem Spezialnachtisch. Falls du dachtest, du könntest dich hier nur ausruhen, hast du die Rechnung ohne meinen Mann gemacht.«

Sarah seufzte theatralisch. Sie drehte sich um und nahm den Autoschlüssel vom Tisch. »Unter diesen Umständen kann ich leider nicht bleiben. Ich reise ab.« Dann lachte sie.

»Für einen solchen Schatz wie deinen Angetrauten nehme ich gerne etwas Arbeit auf mich. Außerdem ist das Dessert ruckzuck fertig. Verrate ihm das aber bitte niemals. Es ist unglaublich praktisch, dass er sich mit Süßkram bestechen lässt. So bringe ich ihn immer dazu, mein Kaminholz zu schleppen«, grinste sie ihre Freundin an.

Connie warf einen Blick auf ihre Armbanduhr und seufzte. »Ich muss leider schon wieder los. Wir bekommen heute noch mehrere neue Gäste. Was hältst du von 19 Uhr morgen Abend? Bei uns zum Essen?«

»Sehr gerne. Ich werde mir jetzt etwas Seeluft um die Nase wehen lassen und dann meinen Koffer auspacken.«

»Komm erst einmal in Ruhe an und melde dich, wenn du irgendetwas brauchst. Bis morgen dann«, verabschiedete sich Connie.

4. Vom Blitz getroffen

Nach einer 18-stündigen Reise war Nicholas müde und froh, endlich am Ziel zu sein. Ihm stand nicht einmal mehr der Sinn nach einem Bier im Pub. Er hielt mit seinem Leihwagen vor dem einzigen Lebensmittelladen in Dolphin Bay. Er würde schnell etwas zum Abendessen kaufen und früh schlafen gehen. Das Auspacken des Koffers hatte er gedanklich bereits auf den nächsten Tag verschoben.

Nicholas stieg aus dem Auto, streckte sich und gähnte ausgiebig, bevor er schnellen Schrittes in das Gebäude ging. Er nahm einen Einkaufskorb und drehte sich um. Dabei fiel sein Blick auf eine attraktive blonde Frau mit lockigen schulterlangen Haaren. Sie unterhielt sich mit einer Mitarbeiterin an der Kasse. Er hörte ihr anziehendes, melodisches Lachen. Nicholas konnte seine Augen nicht mehr abwenden. Wie vom Blitz getroffen starrte er in ihre Richtung. Sein Puls beschleunigte sich. Er fühlte ein angenehmes Ziehen im Magen. Für einen Moment nahm er nichts anderes um sich herum wahr. Die Welt bestand nur noch aus ihr und ihm.

Er wusste nicht, wie lange er reglos in völliger Faszination dagestanden hatte, als plötzlich jemand neben ihm bat, vorbei zu dürfen. Gleichzeitig klingelte sein Handy. Er wachte aus der Trance auf, trat zur Seite und zog sein Telefon aus der Tasche. Es war Claire. »Hallo Schatz«, sagte er aus alter Gewohnheit.

5. Ein wohliges Kribbeln

Sarah war eine leidenschaftliche Köchin. Nach der Reise verspürte sie heute allerdings keinen Drang, sich an den Herd zu stellen. Daher beschloss sie nach ihrem Spaziergang spontan, etwas aus dem Supermarkt mitzunehmen, das sie nur aufwärmen musste. Jetzt stand sie an der Kasse und unterhielt sich mit Maureen O'Sullivan.

Maureen gehörte das Lebensmittelgeschäft in Dolphin Bay. Sie betrieb dort ebenfalls eine Großküche. Ihre Mitarbeiter zauberten Brote, Kuchen, Salate und warme Mahlzeiten. Das frische Sortiment aus eigener Herstellung wurde von den Einheimischen und den Urlaubern gut angenommen. Sogar einige Gerichte von Sarah hatte sie im Programm. Der Laden belieferte das kleine Krankenhaus mit Essen. Außerdem brachte sie Lebensmittel zu den älteren Leuten, die weiter draußen wohnten und nicht mehr mobil waren. Maureen kannte daher jede Seele auf der Halbinsel.

Um Neuigkeiten zu erfahren, war man bei ihr immer an der richtigen Adresse. Trotzdem gehörte sie nicht zu diesen nervigen Klatschbasen, denen man am liebsten aus dem Weg ging. Sie hatte eine offene Art und eine ansteckende Fröhlichkeit, der man sich nicht entziehen konnte.

Sarah reichte Maureen das Geld für die Einkäufe und sah hoch, während sie auf das Rückgeld wartete. Ihr Blick kreuzte sich mit dem eines Mannes, der sie unverwandt ansah. Für einen Moment hielt Sarah den Atem an. Ein wohliges Kribbeln breitete sich in ihrem Unterleib aus.

»Hallo, Erde an Sarah.« Maureen wedelte mit dem Wechselgeld vor Sarahs Gesicht herum.

»Oh, entschuldige bitte. Ich war in Gedanken.«

»Die Sahneschnitte von einem Mann ist mir auch aufgefallen.« Maureen blickte interessiert zum Eingang hinüber. »Der hat dich mit seinem Blick ja regelrecht ausgezogen«, grinste sie und wackelte mit ihren Augenbrauen.

»Was du schon wieder im Sinn hast«, wiegelte Sarah lachend ab. »Ich bin nicht interessiert.« Insgeheim stimmte sie Maureen allerdings zu. Dieser Mann hatte eine faszinierende Ausstrahlung. Irgendwie kam er ihr auch bekannt vor. Woher, fiel ihr jedoch nicht ein.

»Dann ist heute definitiv mein Glückstag«, sagte Maureen verschwörerisch. »Ich werde den sexy Typen mal zu mir locken.«

Sie drehte sich zu ihrer Mitarbeiterin an der anderen Kasse um.

»Aileen, du kannst jetzt eine ausgiebige Pause machen.«

Sarah nahm kopfschüttelnd ihre Einkaufstasche und verabschiedete sich mit einem Grinsen. Der Mann tat ihr jetzt schon leid. Maureen würde ihn niemals aus den Klauen lassen, bevor sie nicht wenigstens in Erfahrung gebracht hatte, wer er war und wie lange er in Dolphin Bay bleiben würde.

6. Die Lodge

Die Lodge lag etwas außerhalb von Dolphin Bay in der kleinen Gemeinde Bishops Landing. Finlay hatte den Schlüssel für das Haus unter einen Blumenkübel gleich neben der Eingangstür gelegt. Nicholas schmunzelte. In Vancouver wäre ein solches Versteck eine Einladung für jeden Einbrecher. Er bückte sich, fischte den Schlüssel hervor und öffnete die Haustür.

Nicholas holte sein Gepäck und die Einkäufe aus dem Auto. Er hatte keine Hand mehr frei und schloss die Tür mit einem Fußtritt. Sie fiel scheppernd hinter ihm zu. Die Lebensmittel stellte er in der Küche ab, bevor er die restlichen Taschen ins Schlafzimmer trug. Nicholas schaltete kurz darauf den Ofen an und schob die soeben gekaufte Pizza hinein. Er wühlte in der Besteckschublade nach einem Korkenzieher, öffnete mit einem lauten Plopp die Flasche und goss sich ein Glas Rotwein ein. Genießerisch nahm er den ersten Schluck. Bis die Pizza fertig war, blieb ihm noch Zeit. Daher nahm er den Wein mit ins Bad und gönnte sich eine heiße Dusche.

Während seine Muskeln unter dem Wasserstrahl entspannten, schweiften Nicholas‘ Gedanken wieder zu der Frau, die ihm vorhin im Supermarkt den Atem geraubt hatte. Er war nach wie vor fasziniert von ihr. Dieses warme Gefühl, das sie in ihm ausgelöst hatte, ließ ihn nicht los. Sie hatte ihn erregt und gleichzeitig fühlte er eine tiefe Entspannung. Nicholas schüttelte den Kopf. Das war doch verrückt und machte keinen Sinn. Wahrscheinlich bin ich einfach übermüdet, sagte er zu sich selbst. Er stellte das Wasser ab und warf sich den Bademantel über. In der Küche hörte er sein Handy klingeln. Er beeilte sich und lief mit schnellen Schritten hinüber, damit der Anruf nicht auf der Mailbox landete.

»Hey Nic, bist du schon im Haus?«, erkundigte sich Finlay.

»Ja, ich wollte gerade etwas essen.« Während er mit seinem Freund sprach, stellte er den Ofen ab.

»Das ist genau mein Stichwort. Komm doch morgen zum Abendessen zu uns. Ich dachte, dass du dich heute bestimmt lieber ausruhen möchtest. Immerhin bist du ja auch nicht mehr der Jüngste«, zog Finlay ihn auf.

»Danke, du Sack. Was würde ich nur ohne einen so guten Freund machen?«, gab Nicholas amüsiert zurück. »Trotzdem nehme ich die Einladung an. Ich freue mich nämlich darauf, deine Frau wiederzusehen. Es wird Zeit, dass ihr jemand ins Gewissen redet. Sie soll sich endlich einen netten Mann suchen.« Die beiden Freunde zogen sich einen Moment gegenseitig auf, bevor sie das Telefonat beendeten.

Nach dem Gespräch verschlang Nicholas hungrig die Pizza. Anschließend fiel er todmüde ins Bett. Er schloss die Augen und schlief sofort ein. In dieser Nacht träumte er von einer bezaubernden Unbekannten.

7. Sonnenuntergang am Meer

Sarah hatte aus Maureens Laden eine leckere hausgemachte Suppe mitgenommen. Dazu gab es knuspriges Baguette. Sie setzte sich an das große Fenster im Wohnzimmer, hielt die dampfende Suppenschale in der Hand und betrachtete den Sonnenuntergang über der Bucht. Der Himmel färbte sich zunächst feurig Rot und ging dann in ein Tieforange über. Einige Möwen segelten über die dunkle Wasseroberfläche. Als die Sonne endgültig hinter den Bergen verschwand, schickte der Leuchtturm seinen Lichtkegel über das Meer. Einige Boote liefen auch um diese Tageszeit aus und tuckerten am Haus vorbei.

Sarah liebte diese Aussicht. Sie hatte im Laufe der Jahre viele Stunden genau an dieser Stelle gesessen und auf das Meer geschaut. Für sie gab es nichts Besseres, um die Seele baumeln zu lassen.

Während sie das Geschehen vor ihrem Fenster beobachtete und die Suppe löffelte, wanderten ihre Gedanken immer wieder zu diesem einen Moment im Supermarkt. Der Mann tauchte vor ihrem geistigen Auge auf und ihr Herz schlug merklich schneller. Ihr wurde warm, als sie daran dachte, wie ihr Körper auf den Blick des Fremden reagierte. Der Mann hatte sie angezogen und gleichzeitig ein Gefühl von Sicherheit in ihr ausgelöst. Sarah rieb sich die Stirn, um diese seltsamen Gedanken zu vertreiben. Wenig später stand sie auf und räumte das schmutzige Geschirr in die Spülmaschine. Dann machte sie sich daran, endlich ihren Koffer auszupacken.

8. Eindeutige Signale

Nicholas wachte am nächsten Morgen erholt auf. Er streckte sich genüsslich und blieb ein paar Minuten liegen. Zuhause in Vancouver gab es immer irgendetwas zu erledigen. Hier hatte er den ganzen Tag zur freien Verfügung und bis zum Abend überhaupt keine Verpflichtungen. Daran könnte ich mich gewöhnen, dachte er, bevor er aus dem Bett stieg.

Während er sich die Zähne putzte, beschloss er, endlich einmal wieder etwas für seine Gesundheit zu tun. Er hatte ein paar Kilo zu viel auf den Rippen. Ihm war in den letzten Jahren wenig Zeit für Sport geblieben. Außerdem kochte er gerne und aß mit Leidenschaft. Um ehrlich zu sein, hatte er oft auch keine Lust auf ein anstrengendes Workout. Aber heute ließ er sich von seinem inneren Schweinehund nicht beeindrucken.

Er zog eine Jogginghose und ein T-Shirt an, schnürte seine Turnschuhe zu und lief los zur Bucht.

Unterwegs blieb er immer wieder stehen, weil ihm die Puste ausging. Seine Kondition war grauenhaft. Morgen würde er sicher schrecklichen Muskelkater haben. Er joggte tapfer weiter bis zum Hafen. Dort kaufte er sich am Kiosk eine Flasche Wasser und setzte sich zum Verschnaufen für einen Moment auf eine freie Bank. Er nahm einen kräftigen Schluck aus der Flasche und ließ den Blick über die Bucht schweifen. Möwen flogen kreischend über seinen Kopf hinweg. Einige Segelboote glitten durchs spiegelglatte Wasser. Die Szenerie hatte etwas Beruhigendes. Nicholas schloss die Augen. Er breitete die Arme auf der Lehne der Bank aus, legte den Kopf in den Nacken und genoss die warmen Sonnenstrahlen.

Plötzlich setzte sich jemand dicht neben ihn. Er öffnete die Augen und blickte in Maureens fröhliches Gesicht.

»Hey Nicholas, machst du dir einen schönen Tag?«, fragte sie und legte eine Hand auf sein Knie.

Maureen hatte ihn gestern an der Supermarktkasse in ein Gespräch verwickelt. Ihm war es nur mit Mühe gelungen, sich loszueisen, ohne dabei unfreundlich zu wirken. Sie schickte eindeutige Signale in seine Richtung, Nicholas war jedoch nicht im Geringsten interessiert. Dafür legte er Wert auf klare Worte.

»Hi Maureen, das mache ich in der Tat.« Nicholas nahm sanft ihre Hand von seinem Knie und platzierte sie auf ihrem Oberschenkel. Er hob die linke Hand und zeigte auf seinen Ehering, den er nach wie vor trug.

»Ich fühle mich geschmeichelt, aber wie du siehst, bin ich schon vom Markt.« Er schenkte ihr ein charmantes Lächeln.

»Zu schade, die aufregenden Männer sind immer schon vergeben«, seufzte Maureen. »Interesse an einer Affäre?«

Er kniff amüsiert die Augen zusammen, zog die Nase kraus und schüttelte den Kopf.

»Wie wär's dann wenigstens mit einem One-Night-Stand?«, wollte sie wissen und grinste ihn frech an.

»Du bist vielleicht eine Flocke«, prustete Nicholas laut los. Maureen fiel in sein Lachen ein.

»Nimm es mir nicht übel. Ich musste es doch wenigstens versuchen«, meinte sie vergnügt.

»Ich mag deine erfrischende Art. Du wirst irgendeinen armen Kerl da draußen eines Tages komplett um den Verstand bringen.«

»Das hoffe ich doch«, erwiderte Maureen kess.

Sie beugte sich blitzschnell zu Nicholas herüber und drückte ihm einen Kuss auf den Mund. Anschließend stand sie auf und ging pfeifend davon. Er sah ihr kopfschüttelnd mit einem belustigten Schmunzeln hinterher. Trotz der Übergriffigkeit konnte er ihr nicht böse sein.

Nicholas schloss erneut die Augen und atmete die salzige Meeresluft ein. Seine Gedanken wanderten wieder zu der reizvollen Frau, die sich gestern mit Maureen unterhalten hatte. Er fragte sich, ob sie in Dolphin Bay lebte oder ihren Urlaub hier verbrachte. Nicholas malte sich Situationen aus, in denen er sie zufällig wiedertraf. Ob die außergewöhnliche Anziehungskraft auch beim zweiten Mal noch da sein würde?

Während er so vor sich hinträumte, kam ihm die Idee für ein neues Lied. Das war für ihn ein willkommener Grund, umzukehren. Es juckte ihn in den Fingern, die Worte zu Papier zu bringen. Den restlichen Nachmittag verbrachte er in der Lodge und schrieb sich seine Gedanken von der Seele.

9. Die Einladung

Als Nicholas am Abend bei den McIntoshs vorfuhr, kamen die beiden sogleich aus dem Haus. Finlay schlug seinem Freund freundschaftlich auf die Schulter. Nicholas begrüßte Connie mit einem Kuss auf die Wange.

»Schön, dass du es endlich wieder bis zu uns geschafft hast. Ich glaube, wir haben dich jetzt fast fünf Jahre nicht mehr gesehen«, sagte Connie, als sie Arm in Arm mit Nicholas ins Haus ging.

»Ich weiß. Ich habe Familie und Freunde in den letzten Jahren schwer vernachlässigt.« Er seufzte. »Ich bin so gerne hier bei euch. Allerdings wünschte ich mir, die Umstände für meinen Besuch wären andere. Tausend Dank auf jeden Fall für die Einladung. Diesen Tapetenwechsel kann ich definitiv gebrauchen.«

»Genieß den Abend, ohne an deine Sorgen zu denken«, meinte Finlay. »Du wirst hier in den nächsten Wochen genug Zeit für Grübeleien haben. Lass uns bitte dringend einen Männerabend ins Auge fassen.« Sein Freund sah ihn verschwörerisch an. »Sonst komme ich ja nie aus dem Haus und muss immer etwas reparieren oder besorgen«, flüsterte er.

Aus dem Hintergrund rief Connie: »Das habe ich genau gehört.«

Finlay grinste Nicholas an. »Die Frau hat Ohren wie ein Luchs.«

In diesem Moment ertönten draußen Motorengeräusche und ein neuer Gast fuhr vor. »Ich übernehme die Begrüßung. Entschuldigt mich kurz.« Mit diesen Worten verschwand Connie in Richtung Parkplatz.

Die Männer blieben in der Küche und unterhielten sich, während Finlay Getränke vorbereitete. Nicholas hörte die Hintertür und er spürte ihre Anwesenheit, bevor sie den Raum betrat.

***

Sarah sah auf die Uhr und schnappte sich die selbst gemachte Schokoladenmousse, auf die Finlay sicher schon ungeduldig wartete. Sie trug bequeme Jeans und einen leichten grauen Pullover. Ihre Füße steckten in weißen Sneakers und die lockigen Haare hatte sie zu einem unordentlichen Knoten hochgesteckt. Sarah trug selten Make-up. Sie hatte daher auch heute nur ihre grünen Augen ein wenig betont und etwas Lipgloss aufgetragen. Sarah marschierte die paar Meter über die Wiese zum Haus von Finlay und Connie. Die Hintertür war wie immer unverschlossen.

»Hallo ihr zwei, hier kommt euer Nachtisch«, rief sie fröhlich beim Eintreten. Dann fiel ihr fast die Schüssel aus der Hand. Am Küchentresen lehnte lässig der reizvolle Fremde von gestern.

Finlay lief mit einem Lächeln auf Sarah zu. Er nahm ihr den Nachtisch ab, bevor er sie stürmisch umarmte.

»Du weißt gar nicht, wie froh wir sind, dass wir dich wieder bei uns haben. Du siehst absolut umwerfend aus«, flüsterte er in ihr Ohr. Dann küsste er sie auf beide Wangen. Sarah lachte und erwiderte seine Umarmung.

»Nimm dir doch bitte etwas zu trinken. Ich gehe schnell raus an den Grill, um nach den Kartoffeln zu sehen. Connie wird sicher gleich zurück sein. Sie zeigt einem neuen Gast sein Zimmer.«

Dann drehte er sich zu Nicholas um. »Das ist übrigens mein alter Freund ...« Nicholas sah Finlay mit zusammengekniffenen Augen an und räusperte sich vernehmlich.

»Entschuldigung, ich verbessere mich. Das ist mein bester und gar nicht so schrecklich alter Freund

Nicholas«, lachte Finlay. »Er hat sich für die nächsten Wochen in unserem Haus in Bishops Landing eingenistet. Nic, das ist Sarah. Die restliche Vorstellung bekommt ihr auch ohne mich hin. Meine Frau bringt mich um, wenn ich das Essen wieder anbrennen lasse.« Mit diesen Worten verschwand Finlay auf die Terrasse und ließ die beiden in der Küche allein.

***

»Hallo Sarah«, sagte Nicholas und lächelte sie dabei sympathisch an. Seine Stimme war warm, sanft, ein wenig rau und hatte einen melodischen Klang. Sarah schluckte. Der erotische Tonfall schickte ihr wohlige Schauer den Rücken herunter. Nicholas' dunkelbraune Haare waren von feinen grauen Strähnen durchzogen und fielen bis über den Hemdkragen. Er trug Jeans und ein weißes Hemd. Die beiden oberen Knöpfe waren offen und die Ärmel hatte er lässig bis zu den Ellenbogen hochgekrempelt. Sarah fielen seine muskulösen Unterarme auf. Er sah verboten gut aus. Reiß dich zusammen, dachte sie und sag endlich was.

»Hi Nicholas«, brachte Sarah nach einer gefühlten Ewigkeit heraus.

10. Das unverhoffte Wiedersehen

Nicholas hatte sich ein Wiedersehen in seinen Träumen ausgemalt. Ihre Anwesenheit traf ihn an diesem Abend dennoch völlig unvorbereitet. Er hätte nie erwartet, ihr ausgerechnet bei seinen Freunden ein zweites Mal über den Weg zu laufen. Als er sie durch die Tür kommen sah, wurden seine Knie weich. Er spürte wieder das angenehme Ziehen in der Magengegend. Die Anziehungskraft war eindeutig noch da. Während Finlay sie begrüßte, nutzte er den Moment, um sich zu sammeln.

Er verstand gar nicht, was mit ihm los war. Seit er Claire kannte, hatte er keine andere Frau zweimal angesehen. Möglichkeiten gab es während seiner Tourneen wahrlich genug, aber mehr als Flirten war für ihn nie infrage gekommen. Auch wenn seine Ehe momentan in einer Sackgasse steckte, hatte er kein Interesse an anderen Frauen. Für die heftige Reaktion auf Sarah gab es keine Erklärung.

Nicholas riss sich zusammen. Small Talk war normalerweise kein Problem für ihn. Lockere Unterhaltungen gehörten in seiner Branche zum Alltag. Ein Gespräch mit einer Freundin von Freunden würde er doch wohl hinbekommen. Er beschloss, nicht zu erwähnen, dass sie ihm gestern bereits aufgefallen war.

Nicholas hielt Sarah ein Glas hin. »Wenn du gerne Rotwein trinkst, darfst du dir diesen edlen Tropfen nicht entgehen lassen.«

»Ich liebe einen guten Rotwein«, erwiderte Sarah darauf. Ihr Lächeln war absolut hinreißend. Sie nahm das Glas entgegen, dabei berührte sie mit ihren Fingerspitzen kurz die von Nicholas. Beide spürten sofort ein erregendes Prickeln. Er sog scharf die Luft ein. Sarah schloss für einen Moment die Augen, bevor sie einen Schluck zur Ablenkung trank. Es knisterte zwischen ihnen, als sie sich über die Gläser hinweg ansahen.

***

Connie kam in die Küche gelaufen. »Entschuldigt, dass ich erst jetzt zurück bin. Der neue Gast hörte nicht auf zu reden und ich wollte nicht unhöflich sein. Wie ich sehe, habt ihr beide euch schon kennengelernt.« Sie schaute nach draußen. »Oje, Fin arbeitet wieder an seiner Spezialität: Schwarzer Lachs auf Braunkohlekartoffeln«, seufzte Connie. Sarah folgte dem Blick ihrer Freundin. Flammen schlugen nicht nur oben, sondern auch unten aus dem Grill.

»Sarah, lockst du meinen Mann bitte schnell vom Ort des Geschehens weg und schickst ihn mir rein? Sonst gibt es heute nichts zu essen. Übernimmst du den Rest am Grill? Ich werde es schändlich ausnutzen, dass wir dich als Profi im Haus haben.«

»Warum lässt du deinen Mann auch immer wieder mit Feuer spielen? Bei unserem letzten Besuch hat er fast den neuen Holztisch abgefackelt«, merkte Sarah vergnügt an und eilte zur Schadensbegrenzung nach draußen.

»Einen Profi?«, fragte Nicholas interessiert. Er sah Sarah durch die geöffnete Tür zu, wie sie Finlay spielerisch zur Seite schubste und mit ihm scherzte. Mit Leichtigkeit brachte sie das Feuer unter Kontrolle. Anschließend arrangierte sie den Lachs sowie die Kartoffeln neu auf dem Grill.

Nicholas löste seinen Blick von Sarah und drehte sich zu Connie um.

»Sie schreibt seit vielen Jahren Kochbücher. Sarah ist eine echte Meisterin in der Küche. Sogar aus den einfachsten Gerichten zaubert sie etwas Besonderes«, klärte ihn Connie auf. »Davon kannst du dich gleich selber überzeugen. Alles, was heute auf unserem Tisch landet, stammt aus ihrer Feder.«

»Bring Sarah doch bitte die Gewürzmischung für den Fisch raus. Mir wurde soeben verboten, mich dem Grill jemals wieder zu nähern«, bat Finlay mit einem Augenzwinkern. Er reichte Nicholas eine Schüssel samt Backpinsel.

11. Der Blick

Sarah stand am Grill und sah Nicholas langsam auf sich zukommen.

»Nach allem was ich soeben gehört habe, hast du keine Hilfe von einem Hobbykoch nötig. Aber als Zutatenlieferant bin ich durchaus nützlich«, lächelte er sie betörend an und reichte ihr die Schüssel.

Die etwas zu langen Haare fielen ihm ins Gesicht und ließen ihn sündhaft sexy aussehen. Sein Lächeln verursachte wieder das ihr mittlerweile bekannte Kribbeln im Bauch. Sarah fiel ein kleines Grübchen an Nicholas' Kinn auf. Am liebsten hätte sie es berührt, um dann mit den Fingern seine Lippen nachzuzeichnen. Nicholas bemerkte, dass sie ihren Blick für einen längeren Moment auf seinen Mund heftete. Er war amüsiert und gleichzeitig erregte es ihn. Nicholas' Lippen kräuselten sich zu einem Lächeln. Plötzlich fiel ihr auf, dass sie ihn die ganze Zeit anstarrte.

Um den peinlichen Moment zu überspielen, sagte Sarah fröhlich: »Ich kenne Hobbyköche, die besser sind als manche, die ihren Lebensunterhalt damit verdienen.« Nicholas lächelte immer noch. Seinen Blick ließ er aufreizend langsam von ihrem Mund bis zu ihren Augen wandern. Das verunsicherte Sarah. Machte er sich über sie lustig oder hatte er ebenfalls das Verlangen, sie zu berühren? Nicholas beugte sich ein wenig vor. Sarah blieb fast das Herz stehen, während sie sich tief in die Augen sahen.

Fett tropfte vom Fisch auf die heißen Kohlen und verdampfte. Das laute Zischen brachte beide in die Wirklichkeit zurück. Sarah fand als Erste ihre Worte wieder. »Zeig mal, was du drauf hast. Kannst du den Lachs mit dem Gewürzöl einpinseln und dann in ein paar Minuten wenden, ohne dass er zerfällt? Ich kümmere mich in der Zwischenzeit um die Kartoffeln.«

»Lachs einpinseln und wenden ist meine Spezialität.«

Nicholas zwinkerte ihr zu und machte sich ans Werk. Aus den Augenwinkeln beobachtete Sarah, wie er geschickt den Fisch bestrich und dann unfallfrei umdrehte. Dabei fiel ihr Blick auf seinen Ehering, den sie bisher nicht bemerkt hatte. Aus irgendeinem Grund erwischte sie diese Erkenntnis eiskalt. Natürlich war ein Mann wie er verheiratet. Warum machte ihr das überhaupt etwas aus? Sie ärgerte sich über sich selbst.

Sarah bat Nicholas ein paar Minuten später, den Fisch vom Grill zu nehmen. Dann trugen sie das Essen ins Haus.

12. Der Kontrollverlust

Das war bei Weitem der beste Lachs, den Nicholas je gegessen hatte. Der saftige Fisch war mit Olivenöl, Sojasauce, Ahornsirup und scharfer Chili gewürzt. Mit dieser Geschmacksexplosion hatte er nicht gerechnet. Nicholas schloss die Augen und seufzte genießerisch.

»Warte erst, bis du den Nachtisch probiert hast«, bemerkte Finlay. »Der ist besser als jeder Orgasmus.«

Diese Aussage brachte ihm einen Schlag auf den Hinterkopf und einen bösen Seitenblick seiner Frau ein.

Die Worte Nachtisch und Orgasmus hatten unerwartet eine verheerende Wirkung auf Nicholas. Ihm entglitt plötzlich komplett die Kontrolle. Erst über seine Gedanken und dann über seinen Körper. Die aufgestaute erotische Spannung wurde für ihn schier unerträglich. Vor dem geistigen Auge sah er Sarah, wie sie unter ihm lag. Seine Hände berührten sie überall wie im Fieber. Sie stöhnte seinen Namen. Nicholas wurde bei der Vorstellung sofort hart.

Er gab vor, sich verschluckt zu haben, und hoffte, dass niemandem seine Erektion aufgefallen war, als er aufstand und in Richtung Bad ging. Die Serviette hielt er sich dabei vor den Schritt. Finlay sah ihm mit gehobener Augenbraue nach.

Nicholas verriegelte die Tür und spritzte sich kaltes Wasser ins Gesicht. Er stützte sich auf dem Waschbecken ab und atmete mehrmals tief durch. Sein Herz schlug um einige Takte schneller als normal. Er versuchte mit aller Kraft, seine Erregung in den Griff zu bekommen. Er wollte sich nicht zu Sarah hingezogen fühlen. Er wollte sie nicht mit jeder Faser seines Körpers begehren. Was passierte mit ihm? Nicholas zwang sich, an etwas zu denken, das alles andere als erotisch war. Er stellte sich eine stinkende Männerumkleide vor und dachte an die nächste Steuererklärung. Dabei führte er ein paar Kniebeugen aus. Es dauerte trotzdem mehrere Minuten, bis er sich wieder unter Kontrolle hatte und zurück zum Tisch ging.

13. Die unabsichtliche Berührung

Sarah genoss den Abend mit ihren Freunden. Sie unterhielt sich mit Connie während des Essens angeregt über Gott und die Welt. Hin und wieder schielte Sarah verstohlen zu Nicholas herüber. Er und Finlay sprachen über gemeinsame Bekannte, deren Namen ihr jedoch nichts sagten.

Connie stand nach dem Essen auf und räumte die leeren Teller ab. »Ich helfe dir«, bot Sarah an. Sie trugen gemeinsam das Geschirr in die Küche. Connie belud die Spülmaschine, während Sarah zurück in den Essbereich ging, um die letzten beiden Schüsseln abzuräumen. Sie griff über den Tisch. Dabei streifte ihr Busen leicht Nicholas' Arm. Sie durchfuhr ein Schauer. Nicholas erbebte bei der Berührung. Ihr betörender Duft nach Schokolade und Vanille stieg ihm in die Nase. Sarah wurde es heiß. Sie murmelte eine Entschuldigung, schnappte sich die Schüsseln und eilte mit roten Wangen zurück in die Küche. Nicholas sah ihr nach. Er spürte, wie sich bei ihm unter dem Tisch etwas regte. Nicht schon wieder, dachte er und lenkte seine Gedanken erneut auf die Steuererklärung. Er spielte mit der Serviette und trank mit zitternder Hand einen Schluck Wein. Finlay hatte die beiden beobachtet. Da lag eindeutig etwas in der Luft. Er bemerkte, dass Nicholas kurz davor stand, die Fassung zu verlieren. Finlay war ein guter Freund und verwickelte ihn daher schnell in ein Gespräch über Hockey. Nicholas stieg dankbar auf die Ablenkung ein.

***

Connie und Finlay gaben nach dem Essen Geschichten aus ihrem Alltag im B&B zum Besten.

»Wir haben im Laufe der Zeit einige echt skurrile Gäste beherbergt. Im letzten Herbst war zum Beispiel eine kleine Senioren-Reisegruppe bei uns«, erzählte Finlay.

Connie brach schon in Gelächter aus.

»Ja, lach du nur. Du hast das schließlich nicht ansehen und danach wochenlang einen Gips tragen müssen.« Finlay stieß seine Frau spielerisch mit dem Ellenbogen in die Seite.

»Also, ich gehe los, nett, wie ich nun einmal bin, um die Koffer der Herrschaften einzusammeln, und zum Bus zu tragen. Uns fällt auf, dass ein Gepäckstück fehlt. Ich gehe wieder die Treppe hoch und klopfe bei der

Dame an, um nach ihrem Koffer zu fragen. Als sich die Tür öffnet, steht sie mit ihren gefühlten einhundertzwanzig Jahren nackt, so wie Gott sie schuf, vor mir. Nicht mal ein Efeublatt war zu sehen. Keine Geheimnisse. Und wenn ich sage, keine Geheimnisse, dann meine ich auch keine Geheimnisse. Ich habe mich so erschrocken, dass ich zwei Schritte rückwärts gemacht habe und die Treppe heruntergefallen bin. Der Lohn für meine Hilfsbereitschaft: ein gebrochenes Handgelenk und wochenlange Albträume. Vorher wohnte eine rattenscharfe Rothaarige im gleichen Zimmer. Mensch, was habe ich mir gewünscht, die hätte mir stattdessen im Evakostüm die Tür geöffnet.«

Nicholas brüllte vor Lachen und konnte gar nicht mehr aufhören.

Connie sah ihren Mann von der Seite mit einer hochgezogenen Augenbraue an. »Du bist mit einer rattenscharfen Rothaarigen verheiratet. Allein dass du eine andere Frau auf die Art wahrgenommen hast, schreit nach Strafe. Die nackte Großmutter von Eva hattest du definitiv verdient.«

Sarah wischte sich mit einer Serviette die Lachtränen aus den Augen. Der restliche Abend verlief ähnlich heiter. Sarah bemerkte, dass Nicholas sich zwar rege an den Gesprächen beteiligte, es aber seit dem Vorfall beim Abräumen des Tisches spürbar vermied, sie direkt anzusehen. Umso besser, dachte sie. Sonst bekomme ich doch wieder nur weiche Knie. Ihr war diese unbeabsichtigte Berührung immer noch unangenehm. Allein bei dem Gedanken daran erröteten ihre Wangen.

Finlay stand nach ein paar weiteren Anekdoten auf. »Es ist Zeit für den sinnlichen Höhepunkt des Abends«, verkündete er und füllte Sarahs Schokomousse in Schüsselchen. Dann verteilte er den Nachtisch an alle.

Nicholas hatte schon wieder Mühe, seinen Körper in den Griff zu bekommen. In dieser Runde gab es eindeutig zu viele Schlüsselwörter, die bei ihm ungewollte Kettenreaktionen auslösten. So leicht und unkontrolliert erregbar war er seit seiner Pubertät nicht mehr gewesen. Nicholas war das unglaublich peinlich. Er entschuldigte sich und flüchtete erneut ins Bad.

Sein Kopfkino lief auf Hochtouren. Für ihn bestand der sinnliche Höhepunkt darin, die Schokolade langsam und genüsslich von Sarahs zarter Haut zu lecken. Diese Vorstellung versetzte ihn derart in Ekstase, dass er allein durch die Bilder in seinem Kopf einem Höhepunkt nah war. Er fühlte bereits die Hitze aufsteigen. Es war ihm nicht möglich, wieder hinauszugehen, ohne sich vorher Erleichterung zu verschaffen, ansonsten würde er sich vor seinen Freunden und Sarah unsagbar blamieren.

Er biss sich auf die Lippen, um nicht laut zu stöhnen. Es dauerte nur wenige Sekunden, bevor er erschauerte und die so dringend benötigte Erlösung fand.

***

Finlay hatte recht. Die Creme war eine sündige Erfahrung. Sie zerging auf der Zunge und am liebsten hätte Nicholas die Schale wie eine Katze ausgeschleckt. Der Abend verlief ab jetzt wesentlich entspannter für ihn. Er sah Sarah an und plauderte locker mit ihr, ohne erneut die Selbstbeherrschung zu verlieren. Nicholas sagte sich, dass es eine körperliche Überreaktion gewesen war. Er hatte schon seit Monaten keinen Sex mehr und daher spielten ihm die Hormone einen Streich. Sarah war schließlich eine interessante Person, die dazu äußerst attraktiv aussah. Er würde ab sofort in der Lage sein, unverkrampft mit ihr umzugehen.

***

Es war spät geworden und Sarah gähnte verhalten. Als sie aufstand, erhob sich Nicholas ebenfalls. Er nahm sein Handy und bestellte ein Taxi, denn nach zwei Gläsern Wein würde er sich nicht mehr selber hinter das Steuer setzen. Finlay und Connie begleiteten die beiden hinaus.

»Das war ein richtig schöner Abend. So wohl habe ich mich seit Ewigkeiten nicht gefühlt«, bedankte sich Sarah, bevor sie ihre Freundin umarmte und Finlay einen Kuss auf die Wange gab.

»Ich hole meinen Wagen morgen im Laufe des Tages bei euch ab«, sagte Nicholas und verabschiedete sich ebenfalls von seinen Freunden. Nachdem sich die Tür hinter den beiden geschlossen hatte, standen Sarah und Nicholas allein vor dem Haus.

Sarah war unschlüssig, ob sie ihm nur die Hand zum Abschied reichen sollte. Sie sehnte sich vielmehr nach einer Umarmung. Sie wollte seinen Duft einatmen und wenigstens einmal wissen, wie es sich anfühlen würde, in seinen Armen zu liegen. Am liebsten hätte sie ihm zumindest einen Kuss auf die Wange gehaucht.

Nicholas sah sie währenddessen unergründlich aus seinen braunen Augen an und machte einen Schritt auf sie zu. In diesem Moment erhellten die Scheinwerfer eines ankommenden Fahrzeugs den Vorgarten. Der Fahrer ließ die Scheibe herunter: »Habt ihr ein Taxi bestellt?«

Nicholas verfluchte in Gedanken, dass der Mann so schnell den Weg hergefunden hatte. Er löste seinen Blick schweren Herzens von Sarah, ging zum Auto und öffnete die Beifahrertür. Er drehte sich zu ihr um, bevor er einstieg. »Gute Nacht, Sarah. Genieße deine Zeit hier.«

Sie blickte dem Taxi hinterher. Nicholas hatte ihr mit dieser knappen Verabschiedung klar und deutlich zu verstehen gegeben, dass er kein Interesse an einem Wiedersehen hatte. Sarah ärgerte sich erneut über sich selbst. Sie war doch gar nicht bereit für einen neuen Partner in ihrem Leben und außerdem waren verheiratete Männer grundsätzlich tabu. Trotzdem ging er ihr unter die Haut. Was auch immer das war, es musste aufhören. Sofort.

***

Nicholas nannte dem Taxifahrer seine Adresse. Dann lehnte er sich im Sitz zurück und schloss die Augen. Sobald er sich draußen allein mit Sarah in der

Dunkelheit wiedergefunden hatte, waren alle seine guten Vorsätze verpufft. Wäre das Taxi nicht in diesem Moment aufgetaucht, hätte er sich nicht mehr länger zügeln können.

Er war kurz davor gewesen, Sarah in seine Arme zu ziehen und ihre Lippen zu kosten. Als sie ihn abwartend ansah, wäre sein Herz beinahe aus der Brust gesprungen. Es war fast so, als hätte sie ihn herausgefordert. In ihrer Gegenwart war er unfähig, geradeaus zu denken. Nicholas erkannte, dass er keine andere Wahl hatte, als sich von ihr fernzuhalten. Er war nach Irland gekommen, um über seine Ehe, seine Zukunft nachzudenken. Sarah brachte alles durcheinander. Das konnte er nicht zulassen.

Er bezahlte den Taxifahrer und betrat das dunkle Haus. Nicholas war zu aufgewühlt, um jetzt zu schlafen. Er schichtete Holz im Kamin auf und zündete ein Feuer an. Mit einem Glas Wein setzte er sich auf das Sofa und starrte lange auf die züngelnden Flammen. Er lauschte dem beruhigenden Knistern des Holzes. Jeder Gedanke drehte sich schon wieder um Sarah. Plötzlich hatte er eine Tonfolge im Kopf. Er nahm seine Gitarre und in dieser Nacht entstand die Melodie zu den Textzeilen, die er am Nachmittag zu

Papier gebracht hatte. Ihm wurde erst viel später bewusst, dass er damit ein Liebeslied für Sarah geschrieben hatte.

14. Der Spaziergang zum Leuchtturm

Beim Frühstück am nächsten Morgen genoss Sarah wieder einmal die Aussicht auf die Bucht. Sie saß in ihrem Lieblingssessel und nippte am heißen Kaffee. Nebenbei steckte sie sich frisch aufgeschnittenes Obst in den Mund und löffelte ihren Joghurt. Die ersten Boote glitten durch die seichten Wellen. Sie wurden von Möwen begleitet, deren Geschrei durch die geschlossenen Fenster zu hören war. Der Morgennebel hatte sich aufgelöst. Die Sonnenstrahlen fanden ihren Weg durch die Wolken und zeichneten verschiedene Muster auf die baumlosen Hügel. Das Wasser funkelte silbern. Sarah riss sich von dem Anblick los und arbeitete mehrere Stunden konzentriert an ihrem Buch. Am frühen Nachmittag fuhr sie den PC herunter. Sie rieb ihren steifen Nacken. Ein Spaziergang zum Leuchtturm am Ende der Bucht wäre jetzt genau das Richtige, um zu entspannen.

Der Leuchtturm war ihr erklärter Lieblingsplatz. Vom Ende der Bucht blickte man an schroffen Klippen vorbei auf das offene Meer. In der Ferne ragten die Skellig Islands wie Dreiecke in den Horizont. An dieser Stelle waren außerdem immer wieder Delfine anzutreffen, die Dolphin Bay zu seinem Namen verholfen hatten. Sarah wurde nie müde, den Tieren zuzusehen.

Vor lauter Arbeit hatte sie bisher gar nicht an ein Mittagessen gedacht. Daher belegte sie sich rasch ein Sandwich und packte es zusammen mit einer Flasche Wasser in einen kleinen Rucksack. Sie freute sich darauf, am Leuchtturm zu picknicken. Sarah zog sich bequeme Kleidung an, schlüpfte in die Wanderschuhe und schnappte sich eine wärmende Fleecejacke. Sie trat hinaus in die Sonne. Die würzige, klare Meeresluft stieg ihr in die Nase. Sie lauschte dem Tuckern von Bootsmotoren und dem leisen Plätschern der Wellen, die am Ufer sanft um die Steine spülten. Die Ruhe war traumhaft. Sarah wanderte gemächlich den Klippenpfad entlang, der direkt von ihrem Cottage zum Leuchtturm führte. Dabei beobachtete sie die verschiedenen Seevögel.

Einige Strandläufer rannten auf der Suche nach Nahrung geschäftig über den Sand. Kormorane saßen auf den Felsen und trockneten ihr Gefieder. Möwen begleiteten laut kreischend ein Fischerboot. Sarahs Gedanken schweiften zu Marcus. Sie dachte an die vielen unvergesslichen Momente, die sie in Dolphin

Bay verbracht hatten. Kuschelige Abende vor dem Kamin gehörten genauso dazu wie lange Nächte in den Pubs.

Sarah und Marcus liebten Irish Folk und keltische Musik. Sie mischten sich gerne unter die Gäste und unterhielten sich mit Einheimischen sowie Urlaubern. Sogar dem typisch irischen Schmuddelwetter konnten die beiden etwas abgewinnen. Sarah erinnerte sich an unzählige Spaziergänge, die damit endeten, dass sie total durchnässt durch den Regen liefen. Nach einer wärmenden Dusche verbrachten die beiden meist den Rest des Tages faulenzend im Bett oder auf der Couch. Sarah vermisste Marcus‘ Lachen und seine Wärme jeden Tag. Sie wusste, dass sie mit ihm etwas Einmaliges erleben durfte. Nicht allen Menschen war eine solche Liebe vergönnt. Das Klingeln ihres Handys riss sie aus den Gedanken.

»Connie, was gibt's?«

»Hey Sarah, ich habe gesehen, dass du nicht im Cottage bist. Ab Freitag wird das Wetter schlechter. Sie haben sogar Sturm angekündigt. Mein Mann ist unterwegs, um reichlich Feuerholz zu besorgen. Ist es in Ordnung, wenn er deins gleich ins Haus bringt?«

»Na klar, da brauchst du gar nicht erst fragen. Das ist wie immer ein super Service, vielen Dank!«

»Bist du auf dem Weg zu deinem Lieblingsplatz?«

»Genau, du kennst mich wirklich gut«, lachte Sarah. »Das Wetter ist ein Traum und will ausgenutzt werden. Danke noch einmal für gestern. Ich hatte viel Spaß bei euch. Ich wusste schon gar nicht mehr, wie gut sich das anfühlt.«

»So einen Abend sollten wir auf jeden Fall bald wiederholen. Was hältst du eigentlich von Nic?«

Mit dieser Frage hatte Sarah nicht gerechnet. Sie zog die Stirn kraus und holte einmal tief Luft, bevor sie etwas ausweichend darauf antwortete. »Er scheint nett zu sein. Kein Wunder eigentlich, denn sonst wäre er sicher nicht Finlays bester Freund.«

»Du hast die Attribute äußerst attraktiv und charmant vergessen«, zählte Connie verschmitzt auf.

»Ach, habe ich das? Ist mir gar nicht aufgefallen«, lachte Sarah. »Weißt du, bei Ringträgern schaue ich nicht so genau hin. Er hat sicher eine tolle Frau, vier Kinder und ist seit fünfundzwanzig Jahren unter der Haube.«

»Ja, drei und dreißig«, antwortete Connie.

»Was?« Sarah war irritiert.

»Nicholas‘ Frau ist ein Schatz, er hat drei erwachsene Kinder und ist seit fast dreißig Jahren verheiratet.«

»Sag ich doch«, meinte Sarah daraufhin nur.

»Weißt du, bei Nic läuft es gerade nicht so gut. Fin hat seinen Freund eingeladen, weil er Zeit zum Nachdenken braucht. Nic und Claire stecken in einer Krise. Sie haben in gegenseitigem Einvernehmen, wie es so schön heißt, eine Pause eingelegt, um herauszufinden, ob die Ehe überhaupt eine Zukunft hat. Ich hatte keine Gelegenheit, das gestern anzusprechen, aber ich dachte, es wäre für euch beide eine willkommene Abwechslung, gelegentlich etwas zusammen zu unternehmen. Nic wandert genauso gerne wie du, er ist weit gereist und stellt sich am Herd gar nicht ungeschickt an. Damit habt ihr doch ein paar fabelhafte Gesprächsthemen.«

»Für diese Art von ...«, Sarah räusperte sich und betonte das nächste Wort, »... *Abwechslung* stehe ich nicht zur Verfügung.«

»Was du schon wieder denkst«, lachte Connie. »So etwas Zweideutiges würde ich dir nie vorschlagen.«

Gut, dass Sarah ihr Grinsen nicht sah. Sie war sich sicher, dass bei den beiden die Funken flogen, auch wenn ihre Freundin es nicht zugab. Nicholas war es gestern ebenfalls nicht gelungen, sein Interesse an Sarah zu verbergen, obwohl er es erkennbar versucht hatte.

Connie war eine gute Beobachterin. Beim Essen hätte sie schon blind und taub sein müssen, um nicht zu bemerken, dass sich zwischen ihren Freunden etwas anbahnte.

Sie war mit Nicholas‘ Frau freundschaftlich verbunden und ihr lag es grundsätzlich fern, sich in eine funktionierende Partnerschaft einzumischen. Claire sagte ihr vor Kurzem am Telefon, dass sich ihre Gefühle für Nicholas in den letzten Jahren schleichend verändert hatten. Sie sah ihn als ihren Vertrauten, einen Freund, aber die Liebe war irgendwann auf der Strecke geblieben. Claire dachte ernsthaft über eine endgültige Trennung nach.

Connie wünschte Sarah außerdem, dass sie nicht alleine blieb. Nach dem Trauma, das ihre Freundin nach dem Tod von Marcus durchlebte, schien sie jetzt endlich wieder interessiert in die Zukunft zu blicken.

»Betätige dich lieber bei Maureen als Amor. Sie hat mir völlig unverblümt mitgeteilt, dass sie auf der Suche ist. In ihr hast du ein dankbares Opfer«, unterbrach Sarah die Gedankengänge ihrer Freundin.

»Ach du meine Güte, der arme Mann, der diese quirlige Person mal abbekommt«, lachte Connie und legte auf.

15. Der Besuch im Pub

Nicholas machte sich am Nachmittag zu Fuß auf den Weg, um seinen Wagen abzuholen. Er ließ den Gedanken freien Lauf, während er im warmen Sonnenschein die Straße entlang schlenderte. Sobald er den Hafen erreichte, tauchten auf der anderen Seite der Bucht das B&B und das Cottage in seinem Blickfeld auf. Nicholas hoffte, dass er Sarah nicht über den Weg lief. Andererseits wünschte er sich nichts sehnlicher. Ich werde noch komplett wahnsinnig, dachte er.

Finlay stand auf dem Parkplatz und entdeckte Nicholas sofort, als dieser um die Ecke bog. »Hey, du kommst genau im richtigen Moment. Ich habe den ganzen Anhänger voller Brennholz. Du kannst mir beim Ausladen und verteilen helfen. Nimm dir nachher auch gleich was davon mit. In den nächsten Tagen wird das Wetter ungemütlich.«

Die beiden schleppten mehrere Säcke in den Schuppen hinter dem B&B. Finlay kramte einen Schlüssel aus der Hosentasche und warf ihn seinem Freund zu.

»Bring bitte die restlichen Säcke in Sarahs Cottage. Der Schlüssel ist für die Hintertür. Stell das Holz in die

Waschküche und füll doch bitte den Holzkorb im Wohnzimmer. Ich bringe schnell was zu den Nachbarn rüber und komme dann nach.«

»Ich kann doch nicht einfach unangemeldet in Sarahs Haus spazieren«, merkte Nicholas an.

»Keine Sorge, du wirst nicht wegen unbefugten Betretens verhaftet«, grinste Finlay seinen Freund an. »Sarah macht einen ausgiebigen Spaziergang und ist gar nicht da. Connie hat sie aber grünes Licht für die Lieferung gegeben.«

Nicholas trug das Brennholz zur Tür und klopfte zur Sicherheit zunächst doch an. Nachdem keine Antwort kam, schloss er auf und betrat die Waschküche. Er kannte das Cottage bisher nur von außen. Jedes Mal, wenn er Dolphin Bay besucht hatte, war das Haus vermietet gewesen. Er trug zuerst alle Säcke hinein und trat dann voller Neugier durch eine geöffnete Tür in den Wohnraum.

Die Aussicht auf die Bucht durch die großen Fenster begeisterte ihn sofort. Die Küche war ordentlich aufgeräumt. Etwas anderes hatte er von Sarah allerdings auch nicht erwartet, stellte er schmunzelnd fest. Im Wohnbereich stand ein bequemer Sessel am Fenster. Darauf lagen eine flauschige Wolldecke, eine

Strickjacke und ein E-Book-Reader. Er stellte sich vor, wie Sarah abends dort eingekuschelt im Feuerschein las.

Bevor er zu sehr ins Träumen geriet, ging er zum Kamin, um den Korb dort mit Holzscheiten aufzufüllen. Dabei fiel sein Blick auf ein Bild, das auf dem Kaminsims stand. Es zeigte Sarah mit einem Mann. Beide sahen glücklich aus und strahlten in die Kamera. Er fragte sich, ob sie verheiratet waren und warum Sarah offensichtlich allein hier war.

»Das ist Marcus.«

Nicholas zuckte erschrocken zusammen. Er war so in Gedanken versunken, dass er Finlay nicht gehört hatte. Er sah seinen Freund fragend an.

»Sarahs Mann ist vor zwei Jahren auf tragische Weise ums Leben gekommen. Die beiden waren ein fröhliches und harmonisches Paar. Sie wirkten auch nach zwanzig Jahren Ehe immer noch frisch verliebt. Sein Tod hat Sarah schwer getroffen und sie ist seitdem durch die Hölle gegangen. Wir sind froh, dass sie endlich unsere Einladung angenommen hat. Es wird Zeit, dass sie wieder ins Leben zurückfindet.«

Bevor Nicholas seinen Freund fragen konnte, was passiert war, klingelte Finlays Handy. »Da muss ich kurz ran«, sagte er mit einem Blick auf das Display und trat auf die Terrasse heraus. Nicholas füllte in der Zeit Holz in den Korb.

Finlay kam zurück und sah auf die Uhr. »Was hältst du von einem Bier im "Old Dublin"? Heute erwarten wir keine weiteren Gäste und ich habe Connies Wunschliste abgearbeitet. Ich bekomme bestimmt eine Stunde Ausgang«, grinste er.

»Gute Idee, ich bin dabei.«

Nicholas lud das Feuerholz ins Auto, während Finlay seiner Frau Bescheid gab. Der Pub war nur ein paar Gehminuten entfernt und die Männer machten sich zu Fuß auf den Weg.

***

»Wie geht es dir wirklich, Nic?«

»Ehrlich gesagt, ich weiß es nicht. Wenn die wichtigsten Punkte des Tages sind, welches Hemd man anzieht, wer die Einkäufe erledigt und wann das Auto zur Inspektion muss, dann ist eindeutig der Zauber in der Beziehung verloren gegangen.«

Nicholas zuckte mit den Schultern. »Ich habe Claire zu lange vernachlässigt. Ich war in den letzten Jahren so selten zuhause und wir hatten praktisch keine Zeit für uns als Paar. Dass wir an diesem Punkt angekommen sind, ist eindeutig meine Schuld.«

Finlay schaute zu ihm herüber.

»Ich glaube nicht, dass es so einfach ist. Zum Gelingen und zum Scheitern einer Beziehung gehören immer zwei. Dass du so oft über einen langen Zeitraum nicht daheim warst, hat natürlich nicht unbedingt geholfen. Für mich sieht es so aus, dass ihr die gemeinsamen Ziele in den letzten Jahren aus den Augen verloren habt. An einer der Weggabelungen seid ihr unbewusst in unterschiedliche Richtungen abgebogen, nachdem die Kinder aus dem Haus waren. Für mich stellt sich die Frage, ob ihr die beiden Wege wieder zusammenführen könnt oder wollt.«

Sie kannten sich schon so lange und die Männer sprachen immer offen miteinander. Daher hatte Finlay keine Scheu, ein Thema auf den Tisch zu bringen, das normalerweise eher unausgesprochen blieb.

»Wie steht es mit dem Bedürfnis nach Nähe? Schlaft ihr noch miteinander?«

Nicholas seufzte. »Nein, bei uns ist komplett die Luft raus. Das letzte Mal ist Monate her und war eine beschämende Darbietung. Ehrlich gesagt war es ein

Desaster. Keiner von uns hat es genossen und wir haben mittendrin abgebrochen.«

Nicholas schüttelte den Kopf. »Es fühlte sich wie eine Pflichtveranstaltung an. Immerhin ist Claire und mir eine Sache geblieben. Wir reden offen über alles, ohne uns an die Gurgel zu gehen oder uns zu verletzen. Wir haben es danach noch einmal versucht. Wir sind weggefahren, um wieder etwas Romantik in die Beziehung zu bringen. Wir dachten, das sei eine gute Idee.«

»Lass mich raten«, sagte Finlay, »es gab das nächste verkrampfte Happening?«

Sein Freund nickte.

»Das war unser absoluter Tiefpunkt. Ich habe nicht mal mehr, na ja, meinen Mann stehen können. Claire hat mich sexuell plötzlich nicht mehr angezogen. Ihr ging es übrigens ähnlich. Diese Erkenntnis war ein Schock für uns beide. Vor einer Weile bin ich dann ins Gästezimmer gezogen.«

Einen Moment liefen sie schweigend nebeneinander her. Dann fragte Finlay: »Und was ist mit Sarah?«

»Mit Sarah? Was hat sie damit zu tun?« Nicholas sah seinen Freund mit gerunzelter Stirn an.

»Das fragst du mich allen Ernstes? Ich habe die sehnsüchtigen Blicke gesehen, die du ihr zugeworfen hast. Und Sarah hat dich genauso wenig aus den Augen gelassen. Ich bin sicher nicht der aufmerksamste Mensch auf diesem Planeten, aber der Funkenflug zwischen euch ist selbst mir nicht entgangen.«

Nicholas atmete tief ein und sah angestrengt geradeaus auf die Straße vor sich. »Ach verdammt, Fin. Als ich Sarah vor zwei Tagen das erste Mal gesehen habe, hat sie mich sofort umgehauen«, gab er schließlich zu. Er konnte seinem Freund nichts vormachen. Außerdem fühlte es sich gut an, darüber zu sprechen.

Finlay blieb unvermittelt stehen und sah Nicholas entgeistert mit großen Augen an. »Warte mal einen Moment. Hast du gerade gesagt, vor zwei Tagen? Dann kanntet ihr euch schon, als wir zusammen gegessen haben?«, fragte er neugierig.

»Kennen wäre zu viel gesagt. Ich habe sie vorher nur einmal kurz im Supermarkt gesehen. Wir haben nicht miteinander gesprochen oder so.«

Die beiden erreichten den Pub. Das knallrote Steingebäude fiel sofort ins Auge. An der Front wehten die bunten Fahnen der vier irischen Provinzen

Connacht, Leinster, Munster und Ulster. Farbenprächtige Blumenampeln hingen an beiden Seiten des Eingangs. Finlay öffnete die schwere Holztür und ließ seinem Freund den Vortritt. Die vergilbten Decken des Pubs zierten alte dunkle Balken. Der hölzerne Fußboden war abgenutzt. Als Tische dienten Whiskeyfässer. Es gab einen mannshohen steinernen Kamin, in dem zu jeder Jahreszeit ein Feuer brannte. Daneben befand sich auf einem Podest der Bereich für die Künstler. Im Pub wurde das ganze Jahr hindurch, sieben Tage in der Woche, Livemusik gespielt.

Heute stand der Besitzer, Michael O'Leary, selber hinter der Bar. Er hatte immer ein Auge auf die Tür und bemerkte die neuen Gäste sofort. »Hallo ihr zwei. Mensch Nic, was für ein seltener Glanz in meiner Hütte. Du warst gefühlt schon ewig nicht mehr hier«, begrüßte Michael die beiden.

»Nicht nur gefühlt. Die letzten Jahre waren extrem arbeitsreich. Zum Glück ist das vorbei. In Zukunft lasse ich mich sicher wieder öfter hier blicken. Mach uns bitte mal zwei Guinness.« Während Michael routiniert das Bier zapfte und zum Abschluss eine perfekte

Schaumkrone auf die beiden Gläser setzte, tauschten die Männer ein paar Worte miteinander.

Nicholas und Finlay fanden einen ruhigen Tisch im hinteren Bereich. Nachdem sie saßen, lehnte sich Finlay zurück und verschränkte die Arme vor der Brust.

»Ich bestehe darauf, sofort alle schmutzigen Details zu erfahren.«

Nicholas nahm einen großen Schluck vom kühlen Bier, bevor er antwortete: »Da gibt es keine schmutzigen Details. Ich habe sie beim Einkaufen gesehen. Dann habe ich Sarah bei euch getroffen. Zufallsbegegnungen. Mehr ist da nicht.«

»Außer dass sie dich umgehauen hat, wie du es so schön formuliert hast.« Finlay sah seinen Freund abwartend mit zusammengekniffenen Augen an.

Nicholas rieb seine Stirn. »Ich denke immerzu an sie. Keine Ahnung, was mit mir los ist.«

»Dann erkläre ich dir das gerne einmal. So etwas nennt man Liebe auf den ersten Blick. Schon davon gehört?«

»Ach, hör auf. Nur weil ich Sarah attraktiv finde, bin ich noch lange nicht verliebt. Denk mal an deine, wie hast du es ausgedrückt, rattenscharfe Rothaarige«, gab Nicholas etwas heftiger als beabsichtigt zurück.

»Nic, du bist wie ein Bruder für mich. Und von Bruder zu Bruder sage ich dir, dass es einen Unterschied gibt, zwischen jemanden attraktiv zu finden«, Finlay beugte sich etwas vor und flüsterte, »oder zweimal an einem Abend mit einer beeindruckenden Beule in der Hose ins Bad zu flüchten, weil man mehr von der Dame will, als nur mit ihr zu flirten. Die rattenscharfe Rothaarige hatte definitiv nicht diese Wirkung auf mich.«

Nicholas stöhnte auf und schloss peinlich berührt die Augen. »Ich kann nicht glauben, dass dir das aufgefallen ist.«

»Keine Sorge, außer mir hat niemand was mitbekommen. Ich behalte dein Geheimnis für mich. Immerhin weißt du jetzt, dass du dein Stehvermögen noch nicht komplett eingebüßt hast. Tote Hose war definitiv nicht das, was ich gesehen habe.« Finlay zwinkerte ihm zu.

»Mensch Fin, jetzt reiß dich mal zusammen«, sagte Nicholas kopfschüttelnd. Ein Schmunzeln über die Wortwahl seines Freundes konnte er jedoch nicht unterdrücken, bevor er wieder ernst wurde.

»Ich bin hier, um mir über meine Ehe klar zu werden. Ich war Claire in all den Jahren nie untreu. Weder sexuell noch emotional. Nenn mich hoffnungslos romantisch, aber für mich gehören Sex und Liebe untrennbar zusammen. Abenteuer, Affären, oder wie man das nennen mag, die nur eine kurzfristige Befriedigung verschaffen, sind nicht mein Ding. Da trinke ich lieber ein schales Bier.«

»Die Einstellung teile ich durchaus mit dir. Wir beide gehören damit vermutlich einer aussterbenden Rasse an. Und genau das ist der Punkt.«

Nicholas schaute angestrengt in sein Bier. »Ich werde Sarah nicht wiedersehen, falls du das meinst. Die Anziehungskraft wird sich bestimmt schnell in Luft auflösen. Das liegt ohne Zweifel nur an meiner momentanen Situation. Bei mir im Kopf geht ehrlich gesagt alles ein wenig durcheinander.«

»Nic, du weißt, dass ich Claire sehr mag. Aber ich glaube, du machst dir hier was vor. Wenn du tief in dich hinein hörst, hast du dich doch schon längst entschieden«, sagte Finlay ernst.

»Dann weißt du mehr als ich.« Nicholas sah seinen Freund fragend an.

»Wären da noch tiefe Gefühle für Claire, würde Sarah dich kaltlassen«, merkte Finlay an. Diese Worte hallten lange in Nicholas nach.

***

Auf dem Rückweg zum B&B fiel Nicholas noch etwas ein. »Fast hätte ich es vergessen. Ich fliege morgen spontan für einige Tage nach Dublin. Mein alter Freund Colin Docherty hat erfahren, dass ich länger im Land bin. Er hat mir eine Pub-Tour durch Irland vorgeschlagen. Es klang interessant und wäre für mich außerdem eine schöne Abwechslung in kleinem Rahmen und ohne großen Tourstress zu spielen. Wir wollen uns über die Möglichkeiten unterhalten. Ich bin spätestens Freitag zurück.«

»Na dann viel Spaß und melde dich, wenn du wieder hier bist.«

Die beiden umarmten sich, bevor Nicholas sich auf den Weg machte, um eine Tasche für die Reise zu packen.

16. Das Unwetter

Es war mittlerweile Freitag geworden. Die letzten Tage hatte Sarah damit verbracht, sich Rezepte für ihr neues Buch auszudenken, und einige Gerichte davon zur Probe zu kochen. Jetzt freute sie sich auf ein freies Wochenende. Die Wettervorhersage versprach Orkan und Starkregen für den Abend und die kommende Nacht. Die Vorboten waren schon da. Es regnete seit Stunden und der Wind hatte merklich zugenommen. Sarah stieg ins Auto und fuhr zum Supermarkt, um ein paar Dinge für die nächsten Tage zu besorgen, damit sie das Haus nicht mehr verlassen musste.

Sarah packte den Einkaufswagen mit Lebensmitteln und Kerzen voll. Auf dem Weg zur Kasse lief sie Maureen in die Arme.

»Machst du Hamsterkäufe?«

Sarah blickte lachend in den Wagen. »Ja, das sieht ganz so aus. Ich glaube, ich habe etwas übertrieben.«

»Damit habe ich kein Problem. Ich liebe Kunden wie dich, die meine Kasse mit vielen Dukaten füllen.«

»Das glaube ich dir sofort. Heute wirst du definitiv um einiges reicher.«

»Hast du einen Moment für mich?« Maureen sah sie fragend an.

»Klar, was gibt's?«

»Ich erweitere unser Sortiment und habe zwei deiner neuen Rezepte aufgenommen. Würdest du bitte probieren? Ich möchte gerne wissen, ob uns die Umsetzung gelungen ist.« Sarah nickte zustimmend und folgte Maureen in die Küche. Sie testete zuerst die Süßkartoffelsuppe.

»Richtig lecker. Hier fehlt lediglich noch ein kleiner Kick. Nimm für das Aroma zusätzlich Lorbeerblätter, frische Petersilie, Thymian und Sellerieblätter. Die Kräuter rollst du in ein Lauchblatt und kochst das mit. Dann ist es perfekt.« Maureen kritzelte fleißig Notizen auf einen Block.

»Ich bin jedes Mal aufs Neue beeindruckt, mit welch simplen Ideen du Gerichte aufpeppst und zu etwas Besonderem machst. Hier, probier die Kalorienbombe.« Maureen reichte Sarah ein Stück Schokoladen-Kaffee-Brownie mit Pecannüssen.

»Mmh, der ist super. Das Ding ist immer eine Sünde wert«, schwärmte Sarah und leckte sich über die Lippen. »Den Brownie hätte ich nicht besser hinbekommen.«

»Wow, ein Lob vom Profi. Das ist mir sofort zu Kopf gestiegen und ich werde meine Preise nach diesem Ritterschlag erhöhen«, grinste Maureen und setzte einen hochnäsigen Blick auf. »Ich habe übrigens diesen scharfen Typen von letztens noch einmal getroffen. Erinnerst du dich an den?«

»Ja, und?«, erkundigte sich Sarah, obwohl sie sich nicht sicher war, ob sie das überhaupt hören wollte. Sie verspürte bei der Vorstellung, dass Maureen und Nicholas Zeit miteinander verbracht hatten, einen leichten Stich.

»Er heißt Nicholas, kommt aus Vancouver und ist verheiratet. Leider offenbar glücklich. Ich habe mich echt ins Zeug gelegt. Erfolglos. Er hat mir charmant, aber unmissverständlich klar gemacht, dass ich nicht den Hauch einer Chance habe«, seufzte Maureen theatralisch und wischte sich imaginäre Tränen aus den Augenwinkeln.

Erleichterung breitete sich in Sarah aus. Maureen interessierte ihn nicht. Und das, obwohl er definitiv in keiner glücklichen Beziehung war. Dann schüttelte sie fast unmerklich den Kopf. Das fühlte sich beinahe wie Eifersucht an. Woher kam diese intensive Emotion?

»Ich hätte ihn fragen sollen, ob er einen Bruder hat«, murmelte Maureen und entlockte Sarah damit ein Lachen.

»Ich baue auf die neue Saison und interessante männliche Touristen. Wenn ich nicht so sehr an Dolphin Bay hängen würde, würde ich in die große weite Welt ziehen. Dahin wo es unverheiratete, kinderlose Männer ab Mitte dreißig gibt. Irgendwo muss sich diese Spezies ja schließlich verstecken.«

»Wusstest du, dass statistisch gesehen in Schweden die meisten Singles leben? Schon mal über Urlaub nachgedacht?«, regte Sarah mit einem Grinsen an.

»Ha, Schweden. Die sehen nicht schlecht aus, aber für ihre Heißblütigkeit im Bett sind die Männer eher nicht bekannt, oder?« Maureen tippte sich mit dem Zeigefinger an die Lippen.

»Du bist echt unverbesserlich«, gab Sarah schmunzelnd zurück. »Ich sollte mich auf den Weg machen, bevor ich nach Hause schwimmen muss. Wir sehen uns.« Maureen winkte ihr hinterher und Sarah ging in Richtung Kasse.

***

Sarah parkte ihren Wagen so nah wie möglich am Cottage. Sie stieg aus und sprintete zur Haustür, steckte den Schlüssel ins Schloss und fluchte laut, weil das Türschloss wieder einmal klemmte. Ein Schirm war bei dem Sturm völlig nutzlos. Der Wind peitschte die Wassertropfen in Sarahs Gesicht. Diese fühlten sich wie tausend kleine Nadelstiche auf ihrer Haut an. Sie rüttelte genervt an dem Knauf und nach einer gefühlten Ewigkeit gelang es ihr schließlich, den Schlüssel zu drehen und die Tür zu öffnen. Nachdem Sarah wenig später ihre Einkäufe das kurze Stück vom Auto in die Küche getragen hatte, war sie von Kopf bis Fuß durchnässt. Der Wind heulte bedrohlich laut um die Mauern. Die Regenmassen kamen aus allen Himmelsrichtungen und das tosende Meer sah fast schwarz aus. Einige Wasservögel versuchten verzweifelt, gegen den Wind anzukommen. Es war plötzlich stockdunkel.

Sarah schaltete das Licht ein und schlüpfte zunächst aus den nassen Schuhen. Sie verstaute alle Einkäufe, bevor sie ein Feuer im Kamin anzündete. Sarah zitterte mittlerweile am ganzen Körper. Sie schälte sich aus der durchnässten Kleidung und ließ sich ein Schaumbad ein. Seufzend glitt sie ins heiße Wasser. Es war eine

Wohltat, sich aufzuwärmen. Eine halbe Stunde später stand sie in ihrem kuscheligen Pyjama vor dem Spiegel im Bad und föhnte sich die Haare. Plötzlich sah sie, dass das Display ihres Handys aufleuchtete. Sie stellte den Haartrockner ab und nahm das Gespräch an.

»Hallo Connie, was gibt's?«

»Ich habe eine außergewöhnliche Bitte an dich.«

»Solange du mich nicht mehr vor die Tür schickst, bin ich für alles zu haben. Ich wäre da draußen vorhin fast ertrunken.« Sarah lachte.

»Stimmt, das Wetter ist selbst für Enten zu nass«, scherzte Connie. »Der Sturm ist im Übrigen der Grund für meinen Anruf. Wir sind heute Nacht komplett ausgebucht und lassen schon drei Gäste bei uns im Wohnzimmer übernachten, da die Flüge wegen des Orkans storniert wurden. Alle anderen Übernachtungsmöglichkeiten hier im Ort sind ebenfalls komplett belegt und viele Pensionen sind zu allem Übel noch geschlossen, weil die Saison erst in einigen Wochen startet.«

»Was kann ich für dich tun?«

»Würdest du Nicholas heute ein Schlafzimmer überlassen?«, kam die Frage von Connie. »Er war für ein paar Tage in Dublin und es war Glück, dass sein

Flieger überhaupt in Kerry landen konnte. Finlay hat vor ein paar Minuten mit ihm telefoniert. Er kämpft sich die Küstenstraße entlang, aber bis nach Bishops Landing kommt er heute auf keinen Fall mehr. Der Brandon Creek ist über die Ufer getreten und der Weg zur Lodge ist komplett unpassierbar.«

Alles, nur dass nicht, dachte Sarah. Eine Nacht mit diesem faszinierenden, erotischen Mann unter einem Dach zu verbringen erschien ihr völlig unmöglich. Die letzten Tage hatte sie ihn nahezu aus ihren Gedanken verbannt. Jetzt war das verstörende Verlangen mit einem Schlag wieder zurück. In ihrem Magen breitete sich ein flaues Gefühl aus. Sarah wischte ihre feuchte Hand an der Schlafanzughose ab.

»Bist du noch dran? Ich würde dich nicht darum bitten, wenn uns eine andere Lösung eingefallen wäre.«

Sarah seufzte. Sie konnte Nicholas selbstverständlich nicht im Auto schlafen lassen. Da es im Haus drei Schlafzimmer gab, die alle über ein eigenes Bad verfügten, stimmte sie letztendlich zu.

»Du bist ein Schatz. Finlay sagt Nicholas dann gleich Bescheid. Da draußen geht es abenteuerlich zu. Wird sicher eine Weile dauern, bis Nic es zu dir schafft.«

Finlay saß auf dem Sofa und lauschte dem Telefonat. Er hatte Connie nichts von dem Gespräch mit Nicholas im Pub erzählt. Er kannte seinen Freund und er wusste, dass für Nicholas klare Verhältnisse wichtig waren. Eine Übernachtung bei Sarah würde ihn in seiner momentanen Verfassung vermutlich erst recht durcheinanderbringen.

***

Drei Stunden später war Nicholas immer noch nicht angekommen. Sarah machte sich langsam Sorgen. Sie hatte den Schlafanzug gegen bequeme Leggings, dicke Wollsocken und ein Sweatshirtkleid getauscht. Das Abendessen wartete bereits auf Nicholas und das Gästezimmer hatte sie für die Nacht vorbereitet. Der Sturm war in der Zwischenzeit zum kräftigen Orkan angeschwollen und es regnete sintflutartig. Sarah legte immer wieder Holz im Kamin nach. Sie verteilte im ganzen Haus Kerzen und zündete eine nach der anderen an. Damit war sie vorbereitet, falls der Strom ausfiel. Nur in der Küche ließ sie eine kleine Lampe brennen. Der Rest des Hauses wurde von den Kerzen und dem Flackern des Kaminfeuers in sanftes Licht getaucht.

Sarah tigerte unruhig zwischen Küche und Wohnraum hin und her. Sie konnte sich auf nichts wirklich konzentrieren. Dieser Mann bringt mich um den Verstand, dachte sie. Einige Minuten später sah sie endlich Scheinwerfer und ein Auto bog in die Einfahrt ein. Sarah öffnete erleichtert die Haustür und Nicholas wurde mit einem Schwall Wasser ins Haus geweht.

17. Das Gästezimmer

Nachdem Nicholas erfuhr, dass er die Nacht bei Sarah verbringen würde, war alles in ihm in Aufruhr. So viel dazu, ihr aus dem Weg zu gehen, dachte er. Nicholas war von der anstrengenden Fahrt müde. Das war eine perfekte Entschuldigung, um sich sofort zurückzuziehen. Für den nächsten Morgen nahm er sich vor, das Cottage in aller Frühe zu verlassen. Am besten, bevor Sarah aufstand.

Von diesem Plan war er so lange überzeugt, bis sie ihm die Tür öffnete. Im Schein des Kerzenlichts sah sie atemberaubend aus. Er konnte sich nicht länger etwas vormachen. Er war total hingerissen von ihr. Er wollte sie mehr als alles andere.

Sarah trat zur Seite und ließ ihn ins Haus. Der Wind stand auf dem Eingang und sie stemmte sich mit aller Gewalt gegen die Tür, um sie hinter ihm wieder ins Schloss zu drücken. Dann drehte sie sich um und sah Nicholas an, der tropfnass vor ihr stand. Das Hemd klebte eng an seinem Körper. Er strich sich die nassen Haare aus dem Gesicht. Sarah fand, dass er unwiderstehlich aussah. Wie konnte jemand nur einen solchen Sex-Appeal haben? Sie leckte sich unbewusst über die Lippen. Dies brachte Nicholas fast um den Verstand. Er zwang sich, den Blick von ihrem Mund abzuwenden und nicht ständig daran zu denken, wie sie schmecken würde.

»Da draußen scheint die Welt unterzugehen«, stellte Sarah fest, nachdem sie ihre Sprache wiedergefunden hatte.

»Das kannst du laut sagen. Ich habe ewig für die Strecke gebraucht. Es lagen Bäume im Weg und teilweise glich die Straße einem Flusslauf. Ich dachte, dass ich es gar nicht bis hierher schaffen würde. Danke, dass du mir für heute Nacht Unterschlupf gewährst. Ich bin ziemlich erledigt von der anstrengenden Fahrt. Und ziemlich nass.« Nicholas schaute grinsend an sich herunter.

»Und offenbar auch ziemlich hungrig«, lachte Sarah, weil genau in diesem Moment sein Magen lautstark knurrte.

»Ich habe heute nur gefrühstückt. Die hörbare Beschwerde ist also durchaus berechtigt. Vor allem, weil es hier verführerisch nach Essen duftet.«

»Komm, ich zeig dir dein Zimmer. Nimm doch schnell eine heiße Dusche. In der Zwischenzeit wärme ich dir Lasagne auf. Magst du Nudeln?«

»Ich liebe Lasagne. Dein Angebot nehme ich gerne an.«

Sarah ging zum Küchentisch und goss Nicholas einen Rotwein ein. »Nimm das mit zur Entspannung«, sagte sie und reichte ihm das Glas.

Als er es nahm, achtete er darauf, Sarah nicht zu berühren. Es kostete ihn seine gesamte Selbstbeherrschung, Abstand zu halten. Nicholas hatte sich auf dem Weg vom Flughafen hierher ständig vorgestellt, wie sich ihre sinnlichen Lippen auf seinen anfühlen würden. Und auch noch einige andere Dinge. Er nahm sich daher vor, zunächst eiskalt zu duschen.

***

Sarah hörte das Rauschen des Wassers und ihre Gedanken verselbstständigten sich. Sie sah vor ihrem geistigen Auge, wie die Wassertropfen an Nicholas' Körper hinunter perlten. Sie stellte sich vor, jeden Zentimeter seiner Haut zärtlich einzuschäumen. Ihre nassen Körper rieben sich aneinander. Nicholas drückte sie an die Wand. Sie fühlte ein süßes Ziehen in ihrem Unterleib.

Sobald die Dusche abgestellt wurde, rief Sarah sich zur Vernunft und kümmerte sich schnell um das versprochene Essen.

***

Nicholas wickelte sich ein Handtuch um die Hüften und rubbelte seine Haare trocken. Als er frische Sachen anziehen wollte, fiel ihm auf, dass er seine Reisetasche neben der Eingangstür vergessen hatte. Er seufzte und ging los, um sein Gepäck zu holen.

Sarah hörte die Tür und drehte sich um. Sie öffnete den Mund, um Nicholas mitzuteilen, dass er in wenigen Minuten essen konnte. Dann fiel ihr auf, dass er nichts als ein Handtuch trug. Sie starrte ihn fassungslos an und es verschlug ihr die Sprache. Sofort fühlte sie ein sehnsüchtiges Pochen zwischen ihren Schenkeln. Ihr Herz schlug aufgeregt ein paar Takte schneller. Sarah wurde schwindelig vor Begierde.

Zum Glück wandte Nicholas ihr den Rücken zu, während er sich bückte, um die Tasche aufzuheben. Sie zwang sich, den Blick abzuwenden und drehte sich schnell zur Arbeitsfläche um, bevor er kehrtmachen und sehen würde, dass sie ihn fixierte. Zur Beruhigung atmete sie mit geschlossenen Augen mehrmals tief ein und aus. Sarah gestand sich ein, dass sie diese erotischen Fantasien und die sinnliche Wirkung, die Nicholas auf sie ausübte, durchaus genoss. Es war lange her, dass sie einen Mann begehrt hatte. Sie fühlte sich zum ersten Mal seit Marcus‘ Tod lebendig.

***

Nicholas nahm eine graue Jogginghose sowie ein schwarzes Shirt aus seiner Reisetasche und zog sich an. Ihm waren Finlays Worte aus dem Pub während der letzten Tage immer und immer wieder durch den Kopf gegangen. Zugegebenermaßen hatte Fin damit ins Schwarze getroffen. Seine Gefühle für Claire waren nicht mehr dieselben. Die Liebe hatte sich in Freundschaft verwandelt. Seine Entscheidung stand mittlerweile fest. Er würde sich von Claire trennen.

Seit er gestern diesen Entschluss gefasst hatte, fühlte sich Nicholas befreit. Jetzt brodelte es in ihm. Er beschloss, einen Vorstoß zu wagen und Sarah seine Gefühle zu gestehen. Er musste unbedingt wissen, ob es überhaupt eine Chance für ihn gab.

Er betrat die Küche und erblickte Sarah, die dabei war, lecker aussehenden Salat in eine kleine Schale zu füllen. Auf einem Teller dampfte schon die Lasagne.

»Lass es dir schmecken. Die Nudeln habe ich heute frisch hergestellt. Es ist noch mehr da, falls du einen Nachschlag möchtest.« Sie zeigte auf die Auflaufschale.

»Wow, hausgemachte Pasta. Was für ein Verwöhnprogramm für den Gaumen. Danke dir, das sieht köstlich aus.« Nicholas setzte sich an den Tisch und nahm das Besteck in die Hände. »Isst du nicht mit mir?« Er sah sie fragend an.

»Entschuldige, aber ich hatte vorhin so einen Hunger, dass ich nicht länger warten konnte. Bitte, lass dir Zeit. Ich kümmere mich in der Zwischenzeit um das Feuer.«

Sarah ging in den Wohnbereich und legte ein paar weitere Holzscheite in den Kamin, bevor sie die Vorhänge an den Fenstern zuzog. Dann kuschelte sie sich in einen der Sessel und zog die Beine unter sich. Sie versuchte ihren verräterischen Körper und die sündigen Gedanken, die Nicholas ständig in ihr auslöste, erneut in den Griff zu bekommen. Ihn in der Nähe zu haben, wühlte sie auf.

***

»Dein Essen war fantastisch. Ich habe noch nie eine so köstliche Lasagne gegessen, nicht einmal in Italien«, schwärmte Nicholas und unterbrach damit ihre Gedankengänge.

»Freut mich, dass es dir geschmeckt hat.« Sarah lächelte ihn an. Sie beobachtete, wie er aufstand und Teller sowie Besteck in die Spülmaschine räumte. Dann verpackte er den restlichen Auflauf sorgfältig und verstaute ihn im Kühlschrank.

»Bist du immer so ordentlich?«

»Immer«, sagte er mit einem bezaubernden Lächeln in ihre Richtung. Sarah schmunzelte amüsiert. Sie hörten ein Telefon klingeln.

»Oh, das ist meins«, sagte Nicholas. Er nahm das Telefonat im Gästezimmer an. Die Tür ließ er offen, sodass Sarah das Gespräch zwangsläufig mithörte.

»Hallo Claire ... Nein, du hast mich nicht geweckt ... Ja, mir geht es gut ... Der Sturm ist heftig. Ich konnte nicht einmal bis zur Lodge kommen ... Bis Dolphin Bay habe ich es zum Glück geschafft, aber Fin und Connie sind wegen des Wetters total überbelegt ... Mach dir keine Gedanken. Ich habe es warm und gemütlich. Sarah, eine liebe Freundin von Connie, hat mir für heute Nacht eins ihrer Schlafzimmer überlassen ... Ja, dir einen schönen Tag. Grüß Olivia von mir. Wir reden später.«

Sarah war tief beeindruckt, wie respektvoll Nicholas und seine Frau trotz ihrer Situation miteinander umgingen. Das zeigte ihr einmal mehr, wie besonders dieser Mann war.

***

Nicholas kam zurück ins Wohnzimmer und deutete auf die Couch. »Darf ich?«

»Natürlich. Fühl dich bitte wie zu Hause.«

Er setzte sich hin und schaute einen Moment ins knisternde Feuer. Dabei knetete er nervös seine Finger. Schließlich nahm er allen Mut zusammen.

»Du hast mich vom ersten Moment an verzaubert. Ich bekomme dich nicht mehr aus meinem Kopf. Ich hatte mir vorgenommen, dir aus dem Weg zu gehen, aber das scheint mir offensichtlich nicht zu gelingen.« Er hob den Kopf und schaute Sarah eindringlich aus seinen warmen braunen Augen an.

»Du hast sicher meinen Ehering bemerkt. Es ist kein Geheimnis, dass ich schon lange verheiratet bin. Auch wenn Claire und ich eine Pause eingelegt haben, ich gehe zu den Gründen jetzt nicht ins Detail, war ich nicht auf der Suche. Aber ich habe Gefühle für dich entwickelt, die ich nicht kontrollieren kann. Ich wurde davon völlig überrumpelt. Wenn du mich jetzt fragst, wohin das führen soll, habe ich ehrlich gesagt keine Antwort für dich.« Er zuckte mit den Schultern. »Trotzdem wünsche ich mir seit unserer ersten Begegnung nichts mehr, als dich besser kennenzulernen und deine Nähe zu spüren. Wenn ich dich nicht bald küssen darf, werde ich noch wahnsinnig vor Verlangen.« Er warf Sarah einen angespannten Blick zu.

Ihr Mund wurde trocken. Das Herz schlug Sarah bis zum Hals. Sie wusste nicht, wie sie mit diesem Geständnis umgehen sollte. Dass er so empfand, kam für sie aus heiterem Himmel.

»Ich erwarte nicht, dass du dazu etwas sagst. Ich weiß, dass ich dich damit überfahren habe. Wenn dir lieber ist, dass ich gehe, verstehe ich das ...«

»Nein, bitte geh nicht«, sagte Sarah leise.

Nicholas schloss die Augen und nahm einen tiefen Atemzug, bevor er sie hoffnungsvoll ansah.

»Füllst du unsere Gläser auf?«, bat ihn Sarah. »Mir ist wichtig, dass wir darüber reden.«

18. Das nähere Kennenlernen

Dem Wunsch kam Nicholas gerne nach. Mit zitternden Händen goss er Wein in die Gläser und stellte die Flasche wieder auf den Tisch. Dann lehnte er sich zurück und sah Sarah tief in die Augen.

Sie zeigte zum Kaminsims. »Auf dem Bild dort sind mein Mann Marcus und ich zu sehen. Wir waren zwanzig Jahre verheiratet. Das Foto entstand kurz vor seinem Tod. Ich werde nicht darüber sprechen, wie Marcus gestorben ist, aber ich würde dir gerne ein paar Dinge über mich und mein Leben erzählen.«

»Ich möchte alles über dich wissen«, merkte Nicholas interessiert an.

»Ich habe Marcus mit vierundzwanzig kennengelernt. Zu der Zeit arbeitete ich für ein bekanntes Fachmagazin im Gourmet-Sektor. Wir sind uns zufällig in Reykjavik begegnet. Ich war dort, um für einen Artikel über die unappetitlichsten Gerichte der Welt zu recherchieren.«

Nicholas grinste amüsiert. »Über so etwas berichtet eine Fachzeitschrift für Feinschmecker? Dann hast du sicher über diesen Gammelhai geschrieben. Hakárl heißt das grauenhafte Nationalgericht, oder?« Er schüttelte sich bei dem Gedanken. »Mir wurde das Zeug einmal unter die Nase gehalten. Ich wäre von dem Gestank fast in Ohnmacht gefallen. Grundsätzlich bin ich der Meinung, man sollte alles in seinem Leben wenigstens einmal probieren. Aber in diesem Fall konnte ich mich einfach nicht durchringen.« Er verzog angewidert sein Gesicht.

»Da hast du nichts verpasst. Neben diesen entsetzlichen Ausdünstungen, die einem allein schon den Magen umdrehen, schmeckt der Fisch extrem nach Salz. Das Fleisch kann man bestenfalls als gummiartig bezeichnen. Mir war es leider nicht möglich, zu kneifen. Daher habe ich mir ein Stück runtergewürgt. Im Anschluss habe ich gleich vier Gläser von diesem isländischen Branntwein nachgekippt. Hat aber nicht geholfen.« Sarah lachte laut auf. »Es hat mich so geekelt, dass ich mir anschließend alles mehrmals durch den Kopf gehen ließ und die nächsten Tage sterbenskrank war.«

»Du hast den Fisch echt gegessen? Ich bin schier sprachlos vor Ehrfurcht.« Nicholas deutete eine Verbeugung an und fiel in ihr Lachen ein.

»Marcus war Reisejournalist. Er hat an diesem bemerkenswerten Event teilgenommen, um ebenfalls darüber zu schreiben. Als es mir so schlecht ging, hat er mich erst zum Arzt und dann ins Hotel gefahren. Die nächsten Tage spielte er meinen Pfleger. Er gestand mir schon kurz darauf, dass er sich sofort in mich verliebt hat. Da ich selbst in meinem jämmerlichen Zustand romantische Gefühle in ihm wecken konnte, habe ich genauer hingesehen, nachdem ich mich besser gefühlt habe. Was soll ich sagen? Ich habe mich auf den zweiten Blick total in ihn verliebt und so sind wir zusammengekommen.«

»Das nenne ich eine außergewöhnliche Kennenlerngeschichte«, antwortete Nicholas schmunzelnd. Er sprach es nicht aus, aber dass Marcus sofort für Sarah entbrannt war, verstand er gut. Auch bei ihm hatte ein Blick genügt. Er lenkte das Thema zunächst wieder auf etwas unverfänglicheres Terrain. »Hast du eigentlich auch Schafskopf probiert?«, wollte er von ihr wissen.

»Himmel nein!« Sarah zog eine Grimasse. »Zum einen mag ich es nicht, wenn mich Essen vom Teller anguckt und zum anderen hatte ich vor, Marcus besser kennenzulernen. Weitere drei Tage mit grünem Gesicht im Bett zu verbringen stand nicht auf meiner Liste«, grinste sie. »Ich habe einige andere Leute dazu befragt und den Artikel völlig ohne schlechtes Gewissen mit fremden Federn geschmückt.« Sie zwinkerte Nicholas zu.

Er war ihr mittlerweile völlig verfallen. Sie konnte über sich selbst lachen und war dabei hinreißend. Nicholas hörte ihr weiter gebannt zu.

»Wir haben ein Jahr später geheiratet und uns ein Haus in Toronto gekauft. Den Job bei der Zeitung habe ich gekündigt und angefangen, meine eigenen Kochbücher zu schreiben. Die freie Zeiteinteilung ließ sich besser mit Marcus' Arbeit vereinbaren. Wir waren rund zweihundert Tage im Jahr irgendwo auf der Welt unterwegs.«

»Bist du jedes Mal mit ihm gereist?«, fragte Nicholas interessiert.

»Ja, immer. Obwohl mir das Leben aus dem Koffer manchmal zu anstrengend wurde. Aber uns war es wichtig, zusammen zu sein. Seit der Heirat haben wir nicht einen Tag voneinander getrennt verbracht.«

»Wow, das ist beeindruckend. Ihr wart eine echte Einheit.«

»Ja, das waren wir«, antwortete Sarah und lächelte traurig. »Ich werde ehrlich zu dir sein. Die letzten zwei Jahre ohne meinen Mann waren extrem schwer für mich. Er fehlt mir jeden Tag. Marcus war die Liebe meines Lebens. Wir hatten eine besondere Verbindung und jemand anderes an meiner Seite war bisher für mich unvorstellbar.«

Nicholas‘ Hände waren feucht. Im Grunde hatte er mit einer solchen Antwort gerechnet. Trotzdem stieg eine tiefe und schmerzhafte Enttäuschung in ihm auf. Er nickte, wandte den Blick von Sarah ab und starrte ins Feuer. »Ich verstehe. Danke, dass du so offen warst.«

»Nicholas, ich habe *bisher* gesagt, denn auf dich war ich nicht vorbereitet. Ich habe keinesfalls damit gerechnet, dass jemand mit einem Paukenschlag in mein Leben treten würde, der mich derart durcheinanderbringt wie du.«

»Ich bringe dich durcheinander?« Ein unwiderstehliches Lächeln umspielte Nicholas‘ Lippen, als ihm klar wurde, was ihre Antwort bedeutete.

»Das ist gut. Das ist sogar sehr gut. Dann bin ich auf dem richtigen Weg«, sagte er mit seiner verführerischen Stimme und blickte ihr tief in die Augen.

Die Luft brannte zwischen ihnen. Sarah musste alles an Selbstdisziplin aufbringen, um sich nicht einfach auf seinen Schoß zu setzen und sich zu nehmen, wonach sie sich sehnte. Sie verzehrte sich danach, ihm nah zu sein. Sie wollte wissen, wie er küsste und wie sich seine Hände auf ihrem Körper anfühlten. Sie wollte seine Wärme spüren. Sie wollte mit ihm schlafen.

Sarah löste mit einem kaum hörbaren Seufzer den Blick von ihm und stand auf. Sie kniete sich vor den Kamin, um Holz nachzulegen, und versuchte, wieder zur Vernunft zu kommen. Nicholas spürte die überwältigende sexuelle Spannung ebenfalls. Sobald Sarah ihm den Rücken zukehrte, ballte er die Hände zu Fäusten. Er schloss die Augen und atmete mehrmals tief durch. Nicholas nahm ein Kissen vom Sofa, legte es auf seinen Schoß und platzierte die Hände darauf. Dass er erregt war, ließ sich nicht mehr anders verbergen. Auf keinen Fall sollte Sarah seinen Zustand bemerken und denken, dass er nur auf Sex aus war.

Sie hatten sich beide ein wenig gefangen, als Sarah sich wieder in den Sessel kuschelte und einen Schluck Wein trank. »Erzähl mir mehr von dir. Wie hast du deine Frau kennengelernt?«

»Bei uns war es weniger spektakulär als bei dir und Marcus. Wir sind High School Sweethearts. Ich kenne Claire seit sage und schreibe sechsunddreißig Jahren und fast genauso lange sind ...«, Nicholas korrigierte sich, »... oder besser gesagt, waren wir ein Paar. Nach fünf Jahren Beziehung wurde geheiratet und dann haben wir schnell drei Kinder bekommen. Cameron ist neunundzwanzig, Katie siebenundzwanzig und Matt ist sechsundzwanzig. Marcus und du, habt ihr eigentlich Kinder?«

Sarah schüttelte den Kopf. »Wir haben es eine Weile versucht. Als es nicht klappte, habe ich erfahren, dass ich eine Anomalie habe und keine Kinder bekommen kann.«

Nicholas sah sie betroffen an. »War das schwer für euch?«

»Erstaunlicherweise nicht. Es wäre sicher schön gewesen. Marcus hätte einen tollen Vater abgegeben. Aber wir haben uns schnell damit abgefunden. Mein Mann hat seinen Job über alle Maßen geliebt. Ohne Kinder waren die vielen Reisen natürlich wesentlich besser machbar.«

»Woher kennst du eigentlich Finlay?«, erkundigte sich Sarah.

»Die Nervensäge ist bei uns als Austauschschüler gelandet. Ich war gezwungen, ein ganzes Jahr mit ihm unter einem Dach und in der Schule auszuhalten. Ein

Albtraum, der mich bis heute verfolgt«, grinste Nicholas vergnügt.

»Das glaube ich gerne. Hat er euch damals schon alles Süße weggefuttert?«

»Stimmt genau, du kennst ihn offenbar ebenfalls schon länger«, gab Nicholas erheitert zurück. »Ein Wunder, dass Fin keine dreihundert Kilo wiegt.«

»Dafür hat er Connie. Die hält ihn schon auf Trab.« Sarah zwinkerte ihm zu und beide brachen in Gelächter aus.

»Verrätst du mir, was du beruflich machst?«, fragte Sarah interessiert nach.

Sobald Nicholas seine Arbeit ansprach, wurde ihr klar, warum er ihr bekannt vorgekommen war. Sie kannte viele Lieder seiner ehemaligen Band und ihr gefiel die Musik sehr. Vor allem die sanfte emotionale Stimme des Sängers hatte bei ihr vom ersten Moment an für Gänsehaut gesorgt. Auf einem Konzert war sie allerdings nie gewesen.

»Dann hast du beruflich ebenfalls eine Menge Zeit fern der Heimat verbracht«, stellte sie fest.

»Ja, viel zu viel. Besonders in den letzten Jahren. Das hat meine Ehe nicht verkraftet. Ich hätte schon vor langer Zeit die Reißleine ziehen müssen. Manchmal kommt die Erkenntnis, wie in diesem Fall, zu spät.« Dann wechselte Nicholas das Thema.

»Erzähl mir mehr über deine Kochbücher. Wie kommst du immer an neue Ideen für Rezepte? Das interessiert mich brennend. Ich koche unglaublich gerne, weil es mich entspannt. Aber am Topf bin ich bei Weitem nicht so kreativ wie beim Komponieren.«

***

Der Sturm toste weiterhin um das Haus und der Regen prasselte laut gegen die Fenster. Sarah und Nicholas schenkten dem Unwetter jedoch keine Beachtung. Sie lernten sich immer besser kennen und die nächsten Stunden vergingen für beide wie im Flug. Sarah erfuhr, dass Nicholas eine jüngere Schwester hatte, die in San Francisco lebte und Querflöte im dortigen Symphonieorchester spielte. Seine Eltern waren vor einigen Jahren gestorben.

Sarah erzählte ihm, dass sie gar keine Familie mehr hatte. Nicholas berührte das tief, denn dass sie seit dem Tod ihres Mannes vollkommen auf sich allein gestellt war, musste extrem schwer für sie sein. Diese Gedanken behielt er jedoch für sich. Heute war nicht der richtige Zeitpunkt, um detailliert über schmerzliche Lebensphasen zu sprechen.

Die beiden fanden heraus, dass sie viele gemeinsame Hobbys und Interessen hatten. Es entwickelte sich schnell eine außergewöhnliche Vertrautheit. Nicholas bewunderte die beeindruckende Stärke, die Sarah trotz des Schicksalsschlags zeigte. Er war überwältigt von ihrem Charme und ihrer Lebensfreude, ihrer Klugheit und der einfühlsamen Art. Sie hatte einen herrlichen Humor. Die beiden lachten über die gleichen Dinge. Er fühlte sich extrem wohl mit ihr.

Sarah erkannte in Nicholas einen sensiblen, gefühlsbetonten und charismatischen Mann, einen Familienmenschen durch und durch. Er war bodenständig, verlässlich und ehrlich. Starallüren gab es nicht. Er nahm kein Blatt vor den Mund, man wusste bei ihm immer, woran man war.

Nicholas teilte mit ihr im Laufe der Nacht einige peinliche Momente seines Lebens als Musiker. »Wir spielen im voll besetzten Stadion. Fünfundzwanzigtausend Besucher. Die Show läuft super. Und dann passiert es: Wir verlieren komplett den Faden. Stell dir sechs Leute auf der Bühne vor, die plötzlich alle ein anderes Lied anstimmen. Free Jazz ist nichts dagegen. Nach ein paar Sekunden haben wir uns alle fragend angeschaut und sind dann lachend auf der Bühne zusammengebrochen. Für mehrere Minuten lief nichts mehr. Das Publikum hat sich zum Glück ebenfalls köstlich darüber amüsiert. Wir haben ein Quiz veranstaltet und die Leute raten lassen, was wir da eigentlich gespielt haben. Dann mussten wir uns absprechen, um wieder ins richtige Fahrwasser zu kommen.« Sarah und Nicholas wischten sich Lachtränen aus den Augen.

»Ich glaube, das sind besondere Momente, die den Fans lange in Erinnerung bleiben. Das macht die Künstler doch erst menschlich. Ich finde das zumindest äußerst sympathisch«, gab Sarah an.

***

Der Austausch von Gedanken und Gefühlen tat beiden gut. Sie genossen die gemeinsame Zeit und lernten in dieser Nacht viel übereinander. Die Stimmung war nach wie vor erotisch aufgeheizt. Die Blicke, die sie sich zuwarfen, schickten immer wieder kleine Stromstöße durch ihre Körper. Es fiel Nicholas zunehmend schwerer, auf Distanz zu bleiben. Er begehrte Sarah umso mehr, seit sie sich ihm in den letzten Stunden geöffnet hatte. Ihm fielen eine Menge liebenswerte Eigenschaften an ihr auf. Nicholas war restlos fasziniert von jeder ihrer Bewegungen und den Ausdrücken auf ihrem Gesicht, wenn sie Geschichten erzählte. Mit jedem Lächeln, das sie ihm schenkte, schmolz ein weiteres Stück seiner Kontrolle dahin.

Das Feuer im Kamin glomm nur noch und die Kerzen waren heruntergebrannt. Sarah schaute auf die Uhr. Es war mittlerweile fast fünf Uhr morgens. Sie stand auf und brachte ihr leeres Glas in die Küche. Sarah brauchte unbedingt einen Moment für sich. Sie stützte sich auf die Spüle und sah aus dem Fenster. Sie war so aufgewühlt wie die tobende See da draußen. Je mehr Sarah über diesen Mann erfuhr, je mehr mochte sie ihn. In den letzten Stunden hatte er sich immer tiefer in ihr Herz geschlichen. Sie focht einen innerlichen Kampf aus. Wäre er nicht verheiratet, hätte sie vermutlich ihrem Verlangen nachgegeben. Aber diese Tatsache und die Gefühle, die er in ihr weckte, machten ihr Angst. Sie durfte sich nicht auf ihn einlassen, denn es würde sie schwer verletzen, wenn sie am Ende wieder alleine zurückblieb. Dass sie als Verliererin aus einer Affäre hervorgehen würde, lag für Sarah auf der

Hand. Dabei spielte es keine Rolle, dass Nicholas und seine Frau momentan getrennte Wege gingen. Für Sarah war es klar, dass die beiden die vielen gemeinsamen Jahre nicht einfach wegwischen konnten. Besonders nicht, nachdem sie das Gespräch mit Claire gehört hatte. Ihr Umgang miteinander war dermaßen achtungsvoll, dass garantiert noch Gefühle im Spiel waren. Er würde irgendwann merken, dass sein Platz an der Seite seiner Frau war. Daher beschloss Sarah, sich jetzt von Nicholas zu verabschieden und schlafen zu gehen. Sie musste hier einen Schlussstrich ziehen.

Nicholas schaute Sarah hinterher, als sie aufstand. Möglicherweise war es zu früh, den nächsten Schritt zu wagen, aber sie hatte ihm gestanden, dass er ihr nicht egal war. Es gefiel ihm, sie um sich zu haben und sich mit ihr zu unterhalten. Seine Sehnsucht nach ihrer Wärme und nach ihrer Berührung war in den letzten Stunden ständig gewachsen. Als er ihr gestand, dass er verrückt werden würde, wenn er sie nicht bald küssen dürfe, war das die Wahrheit. Sein ganzer Körper stand in Flammen. Er fühlte, wie sich sein Herzschlag erneut beschleunigte. Diesen besonderen Abend würde er nicht so enden lassen und einfach ins Bett gehen. Er griff nach seinem leeren Weinglas und erhob sich ebenfalls.

19. Sanfte Berührungen

Sarah hörte, dass Nicholas aufstand und in die Küche kam. Sie spürte ihn plötzlich dicht hinter sich. Er griff um sie herum und stellte sein Glas vor ihr auf der Spüle ab. Dann legte er die Arme um ihre Taille, zog sie mit einem leisen Seufzer an sich und vergrub das Gesicht in ihrem Haar. Ihm stieg wieder ihr verführerischer Duft von Schokolade und Vanille in die Nase. Seine sanfte Berührung war ein Schock für Sarahs Körper. Ihr Verstand setzte aus und die Vernunft machte einer überwältigenden Sehnsucht Platz. Sie lehnte sich gegen Nicholas, schloss die Augen und fühlte seinen schnellen, starken Herzschlag.

Sarah wusste nicht, wie lange sie dort bewegungslos standen und die Wärme und Nähe des anderen schweigend genossen. Nicholas atmete stoßweise. Er drehte Sarah zu sich um und sah ihr tief in die Augen. Sie war überwältigt von der magnetischen Anziehung zwischen ihnen. In der Erwartung, dass er gleich ihre Lippen berühren würde, zog sich ihr Unterleib zusammen und sie spürte eine pochende Erregung.

Nicholas senkte den Kopf. Er fuhr zärtlich und aufreizend langsam mit dem Mund von ihrer Schläfe bis zur Wange. Sie bekam am ganzen Körper Gänsehaut und hielt die Luft an, als sie seinen Atem auf der Haut spürte. Er strich behutsam ihr Haar zur Seite. Nicholas liebkoste Sarahs Hals mit seinen sanften Lippen. Ihr entfuhr ein heiseres Stöhnen.

Sie legte die Hände auf seinen Po und zog ihn fest zu sich heran. Sarah spürte seine Härte an ihrem Bauch. Das war zu viel für Nicholas. Er konnte sich nicht länger beherrschen. Seine Lippen nahmen ihre heißblütig in Besitz. Als sich ihre Zungen trafen, begann ein erotischer Tanz, der beide atemlos machte. Seine Hände glitten fieberhaft über Sarahs Rücken und strichen von der Hüfte bis zu ihren Brüsten.

»Wenn du möchtest, dass dies nicht weitergeht, muss ich das jetzt wissen. Sonst ist es zu spät«, flüsterte Nicholas schwer atmend und sah voller Leidenschaft auf Sarah hinab. Als Antwort nahm sie seine Hand und führte ihn ins Schlafzimmer. Sie hatte den Moment des Aufhören Könnens längst überschritten und warf alle Bedenken über Bord. Sarah konnte ihre Gefühle nicht mehr unterdrücken und sie wollte es auch nicht. Sie wollte jeden Zentimeter von ihm berühren. Sie wollte seinen Körper verwöhnen und ihn rasend vor Leidenschaft erleben. Sie wollte ihn spüren und ihn ansehen, wenn er den Gipfel der Lust erreichte. Sarah nahm den Saum seines Shirts, zog es ihm über den Kopf und ließ es achtlos zu Boden fallen. Dann strich sie sanft mit den Fingerspitzen über Nicholas‘ leicht gebräunte Arme. Sie spürte, wie sich seine Muskeln anspannten, als er die Hände zu Fäusten ballte.

Wenn er sie jetzt berührte, würde er wie ein Tier über Sarah herfallen. Daher hielt er sich, so gut er konnte, zurück und überließ ihr die Führung. Nicholas war wie im Rausch. Er fühlte eine heiße Spur, die ihre Finger auf seiner Haut hinterließen. Sie strich ihm über die Schultern und langsam über die Brust bis hin zum Bund der Hose. Er wagte es nicht, zu atmen.

Dann spürte er ihre Zunge an der Brustwarze. Sarah umkreiste sie, leckte sie und biss leicht hinein. Nicholas durchströmte heftiges Verlangen. Er verdrehte die Augen und stöhnte laut auf.

»Wenn du so weitermachst, werde ich endgültig die Kontrolle verlieren«, presste er schwer atmend hervor.

Sarah warf ihm einen lustvollen Blick zu.

»Soll ich aufhören?«

»Untersteh dich«, flüsterte er heiser und zog sie mit sich aufs Bett. Er schob eine Hand unter ihr Kleid und erkundete Sarahs samtige Haut. Er war so erregt, dass er nicht mehr klar denken konnte. Nicholas zog ihr das Kleid ungeduldig über den Kopf. Er sah, wie sich ihre aufgerichteten Knospen durch den BH abzeichneten. Er konnte nicht anders, als sie zu berühren. Nicholas strich mit dem Daumen zart über die Schwellung und hörte, wie sie scharf einatmete. Dann zog er ihr aufreizend langsam den BH aus. Die Rundungen ihrer vollen Brüste passten genau in seine Hände, so als wären sie für ihn gemacht.

»Du bist umwerfend schön«, hauchte er ehrfürchtig. Nicholas umfasste eine Brust und sog ihren blassrosa aufgerichteten Nippel tief in den Mund. Sarah wand sich verführerisch unter ihm und wimmerte, als sie seine Zähne und Zunge spürte.

»Du hast eindeutig zu viel an. Zieh das aus. Sofort«, flüsterte sie mit belegter Stimme und zog an seinem Hosenbund. Diese dominante Aufforderung heizte seine Begierde nur noch mehr an. Er entledigte sich der restlichen Kleidung und zog dann Sarah aus, bis sie völlig hüllenlos vor ihm lag. Er sah sie leidenschaftlich an. Sarah schämte sich ihrer Nacktheit nicht und diese Natürlichkeit machte sie für ihn noch begehrenswerter.

Er streichelte sie mit seinen Blicken, was Sarah deutlich genoss. Ihm fielen einige Narben an ihren

Armen auf, aber er war sofort wieder abgelenkt. Sarah rekelte sich auf dem Laken und strich über ihre Brüste. Als sie die Beine leicht spreizte, sah er, wie erregt sie war. »Sag mir, was du willst«, flüsterte er mit rauer Stimme.

»Berühr mich«, forderte sie ihn atemlos auf und zog ihn zu sich heran. Er küsste sie voller Hingabe. Seine Finger fanden das feuchte Dreieck und streichelten ihre zarte Weiblichkeit. Er verging fast vor Begierde. Sengende Hitze breitete sich in seinem Inneren aus. Sarah krallte sich an der Bettdecke fest und stöhnte laut auf.

Nicholas küsste begierig ihre Brüste und ihren Bauch. Schließlich schob er seine Hände unter ihren Po und senkte hungrig den Mund auf ihr Geschlecht. Sobald seine Zunge das Zentrum ihrer Lust umkreiste, verlor Sarah auf der Stelle das Gespür für Raum und Zeit. Sie kam mit einer Gewalt, die ihr den Atem raubte. Sie bäumte sich Nicholas entgegen und erschauerte am ganzen Körper.

»Bitte, ich muss dich endlich in mir spüren«, flehte sie ihn an.

Nicholas konnte sich nach dieser Aufforderung nicht länger zurückhalten. Mit einem lauten Stöhnen glitt er mühelos in sie.

»Du fühlst dich unglaublich an«, flüsterte er überwältigt.

Kraftvoll bewegte er sich in ihr und Sarah passte sich seinem Rhythmus an. Sie fand mit einer Hand den Weg zwischen ihren Körpern zu ihrer Mitte und streichelte sich. Dabei sah sie Nicholas lustvoll an. Dieses pikante Liebesspiel war zu viel für ihn. Er wollte sich eigentlich Zeit lassen, aber die pure Ekstase gewann Oberhand.

Nicholas stieß härter und immer schneller zu. Dabei beobachtete er, wie sich Sarah berührte. Sein Orgasmus ließ sich nicht aufhalten. Er fühlte, wie sie erneut erbebte. »Nicholas ...«, stöhnte Sarah, bevor sie um ihn pulsierte. Damit verlor er endgültig die Beherrschung. Nicholas ließ sich gehen. Sein Atem ging unregelmäßig. Lustvolle Laute drangen aus seinem leicht geöffneten Mund. Die unbändige Lust breitete sich wie ein Lavastrom in seinem ganzen Körper aus. Nicholas‘ sämtliche Muskeln spannten sich an. Mit einem unkontrollierbaren Zucken und einem lang gezogenen rauen Stöhnen erreichte er einen gewaltigen Höhepunkt.

Schwer atmend kamen beide nur allmählich aus dem Nebel der Leidenschaft zu sich. Nicholas war immer noch in ihr, stützte sich auf seine Ellenbogen und strich Sarah die Haare aus der Stirn. »Hallo, meine Wunderschöne«, hauchte er und küsste sie zärtlich. »Das können wir auf keinen Fall wiederholen.« Nicholas grinste sie an. »Wenn wir das noch einmal so machen, wirst du mich definitiv umbringen.«

Dieser Mann brachte Sarahs Herz zum Schmelzen. Er war zärtlich, leidenschaftlich und humorvoll. Sie war noch ganz berauscht und wollte ihn doch schon wieder.

»Hm, das käme auf einen Versuch an«, sagte sie mit einem anzüglichen Lächeln. Dabei spannte sie ihre Muskeln im Beckenboden fest an und massierte ihn, indem sie die Anspannung wieder löste.

Er riss die Augen auf und sah sie verblüfft an. »Was zur Hölle tust du da?«

Sie spürte, wie er in ihr erneut anschwoll. Sein Atem beschleunigte sich.

»Es funktioniert«, flüsterte sie und zog seinen Kopf zu sich heran.

Sie konnten die Finger nicht voneinander lassen und liebten sich wieder und wieder. Als beide völlig erschöpft in den Schlaf fielen, war es weit nach Mittag.

20. Das Erwachen

Sarah wachte am frühen Abend auf. Nicholas hatte sich von hinten an sie geschmiegt und einen Arm fest um sie geschlungen. Er atmete ruhig und gleichmäßig. Sie hatte sich seit Ewigkeiten nicht mehr so wohlgefühlt. Es war wunderbar, neben Nicholas aufzuwachen. Sie fühlte sich sicher und geborgen. Sentimentale Gedanken ließ Sarah erst gar nicht zu. Sie genoss den Moment und hielt ihn für immer in ihrem Gedächtnis fest. Nie hätte sie es für möglich gehalten, solche Empfindungen noch einmal zu erleben. Diese letzten Stunden würde sie niemals vergessen. Nicholas bewegte sich.

»Hey, du bist ja wach«, hauchte er in ihr Ohr und knabberte an ihrem Ohrläppchen.

»Hab erbarmen mit mir«, lachte Sarah, obwohl ihr schon wieder vor Wonne Schauer über den Rücken liefen. »Ich brauche dringend eine Dusche.« Bei der Vorstellung, wie Wassertropfen ihren Körper herunterrannen, war er auf einen Schlag munter.

»Duschen klingt nach einer brillanten Idee.« Er stand auf und zog Sarah hinter sich her ins Bad. Nicholas stellte das Wasser an und prüfte die Temperatur, bevor er sie in die große ebenerdige Duschkabine schob.

»Bist du wund?« Er sah sie besorgt an, da sie leicht zusammenzuckte, als er zärtlich ihre empfindliche Stelle einseifte.

»Ein wenig. Ich hatte die letzten Jahre schließlich keine Übung.« Sie grinste ihn schief an.

»Ich wollte dir nicht wehtun. Entschuldige bitte, wenn ich zu grob war.«

»Warst du nicht. Im Gegenteil, du warst sogar ganz unglaublich.« Sarah gab ihm einen verzehrenden Kuss und rieb ihren Körper dabei aufreizend an seinem.

»Wenn du mich noch einmal so küsst, garantiere ich für nichts. Ich wollte dir eigentlich eine Pause gönnen«, gab Nicholas mit rauer Stimme zu verstehen.

»In diesem Fall habe ich eine Idee.« Sarah nahm die Seife und ließ sich Zeit, Nicholas damit von Kopf bis Fuß einzureiben, bevor sie ihm mit einem weichen Schwamm den Schaum abwusch. Seine steigende Erregung ließ sich nicht verbergen.

»Was machst du nur mit mir?«, presste er hervor, als sie das Wasser abstellte und ihn sanft massierte. Sarah ging mit einem Mal vor Nicholas in die Hocke und nahm ihn in den Mund. Ihre Zungenschläge und das

Saugen an seiner Männlichkeit bereiteten ihm eine wahnsinnige Lust. Er stützte sich mit beiden Händen schwer atmend an der Wand ab. Sarah knetete zärtlich seinen Po, während sie ihn weiterhin verwöhnte. Für Nicholas gab es keine Zurückhaltung mehr. Er stöhnte laut ihren Namen und explodierte.

***

Sein Magen meldete sich plötzlich unüberhörbar zu Wort, was beide zum Lachen brachte.

»Ich glaube, es wird Zeit, das Ungeheuer wieder zu füttern«, meinte Sarah. »Außerdem hätte ich auch nichts gegen eine Stärkung einzuwenden.«

Sie traten aus der Dusche und trockneten sich gegenseitig ab. Als er Sarahs Arme mit dem weichen Handtuch abtupfte, fragte Nicholas: »Woher hast du die Narben?«

»Ich wurde gebissen. Du kannst gerne fester rubbeln. Es ist schon länger her und tut nicht mehr weh«, war ihre knappe Antwort darauf.

Anschließend schlüpften die beiden in bequeme Kleidung und plünderten den Kühlschrank. Der Wind und der Regen hatten mittlerweile etwas nachgelassen.

Nicholas sah gedankenverloren aus dem Fenster und wünschte sich, das Unwetter würde länger anhalten. Wieder alleine in der Lodge zu sein, war seit gestern unvorstellbar für ihn. Es war total verrückt, schließlich kannten sie sich erst kurz. Der Wunsch, ab sofort Tag und Nacht mit Sarah zu verbringen, war dennoch übermächtig. Er hatte gar keine andere Wahl, als bei ihr zu sein. Ohne sie würde er verrückt werden.

»Du siehst so nachdenklich aus. Was ist los?«

»Ich wünschte, der Sturm würde ewig dauern oder wir könnten die Zeit anhalten.« Er sah sie innig an. »Ich möchte keine Minute mehr ohne dich sein.«

Nicholas zog sie zärtlich in die Arme. Der Kuss war sinnlich und er legte all seine Gefühle hinein. Seine Zunge ließ sich Zeit mit der Erkundung und mit den Händen strich er verführerisch langsam ihren Rücken herunter. Er fühlte, wie sie erbebte und den Kuss erwiderte. Nicholas gefiel es, dass sie mit ihrer Sexualität so offen umging und ihm ohne Hemmungen zeigte, was sie erregte. Es gab kein langsames Herantasten. Bei ihnen passte jede Bewegung. Sie schienen immer genau zu wissen, was der andere brauchte.

Er löste sich schwer atmend von Sarah und nahm ihr Gesicht in beide Hände. Nicholas sah sie voller Liebe an, sodass ihr fast die Beine wegsackten. Jeder Moment mit ihm war etwas Besonderes und sie konnte nicht genug bekommen.

»Ich hatte vom ersten Augenblick keine Chance gegen meine Gefühle. Und seit letzter Nacht ...«, er seufzte, »... seit letzter Nacht weiß ich nicht, wie ich jemals wieder ohne dich leben soll. Du bist eine außergewöhnliche Frau.« Genau in diesem Moment klingelte sein Handy im Schlafzimmer.

»Wunderbares Timing«, grummelte Nicholas und rollte mit den Augen.

»Geh ruhig ran.« Sarah war froh, dass sie einen Moment Zeit für sich bekam. Sie empfand genau wie Nicholas, aber sie musste erst einmal selber verstehen, was in den letzten vierundzwanzig Stunden in ihrem Leben passiert war.

21. Noch eine Nacht

»Das war Finlay. Die Straßen werden frühestens morgen wieder freigegeben. Wir bekommen damit eine Gelegenheit, die letzte Nacht spektakulär zu toppen.« Nicholas sah sie verschmitzt an.

»Ich bin extrem gespannt, was dir da vorschwebt. Ich glaube nämlich nicht, dass wir irgendwas besser machen können.« Sarah schüttelte grinsend den Kopf, während sie den letzten Satz aussprach.

»Du unterschätzt mich, Liebling. Ich habe noch viele sündige Ideen«, sagte er augenzwinkernd, bevor er sie sanft vor sich her ins Schlafzimmer dirigierte.

Nicholas war der perfekte Liebhaber. Aufmerksam, wild, zärtlich, hingebungsvoll und immer darauf bedacht, Sarah so viel Lust wie möglich zu bereiten. Auch in dieser Nacht bekamen sie kaum Schlaf.

***

Als die beiden am nächsten Morgen mit einem Kaffee in der Küche standen, war ihnen klar, dass sie etwas Besonderes verband, das weit mehr als rein körperliche Anziehung war. Nicholas sprach es zuerst aus.

»Du hast meine Welt in der kurzen Zeit, in der wir uns kennen, komplett aus den Angeln gehoben. Ich würde gerne zur Lodge fahren, meine Sachen zusammenpacken und zurückkommen. Ich muss einfach bei dir sein.« Er sah sie mit einem fragenden Blick an.

Sarah holte tief Luft. »Ich möchte nichts mehr als das. Aber du bist verheiratet. Wir haben schon Grenzen überschritten, die wir nicht hätten überschreiten dürfen. Ihr seid mit Finlay und Connie befreundet. Ich weiß nicht, wie ich damit umgehen soll. Ich kann keine Affäre mit dir haben. Ganz oder gar nicht, Nicholas.«

Er stellte seine Kaffeetasse ab, nahm ihre Hände und sah sie mit einem warmen Blick an. »Das wollte ich dir gestern schon sagen, aber wir waren irgendwie zu sehr damit beschäftigt, die Laken in Brand zu setzen.« Er lächelte anzüglich, bevor er wieder ernst wurde.

»Es gibt von meiner Seite aus überhaupt keinen Grund für Heimlichtuerei. Ich will dich offiziell in meinem Leben haben. Unabhängig von uns habe ich bereits in Dublin eine Entscheidung getroffen. Ich werde mich von meiner Frau trennen. Ich bin mir sicher, dass Claire bereits zu dem gleichen Schluss gekommen ist. Aber im Grunde spielt es keine Rolle, weil wir uns versprochen haben, einen Trennungswunsch des anderen uneingeschränkt zu akzeptieren. Claire ist momentan bei einer Freundin auf Hawaii und wir haben längst besprochen, dass wir nach ihrer Rückkehr ausführlich miteinander reden. Ich werde gerne mit Fin und Connie sprechen. Du brauchst dir keine Gedanken machen oder ein schlechtes Gewissen haben. Wir tun nichts Unrechtes. Ich spiele immer mit offenen Karten, Sarah.«

Seine Ehrlichkeit war bewundernswert. Sie wollte ihn, sie war tatsächlich bereit, sich nach Marcus wieder auf eine Beziehung einzulassen. Sie wusste, dass Verliebtheit nicht zwangsläufig zu Liebe wurde, aber mit Nicholas war sie gewillt, dieses Risiko einzugehen. »Hol deine Sachen«, sagte Sarah.

***

In weniger als einer Stunde war Nicholas zurück. Nachdem er seine Habseligkeiten im Cottage verstaut hatte, gingen sie gemeinsam hinüber zum B&B.

Connie öffnete ihnen die Tür. »Hallo ihr zwei, habt ihr das Unwetter unbeschadet überstanden?«

»Wie man es nimmt«, entgegnete Nicholas und griff nach Sarahs Hand. Connies Augenbrauen schnellten nach oben, als sie das sah. »Na, dann kommt mal rein. Diese Geschichte will ich garantiert hören.«

Finlay war nicht zuhause. Sie erzählten Connie, dass sie sich zum ersten Mal im Supermarkt aufgefallen waren. Das erneute Aufeinandertreffen beim Abendessen hatten sie als Zufall abtun und ihre gegenseitige Anziehung vergessen wollen.

»Wusste ich es doch«, warf Connie ein. »Meine Antennen funktionieren einwandfrei, obwohl du alles abgewiegelt hast.« Sie schaute ihre Freundin triumphierend an. Sarah zuckte mit den Schultern und grinste nur.

Connie verhielt sich großartig. Sie gönnte den beiden ihr Glück. Sie schien gar kein Problem damit zu haben, Nicholas und Sarah als Paar zu akzeptieren. Sie freute sich für die beiden und sagte, dass ihr Mann dies genauso sehen würde.

***

Finlay kam am späten Abend nach Hause und fand seine Frau beim Falten von Handtüchern in der Waschküche.

»Hallo Schatz«, begrüßte er sie und zog Connie zu einem Kuss heran.

»Hi Fremder, wo hast du dich denn so lange rumgetrieben? Du hast mir gefehlt.«

»Wieso, muss ich heute womöglich noch etwas reparieren?«, grinste er sie frech an.

Connie holte aus und schlug mit einem Handtuch nach ihm. »Aus deinem Mund klingt es immer so, als würde ich dich als Sklaven halten.«

Er lachte, war aber schlau genug, darauf nicht zu antworten.

»Diese Meetings mit den Reiseportalen sind ermüdend. Ich bin froh, dass ich jetzt wieder zwölf Monate Ruhe habe. Nächstes Jahr darfst du dich gerne damit rumschlagen. Lass uns ernsthaft darüber nachdenken, das B&B zukünftig im Winter zu schließen und das Cottage sowie die Lodge zu verkaufen. Ich würde gerne mehr Zeit mit dir verbringen und weniger arbeiten«, seufzte er.

»Das ist eine tolle Idee. Ich hätte nichts dagegen«, stimmte Connie seinem Vorschlag zu.

»Weißt du, ob etwas mit Nics Auto nicht in Ordnung ist?«, wollte Finlay wissen. »Das steht immer noch in Sarahs Einfahrt.«

»Und da wird es auch bleiben«, erklärte ihm Connie, während sie weiter betont lässig die Handtücher faltete.

»Frau, du sprichst in Rätseln. Jetzt bitte mal für mich zum Mitschreiben. Wieso bleibt das Auto ... oh ...« Plötzlich machte es Klick bei Finlay.

Connie grinste ihn an.

»*Nicht ... dein ... Ernst.* Ich wusste, dass er sich was vormacht. Von wegen nicht verliebt«, rief Finlay aus und klatschte in die Hände.

Seine Frau sah ihn verwundert an. »Hast du etwa Geheimnisse vor mir? Was weißt du, was ich nicht weiß?«

Nachdem die Katze jetzt sowieso aus dem Sack war, erzählte Finlay ihr von seinem Gespräch mit Nicholas im Pub.

»Aber woher weißt du eigentlich Bescheid?«

»Die beiden waren heute Nachmittag hier, um uns zu sagen, dass Nic bei Sarah einzieht. Ich freue mich für sie. Und ich bin mir vollkommen sicher, dass Claire damit kein Problem haben wird. Daher habe ich auch kein schlechtes Gewissen ihr gegenüber.«

»Ich glaube, was Claire betrifft, hast du recht. Nicholas würde sie nie betrügen oder wissentlich verletzen. Die beiden werden das auf irgendeine Art bereits miteinander geklärt haben. Und er weiß, dass ich ihm die Eier abreiße, wenn er es mit Sarah versaut und ihr wehtut.«

»Fin, Ausdrucksweise«, schalt ihn Connie und schüttelte amüsiert den Kopf.

22. Der Ocean Drive

Die nächsten Wochen verbrachten Sarah und Nicholas wie im Traum. Sie liebten sich bis in die frühen Morgenstunden und ließen die Tage entspannt angehen. Die beiden kochten gemeinsam und lachten viel zusammen. Nicholas entpuppte sich als mustergültiger Hausmann. Er wusch die Wäsche, räumte hinter sich auf und putzte. Sie hatten mit Leichtigkeit einen Rhythmus gefunden, der im Alltag funktionierte. Erotik und Sinnlichkeit kamen trotzdem nicht zu kurz. Es fühlte sich an, als wären sie schon ihr ganzes Leben zusammen.

Eines Morgens sagte Sarah: »Wir sollten uns mal für mehr als nur Lebensmitteleinkäufe aus dem Haus bewegen. Was hältst du von einer Tour über den Ocean Drive? Wir trinken bei Annie einen Kaffee und genießen die frische Luft.«

»Eigentlich gefallen mir diese müßigen Tage mit dir ausnehmend gut«, grinste Nicholas und versuchte, sie zurück ins Bett zu ziehen. Sie nahm ein Kissen und schlug es ihm lachend auf den Kopf.

»Komm schon, du Faultier. Heute lassen wir uns die Sonne auf den Pelz scheinen. Wenn wir zurück sind, wirst du schon noch auf deine Kosten kommen.«

»Du machst mich fertig«, stöhnte Nicholas theatralisch und rollte sich schmunzelnd aus dem Bett.

***

Nach einem schnellen Frühstück stiegen beide in Sarahs Auto und fuhren los. Durch die offenen Scheiben wehte eine sanfte Brise.

»Ich gebe zu, dass ich den Ocean Drive bisher noch nicht komplett gefahren bin.«

»Du veralberst mich«, rief Sarah ungläubig aus. »Jeder, der Dolphin Bay besucht, kommt doch hauptsächlich wegen der Panoramastraße her.«

Nicholas sah zu ihr herüber und zuckte mit den Schultern. »Ich hatte immer nur kurze Pausen hier und habe es nie bis auf die andere Seite der Halbinsel geschafft. Also, sei meine Fremdenführerin und zeig mir alles. Ich bin gespannt.«

Nach fünfzehn Minuten Fahrt wurde die Straße merklich schmaler und plötzlich lag das Meer offen vor ihnen. Die Aussicht war atemberaubend. Sarah parkte den Wagen und stieg aus. Nicholas folgte ihr. Er betrachtete sie liebevoll, wie sie vor dieser faszinierenden Kulisse stand. Ihre Haare wehten im Wind. Sarah breitete die Arme aus und sah auf den Atlantik. Dann drehte sie sich zu ihm um.

»Das hier ist erst der Anfang. Die Landschaft wird im Verlauf immer rauer und wilder. Ich freue mich, dir das alles zu zeigen.« Sie strahlte ihn glücklich an. »Sieh nur, wie sich die Sonne in den Wellen spiegelt.«

Nicholas trat hinter sie, legte seine Arme um Sarah und genoss den Augenblick.

»Bildschön«, sagte er und knabberte an ihrem Hals. Sie duftete wie immer betörend. Es fühlte sich herrlich an, sie zu halten. Sarah seufzte und lehnte sich gegen ihn. Die Berührung seiner Lippen sorgte für ein Prickeln, das sich wie ein Feuer in ihr ausbreitete. Er schaffte es immer wieder, sie mit seinen Zärtlichkeiten komplett aus der Fassung zu bringen. Sarah löste sich widerstrebend von ihm.

»Lass uns besser weiterfahren, bevor wir hier zu weit gehen. Ich glaube, Sex im Freien steht auch in Irland als Erregung öffentlichen Ärgernisses unter Strafe«, bemerkte sie und zog die Nase kraus.

»Ah, Sex im Freien. Da könnte ich glatt schwach werden«, seufzte Nicholas und versuchte, Sarah wieder an sich zu ziehen. Sie entwand sich ihm und lief lachend zum Auto.

»Okay, ich gebe ausnahmsweise nach. Aber beim nächsten Mal bestimme ich, wann wir aufhören.« Nicholas sah sie aus zusammengekniffenen Augen an. Sarah lachte vergnügt. Er war einfach unwiderstehlich.

Sie fuhren eine Weile, bis die berühmten Beehive Huts auf der rechten Seite an einem steilen Hang auftauchten. Diese Gewölbebauten aus Stein sahen wie überdimensionale Bienenkörbe aus. Der Name der Bauwerke hätte nicht passender sein können. Links der Straße fielen die Klippen steil ins Meer und die Gischt sprühte so hoch, dass sie das Salz auf ihren Lippen schmeckten. Zwischen den Hütten grasten Schafe. Sarah fand einen Parkplatz und die beiden verließen erneut das Auto. Plötzlich ertönte wütendes Hundegebell. Sarah zuckte zusammen und sah sich panisch um.

»Hey, alles in Ordnung mit dir?«, erkundigte sich Nicholas besorgt.

Sarah erkannte, dass der Hund in einem Zwinger war, und hatte sich schnell wieder im Griff.

»Ja, alles gut. Entschuldige, aber nach der unschönen Erfahrung bin ich immer etwas schreckhaft, wenn es um Hunde geht.«

Sarahs Narben waren zwar verblasst, aber Nicholas ahnte, dass der Angriff ein traumatisches Ereignis für sie gewesen sein musste. Daher war es verständlich, dass sie Angst hatte. Sie schien nicht gerne darüber zu reden. Darum beließ er es dabei und bohrte nicht weiter nach.

»Diese Hütten gibt es nicht nur hier. Einige Exemplare befinden sich auf den Britischen Inseln, in Frankreich und Katalonien. Allerdings stehst du gerade vor der größten noch erhaltenen Ansammlung«, sagte Sarah. »Sie stammen aus der Eisenzeit und waren Teile von Klosteranlagen. Später wurden sie dann zur Vorratshaltung oder als Tierstall verwendet. Die Steine sind komplett ohne Dichtungsmaterial geschichtet. Ich finde das bemerkenswert. Die erhaltenen Hütten sind bis heute wasserdicht.«

»Du bist ja ein wandelndes Lexikon.« Nicholas zeigte sich beeindruckt.

»Ach was, ich war nur schon öfter hier. Da schnappt man das ein oder andere auf. Außerdem finde ich Geschichte faszinierend. Wollte ich sogar einmal studieren, bevor das Leben andere Pläne mit mir hatte. Komm, lass uns den Hang hochklettern. Die Aussicht von dort ist einmalig.«

Sarah griff in ihre Jackentasche und förderte ein paar Euro zutage, die sie in eine am Eingang aufgestellte Dose warf. »Das Geld wird für den Erhalt der Hütten verwendet. Ich finde es wichtig, dafür zu spenden.«

»Da stimme ich dir zu. Ich werde auch etwas geben.« Nicholas steckte einige Scheine in den Dosenschlitz.

Sarah öffnete das Eingangstor und verschloss es sorgfältig, nachdem sie durchgegangen waren. Die beiden erklommen den Steilhang. Schafe liefen neugierig um sie herum. Sarah und Nicholas stiegen bis zur am höchsten gelegenen Hütte und genossen die Aussicht. Der Blick reichte von Dolphin Bay bis zu den schroffen Felsen der unbewohnten Blasket Islands. Der Himmel war hellblau und die Sonnenstrahlen tanzten auf den Wellen. Möwen segelten vorbei. Bis auf den Wind, das Meer, blökende Schafe und ein paar Vogelschreie war nichts zu hören. Sie standen Arm in Arm und sprachen nicht. Die Ruhe hatte etwas Magisches.

Nicholas seufzte. »Hier fällt jeder Stress von einem ab. Es ist, als wären wir allein auf der Welt. Du hast mir nicht zu viel versprochen.«

Nach einer Weile machten sich die beiden auf den Weg zurück zum Wagen. Kurz vor dem Ausgang gab es eine Toilette für Besucher.

»Ich gehe mir kurz die Hände waschen. Ich habe vorhin in etwas Klebriges gefasst, als ich das Tor geöffnet habe«, sagte Sarah.

Plötzlich hörte Nicholas schallendes Gelächter. Sarah winkte und deutete ihm an, zu ihr zu kommen. Er sah sie fragend an. Sarah lachte immer noch und zeigte auf einen handgeschriebenen Zettel, der an der Tür klebte. Dann prustete auch Nicholas los.

»Es gibt Dinge, die gibt es nur in Irland«, brachte Sarah japsend hervor. Auf dem Schild stand: Liebe Besucher, bitte schließen Sie immer diese Tür. Meine Schafe fressen sonst das ganze Klopapier.

***

Mit jedem Kilometer, den sie zurücklegten, wurde die Landschaft zerklüfteter und dramatischer. Das Meer zeigte sich rauer und wechselte seine Farbe von einem türkisblau zu einem eisgrau. Einige Stellen der Küstenstraße waren extrem eng und uneinsehbar. Zwei große Fahrzeuge passten auf der schmalen Straße nicht aneinander vorbei. Ausflugsbusse und Lastwagen durften den Ocean Drive aus diesem Grund nur im Uhrzeigersinn befahren. Nicholas imponierte es, wie sicher Sarah den Wagen durch die Kurven lenkte. »Du machst das echt gut«, lobte er sie.

»Ich habe es immer gehasst, links zu fahren. Aber Marcus nahm darauf keine Rücksicht. Er hat mich jedes Mal mit sanfter Gewalt hinter das Steuer gezwungen. Ihm war es wichtig, dass ich mich überall selbstständig bewegen konnte und mich dabei sicher fühlte. Heute bin ich ihm dafür dankbar. In den asiatischen Ländern habe ich mich allerdings strikt geweigert. Bei diesem Gewusel auf den Straßen ohne erkennbare Verkehrsregeln hätte ich mehr als Beruhigungspillen gebraucht. Ich bin dort schon als Beifahrer oder Fußgänger tausend Tode gestorben.«

Nicholas lachte und nickte zustimmend. »Ich weiß genau, was du meinst. Ein paar Mal bin ich in Thailand und Indien selber gefahren. Ich habe vor Anspannung jedes Mal ins Lenkrad gebissen.«

»Wir sind schon in Tide Pier. Da vorne liegt Annies kleines Café. Sie macht einen phänomenalen Guinness-Schokoladenkuchen. Seit Jahren versuche ich, ihr das Rezept abzuschwatzen, aber sie ist stur wie ein Maulesel. Altes Familienrezept ... du weißt schon. Ich habe probiert, den Kuchen nachzumachen – mit mäßigem Erfolg. Magst du deinen Charme mal bei ihr ausprobieren?«

»Charme ist mein zweiter Vorname«, grinste er.

Nicholas hielt Sarah ganz Gentlemen die Tür auf, als sie in das Lokal traten. Die Saison hatte noch nicht begonnen und sie waren die einzigen Gäste. Im Kamin brannte ein Feuer. Es roch nach Rauch und frischem Kaffee. Die Aussicht war überwältigend. Bodentiefe Panoramafenster gaben den Blick auf das wilde Meer frei. Nicholas sah sich um. Das Café hatte sein ganz eigenes irisches Flair. An den Wänden hingen alte, vergilbte Fotografien zwischen gerahmten Zeitungsausschnitten und Postkarten, deren Kanten sich nach außen bogen. In einer Ecke befand sich eine kleine Theke, in der weiter nichts als drei Sorten Kuchen standen. Es gab rustikale Möbel aus Holz. Die Tische waren nicht dekoriert. Ein Schild wies darauf hin, dass die Toiletten ausschließlich für Gäste bestimmt waren. Dick unterstrichen gab es einen Hinweis, dass man als Nicht-Kunde gar nicht erst fragen sollte. Nicholas schmunzelte. Auf Annie war er äußerst gespannt.

Aus der Küche kam eine Frau, die um die Siebzig war. Sie begrüßte die beiden zunächst automatisch. Dann erkannte sie Sarah.

»Dich habe ich ja lange nicht mehr gesehen. Das muss mindestens zwei Jahre her sein.«

Sie drückte Sarah beide Hände. Dann beäugte sie Nicholas von oben bis unten. »Und wer ist dieses äußerst ansehnliche Exemplar?«

Er amüsierte sich köstlich. Annie war wirklich ein Unikat. »Dieses äußerst ansehnliche Exemplar heißt Nicholas. Schön, Sie kennenzulernen«, beantwortete er die Frage und reichte Annie die Hand zur Begrüßung.

»In meinem Alter hält man sich mit Förmlichkeiten nicht mehr auf. Ich bin Annie und sag du.«

Sie schüttelte Nicholas‘ Hand mit einem erstaunlich festen Händedruck. Dann wandte sie sich wieder an Sarah.

»Der gefällt mir. Aber dein Marcus war auch eine Kanone. Hast du ihn eingetauscht?«, fragte sie ahnungslos.

Sarah sah Nicholas kurz an und erzählte Annie mit wenigen Worten, warum sie so lange nicht dort gewesen war. Nicholas zog sich an einen Tisch zurück und ließ den Frauen Zeit für das Gespräch.

***

Nach einer Weile gingen die beiden zu Nicholas.

»Wie wäre es jetzt mit einem Kuchen? Ich habe Guinness- oder Fruchtkuchen. Den Kartoffelkuchen kann ich euch nicht mehr anbieten. Der ist schon fünf Tage alt und ich will euch ja schließlich nicht vergiften.« Wie zu sich selber murmelte Annie: »Den sollte ich jetzt wirklich mal entsorgen.«

Sarah biss sich auf die Zunge und versuchte sich nichts anmerken zu lassen. Nicholas hielt sich eine Hand vor den Mund und seine Augen funkelten belustigt. Er hatte Mühe, nicht laut loszulachen. Sie entschieden sich beide für den Guinnesskuchen und bestellten dazu Tee. Annie machte sich auf in die Küche.

»Die Frau ist eine Wucht«, feixte Nicholas.

»Ja, Annie kann man nicht beschreiben. Sie muss man erlebt haben.«

Der Kuchen schmeckte ausgezeichnet. Er war fluffig und nicht zu süß. Das Bier gab ihm ein besonderes Aroma. Nachdem sie auch den letzten Krümel verspeist hatten, stand Nicholas auf.

»Ich versuche jetzt, meine Mission zu erfüllen, und Annie mit einer Charmeoffensive das Rezept abzuluchsen.« Er grinste Sarah schelmisch an und trug die leeren Teller und Tassen in die Küche. Sarah blieb sitzen und hörte Annie mehrmals kichern. Nach einer Weile trat Nicholas hinter Annie in den Gastraum und hielt triumphierend einen Zettel hoch.

Sarah riss die Augen auf. Der Mann war unglaublich. Sie wollte später unbedingt wissen, wie ihm dieses Wunder gelungen war.

»Meine Liebe, wenn ich zwanzig Jahre jünger wäre, wärst du dieses Prachtexemplar jetzt los«, sagte Annie zu Sarah und zwinkerte Nicholas dabei zu.

Er lachte und gab Annie einen Kuss auf die Wange.

»Es war schön, dich kennenzulernen. Danke für die tolle Bewirtung. Ich komme sicher bald wieder.«

Sarah verabschiedete sich von Annie mit einer Umarmung. Sie verließen das Café und Sarah stieß Nicholas mit dem Ellenbogen in die Seite.

»Raus mit der Sprache, du Schürzenheld. Wie hast du ihr das Rezept entlockt?«

»Ein Gentleman genießt und schweigt«, sagte Nicholas mit einem Augenzwinkern und reichte Sarah das ersehnte Schriftstück, das sie sofort sicher in ihrer Tasche verstaute.

»Danke, du bist mein Held.« Sarah gab ihm einen raschen Kuss, bevor sie weiterfuhren.

Sie kamen bei Sonnenuntergang am Cottage an. Den restlichen Abend verbrachten sie in Decken eingehüllt auf der Terrasse. Sie kuschelten sich eng aneinander, blickten in den funkelnden Sternenhimmel und genossen die Zweisamkeit. Als nachts das Telefon klingelte, änderte sich mit einem Schlag alles für die beiden.

23. Der Anruf

Nicholas wurde um vier Uhr früh von dem Klingeln seines Handys geweckt. Schlaftrunken nahm er das Gespräch an. Er setzte sich plötzlich ruckartig auf.

»Was Katie? Ich verstehe nicht, sag das noch einmal.«

Sarah wurde ebenfalls wach und schaltete das Licht an. Sie sah, wie Nicholas sämtliche Farbe aus dem Gesicht wich.

»Wo ist sie jetzt? Ich komme so schnell ich kann.« Dann legte er auf und schlug die Hände vor das Gesicht.

»Ist etwas passiert?«, erkundigte sich Sarah besorgt.

Nicholas blickte sie fassungslos an. Er zitterte am ganzen Körper.

»Das war meine Tochter. Claire hatte eine Gehirnblutung. Sie liegt in Honolulu im Krankenhaus und ist nicht bei Bewusstsein. Ich muss sofort zu ihr.«

»Oh mein Gott.« Sarah war geschockt. Sie hätte Himmel und Hölle in Bewegung gesetzt, um Marcus in einer solchen Situation beizustehen.

»Nicholas, geh packen. Ich suche in der Zwischenzeit nach einem Flug.« Sarah stand auf und schaltete den PC ein.

Er warf eilig seine Sachen in den Koffer. Vor ihm lag eine fast 35-stündige Reise. Sarah wünschte, sie könnte ihm irgendwie helfen. Sie merkte ihm an, wie belastend diese Situation für ihn war.

***

Nicholas verstaute sein Gepäck im Auto und nahm Sarah fest in die Arme. Dann küsste er sie, als würde es kein Morgen geben.

»Ich melde mich, sobald ich mehr weiß. Dass ich dich hier so überstürzt zurücklasse, tut mir unendlich leid. Ich danke dir so sehr für dein Verständnis.«

»Dafür brauchst du mir nicht danken. Ruf mich zu jeder Tages- und Nachtzeit an. Und lass mich wissen, wenn ich etwas für dich tun kann. Pass bitte auf dich auf.«

Sie küssten sich erneut und dann war Nicholas fort. Sarah sah den roten Rücklichtern angespannt hinterher. Sie hoffte, dass es Claire bald wieder besser gehen und alles gut werden würde.

Aber das Bauchgefühl sagte ihr, dass die Zeit mit Nicholas vorbei war. Ein eiskalter Schauer lief ihr den Rücken herunter.

***

Es dauerte zwei Tage, bevor sie endlich von ihm hörte. Nicholas klang müde und niedergeschlagen.

»Es ist so schön, deine Stimme zu hören. Wie geht es dir? Wie geht es deiner Frau?«, erkundigte sich Sarah sorgenvoll.

»Sie haben Claire einer Notoperation unterzogen, um die Blutung zu stoppen. Die nächsten Tage sind kritisch. Es besteht die Gefahr eines Schlaganfalls. Die Ärzte können nicht absehen, welche Schäden das Gehirn erlitten hat. Uns bleibt nur abzuwarten. Sie haben Claire in ein künstliches Koma versetzt. Diese Ungewissheit macht mich verrückt.« Den letzten Satz brachte er leise hervor.

In einer solchen Situation linderten Worte den Schmerz nicht. Sarah wusste genau, was in Nicholas vorging. Die bangen Stunden des Wartens nach Marcus‘ Unfall hatten sie damals an ihre Belastungsgrenze gebracht. Als sie dann die Nachricht erhielt, dass er die Operation nicht überstanden hatte, war ein Stück von ihr mit ihm gestorben. Trotzdem versuchte sie, Nicholas Mut zu machen und nahm ihm das Versprechen ab, auf sich zu achten, damit er nicht zusammenbrach. Sarah war froh zu hören, dass seine Kinder ebenfalls nach Hawaii gekommen waren und er dort in dieser schweren Zeit Familie um sich hatte. Sie verabschiedeten sich deprimiert voneinander und er versprach sich zu melden, sobald es neue Nachrichten gab.

***

Das Warten war für alle nervenaufreibend. Die Tage vergingen im Schneckentempo. Sarah arbeitete an ihrem neuen Buch. Das lenkte sie zumindest ein wenig ab. Er fehlte ihr. Nicholas schickte täglich Nachrichten und sie telefonierten oft, aber es gab nichts Neues. Er stand völlig neben sich und versuchte, in dieser Situation nicht durchzudrehen. Zum Glück waren da Cameron, Matt und Katie. Seine Kinder hatten unbezahlten Urlaub genommen, um so lange wie nötig bei ihren Eltern sein zu können. Die vier gaben sich in dieser Zeit gegenseitig Halt.

Sarah bekam eine Menge Unterstützung von Finlay und Connie. Die beiden kümmerten sich rührend um sie und sorgten dafür, dass ihr nicht die Decke auf den Kopf fiel. Trotzdem fühlte sie sich schrecklich allein und hilflos.

***

Einen Monat später sollte Claire langsam aus dem Koma zurückgeholt werden. Dies würde mehrere Tage dauern. Der Arzt informierte Nicholas, dass das Erinnerungsvermögen seiner Frau große Lücken aufweisen könnte. Er bat ihn, in der gesamten Aufwachphase anwesend zu sein, da eine Vertrauensperson für den Patienten in diesem Zeitraum enorm wichtig sei. Nicholas verbrachte die nächsten Tage und Nächte im Krankenhaus. Seine Kinder lösten ihn im Wechsel ab, damit er duschen und wenigstens ein paar Stunden schlafen konnte. Allerdings warf er sich meistens nur hin und her und fiel kaum mehr als eine Stunde in einen unruhigen Dämmerzustand.

Nach einer Woche war Claire wieder bei Bewusstsein. Sie reagierte auf ihr Umfeld, konnte aber nicht sprechen und ihre rechte Seite war gelähmt. Zum

Glück wurden während der Untersuchungen keine weiteren Aussackungen an den Gefäßen gefunden. Die Gefahr einer erneuten Blutung bestand nicht. Claire würde überleben. Das war für alle eine befreiende Nachricht. Jedoch war klar, dass sie alles neu lernen musste. Sich anziehen, gehen, Gegenstände halten, essen, trinken, sprechen – nichts war mehr selbstverständlich.

»Ihre Frau wird frühestens in drei Monaten transportfähig sein«, informierte der behandelnde Arzt Nicholas. »Wir haben schon alles für die Therapie in die Wege geleitet. Hier dürfen wir keine Zeit verstreichen lassen. Ab morgen stehen die ersten Behandlungen an.«

»Danke für Ihre großartige Hilfe Dr. Barrett. Gibt es eine Prognose, wie lange die Reha-Zeit dauern wird?«

»Das lässt sich nicht mit Gewissheit sagen. Alles zwischen einem und fünf Jahren halte ich für möglich. Ich sage es Ihnen nicht gerne, Mr. McKay, aber Sie müssen auch die Möglichkeit in Betracht ziehen, dass Ihre Frau nie wieder völlig gesund und für den Rest ihres Lebens auf Hilfe angewiesen sein wird.«

Nicholas verließ das Krankenhaus und rief sofort seine Kinder an. Sie trafen sich kurz darauf im Hotel und besprachen lange, was das Beste für Claire sei.

»Ich bleibe auf jeden Fall hier, bis der Arzt grünes Licht für den Transport nach Vancouver gibt. Vor Ort kann ich mich um die bestmögliche Therapie für eure Mutter kümmern und sicherstellen, dass es ihr gut geht. Ich werde mir eine Wohnung suchen. Mehrere Monate im Hotel zu leben, kommt für mich nicht infrage«, teilte Nicholas den Kindern mit.

»Da wir uns einig sind, dass Mum zu Hause in ihrer gewohnten Umgebung gesund werden soll, fliege ich am besten gleich morgen zurück. Je eher ich mit dem behindertengerechten Umbau eures Hauses loslege, desto besser«, stellte Cameron fest. Er war Architekt und wusste genau, worauf es bei der Umgestaltung ankam.

»Matt und ich fliegen dann mit Cam heim«, beschloss Katie. »Wir werden uns sofort auf die Suche nach Spezialisten und Therapeuten für die weitere Behandlung begeben.«

»Ohne fachkundige Hilfe und Unterstützung bei der Betreuung wird es nicht funktionieren. Alleine werden wir das nicht schaffen. Bitte sucht nach einer

Pflegekraft, die bei uns wohnt. Entweder kann sie in die Einliegerwohnung ziehen oder Cameron lässt sich etwas einfallen. Mir ist alles recht«, gab Nicholas an.

»Wir machen das schon, Dad. Kümmere dich hier um Mum. Lass uns jeden Tag telefonieren, damit wir immer auf dem neuesten Stand sind«, bat Matt.

»Ich liebe euch«, sagte Nicholas und umarmte alle, bevor sie sich voneinander verabschiedeten.

***

Nachdem seine Kinder gegangen waren, saß Nicholas lange im dunklen Zimmer und starrte unbeweglich aus dem Fenster. Da er jetzt wusste, wie es um Claire stand, musste er Sarah informieren. Es war unmöglich, seine Frau in dieser Situation zu verlassen. Er hatte ihr einmal versprochen, immer für sie da zu sein. Dieses Versprechen würde er halten. Nicholas konnte nicht erwarten, dass Sarah wer weiß wie lange auf ihn wartete. Das war ihr gegenüber nicht fair. Sie sollte frei sein und sich nicht verpflichtet fühlen. Ein Leben im Schatten verdiente sie nicht. Und was, wenn Claire wirklich nie wieder richtig gesund werden würde? Ihm brach das Herz, als ihm klar wurde, dass eine Trennung von Sarah der einzige Weg war. Er schüttete sich einen Whiskey ein, trank das Glas in einem Zug aus und griff zum Hörer.

24. Die Entscheidung

Das Telefon klingelte mitten in der Nacht. Sarah fühlte instinktiv, dass dieser Anruf nichts Gutes bedeutete.

»Hallo Sarah«, sagte Nicholas mit erstickter Stimme.

»Hi, du klingst nicht gut. Was ist passiert?«

»Ich weiß gar nicht, wie ich dir das sagen soll. Und das auch noch am Telefon.« Nicholas seufzte und erzählte ihr dann stockend, wie es Claire ging und was er zusammen mit seinen Kindern entschieden hatte.

Sarah war aus dem Bett gestiegen und stand reglos mit dem Telefon am Fenster. Sie starrte auf die dunkle Bucht. Tränen liefen ihr das Gesicht herunter. An Nicholas‘ zitternder Stimme erkannte sie, dass er ebenfalls weinte.

»Ich habe den größten Respekt vor deiner Entscheidung. Hättest du trotzdem die Trennung durchgezogen, wärst du nicht der integre und geradlinige Mann, in den ich mich verliebt habe.« Sarah ließ ihre Stimme so ruhig wie möglich klingen, obwohl sie am liebsten laut losgeschluchzt hätte.

Nicholas versuchte nicht mehr, seine Emotionen vor ihr zu verbergen. »Ich fühle mich schäbig. Ich habe dir

Versprechungen für die Zukunft gemacht, die ich nicht einhalten kann. Ich ...« Seine Stimme brach.

»Bitte mach dir keine Vorwürfe. Ich verstehe dich. Ich verstehe dich vermutlich besser, als du glaubst. Wäre ich in deiner Situation, hätte ich genauso gehandelt.«

»Ich bin so durcheinander. Können wir bitte Kontakt halten, damit ich weiß, wie es dir geht?«

Sie wischte sich ein paar Tränen fort und holte tief Luft.

»Bist du noch dran? Sag doch bitte was«, forderte er sie mit leiser Stimme auf.

Sarah rieb sich die Stirn. »Nein Nicholas, wir können keinen Kontakt halten. Das wäre für mich ein unerträglicher, dauerhafter Schmerz. Ich kann dich nur als Partner oder gar nicht in meinem Leben haben. Bitte versuche, das zu verstehen.«

»Es tut so verdammt weh. Sarah, versprich mir, dass du glücklich wirst. Die Zeit mit dir hat mir alles bedeutet. Ich werde dich niemals, niemals vergessen. Du wirst immer einen Platz in meinem Herzen haben. Jetzt lege ich auf, weil ich in wenigen Sekunden endgültig die Haltung verlieren werde.«

Sarah hörte noch etwas, das wie ein geflüstertes "Ich liebe dich" klang, bevor es knackte und die Leitung tot war.

Sie zitterte am ganzen Körper und konnte nicht aufhören zu schluchzen. Alles, was sie sich in den letzten Jahren so mühevoll wieder aufgebaut hatte, fiel wie ein Kartenhaus zusammen. Sarah verlor ein weiteres Mal ihren Halt im Leben. Es war schmerzhaft, diesen harten Schlussstrich zu ziehen und erneut allein zu sein.

Sie erzählte Connie und Finlay am nächsten Tag, was passiert war und bat die beiden, mit ihr nicht mehr über Nicholas zu sprechen. Ihn komplett aus ihrem Leben zu streichen, war der einzige Weg für sie, mit der Situation umzugehen.

***

Finlay und Connie saßen abends aneinandergekuschelt am Kamin. Sie seufzte. »Ich bin zutiefst bestürzt über Claires Krankheit. Aber das es mit Nic und Sarah so endet, ist nicht richtig.«

»Wie meinst du das? Nic hätte Claire in ein Pflegeheim geben können. Stattdessen entscheidet er sich, sie zu Hause zu betreuen. Dafür zolle ich ihm meine größte Anerkennung. Nach so vielen gemeinsamen Jahren geht man in einer solchen Situation nicht einfach weg. Auch wenn die Ehe gerade in einer Krise ist. Schließlich waren die beiden ja nicht böse aufeinander. In guten wie in schlechten Zeiten, in Gesundheit und Krankheit«, zitierte Finlay.

»Das wollte ich damit auch nicht sagen. Nicholas macht alles richtig. Er und Claire waren immer füreinander da. Es ist nur so verdammt unfair. Claire hat mir im Grunde mitgeteilt, dass sie für ihn nur noch Freundschaft empfindet. Nic war so glücklich mit Sarah. Und jetzt haben wir drei gute Freunde, deren Leben komplett aus den Fugen geraten ist. Da muss es doch eine andere Lösung geben. Kann Nicholas nicht für Claire da sein, ohne gleich alles aufzugeben? Um Sarah mache ich mir Sorgen. Wie wird sie das verkraften? Ich fühle mich so ohnmächtig.«

»Ich verstehe dich. Um Sarah kümmern wir beide uns, so gut es geht. Aber wie hätte sich Nicholas anders entscheiden können? Seinen Kindern aus heiterem Himmel mitteilen, dass er sich von Claire trennen wollte? Soll er ihnen sagen, dass er bereits mit einer anderen Frau zusammen ist? Das hätte in dieser

Situation einen äußerst schalen Beigeschmack. Außerdem würde er sich nie verzeihen, Claire jetzt im Stich zu lassen. Umgekehrt wäre sie auch für Nicholas da. Das weiß ich ganz sicher. Und wie passt Sarah da ins Bild? Claire pflegen und sich mit den Kids anfreunden? Oder erhält sie den Status einer heimlichen Geliebten? Das ist doch alles nicht möglich. Ich sehe da auch keine bessere Lösung.«

Finlay schaute traurig den tanzenden Flammen im Kamin zu.

»Ich hasse es, wenn du recht hast. Eine verdammte Scheiße ist das alles«, schimpfte Connie.

Finlay sah sie überrascht an. »Ich glaube, diese Worte höre ich aus deinem Mund heute zum ersten Mal.«

»Stimmt, Fluchen ist eigentlich mehr dein Metier.« Sie knuffte ihren Mann in die Seite. »Aber für diese Umstände habe ich keine schöneren Ausdrücke in meinem Wortschatz.«

***

Vier Wochen später verließ Sarah Dolphin Bay und kehrte zunächst in ihr altes Leben nach Toronto zurück.

Alex, ihr direkter Nachbar, war Psychologe und hatte ihr über Marcus‘ Tod hinweg geholfen. Im Laufe der Zeit war er für Sarah ein enger Freund geworden. Nach der Trennung von Nicholas stand er ihr ein weiteres Mal wie selbstverständlich zur Seite. Er gab ihr den nötigen Rückhalt und unterstützte Sarah dabei, ihr Leben neu zu sortieren. Alex war für sie eine wichtige Bezugsperson und sie wusste nicht, was sie ohne ihn getan hätte. Er bewahrte Sarah vor einem weiteren Absturz in die Dunkelheit. Sie war ihm unendlich dankbar. Alex verdeutlichte ihr, dass sie Nägel mit Köpfen machen musste. Er brachte sie dazu, aufzuschreiben, wie sie sich ihr Leben vorstellte. Was machte sie glücklich? Nur sie war wichtig. Niemand anderes sollte bei ihren Entscheidungen eine Rolle spielen. Alex zwang Sarah praktisch dazu, sich mit der Zukunft zu beschäftigen.

Nach mehreren Monaten sah sie tatsächlich klarer. Sie entschied sich, das Haus in Toronto zu verkaufen, denn sie fühlte sich dort schon lange nicht mehr zu Hause.

***

Eines Tages griff sie zum Telefonhörer und rief in Irland an.

»Hey Finlay, habt ihr in nächster Zeit Platz für mich? Ich habe Sehnsucht nach irischer Luft.«

»Für dich machen wir doch alles möglich, Kleines. Ich sehe kurz im Computer nach. Erzähl, wie geht es dir mittlerweile?«, erkundigte er sich, während er das Buchungsprogramm nach freien Terminen durchforstete.

»Ach, eigentlich ganz gut. Alex hat mich die letzten Monate angetrieben. Er hat mich quasi zum Nachdenken gezwungen und mich dazu gebracht, meine Wünsche zu erkennen. Ich habe entschieden, dass ich Toronto den Rücken kehren werde. Hier hält mich nichts mehr. Allerdings habe ich keine Ahnung, wo ich zukünftig leben möchte. Du weißt, wie wohl ich mich immer in Dolphin Bay fühle. Daher dachte ich, ich komme für ein paar Wochen rüber und vielleicht sehe ich dann klarer.«

Finlay machte eine kurze Pause, bevor er Sarah spontan ein Angebot unterbreitete. »Hast du schon einmal darüber nachgedacht, ganz nach Dolphin Bay zu ziehen? Weißt du, Connie und ich wünschen uns mehr Zeit miteinander und weniger Arbeit. Daher denken wir schon eine Weile darüber nach, unsere Ferienhäuser abzustoßen. Wir würden uns riesig freuen, wenn du das Cottage übernimmst. Natürlich machen wir dir einen fairen Preis. Es wäre schön, dich immer in unserer Nähe zu haben.«

»Du spekulierst doch nur darauf, dass ich dich ständig mit Essen verwöhne«, machte sich Sarah über ihn lustig.

»Mist, du hast mich durchschaut. Beim nächsten Mal formuliere ich das Angebot etwas subtiler«, lachte Finlay. »Im Ernst, bitte denk über meinen Vorschlag nach. Die Offerte steht.«

Sarah brauchte keine Bedenkzeit. Sie sagte ohne zu zögern zu. Dieser Schritt fühlte sich von der ersten Sekunde richtig an.

Alex war traurig, dass sie Kanada verließ, hielt es aber für die beste Entscheidung. Er unterstützte sie bei ihren Umzugsvorbereitungen. Zum Abschied drohte er ihr an, dass er sie auf jeden Fall in ihrer neuen Heimat besuchen würde. Sechs Monate später war alles geregelt und Sarah zog mit Sack und Pack an die Westküste Irlands.

25. Zwei Jahre später

Fast zwei Jahre waren seit dem letzten Anruf von Nicholas vergangen. Sarah hatte sich mittlerweile ins Leben zurückgekämpft. Sie genoss ihre Tage wieder und schloss viele neue Bekanntschaften. Trotzdem dachte sie immer noch täglich an Nicholas. Eine neue Beziehung kam für sie nicht mehr infrage. Sie beschloss, allein zu bleiben und aus den Momenten zu schöpfen, die ihr mit zwei wunderbaren Männern vergönnt gewesen waren.

Sie hatte in den letzten Monaten fleißig gearbeitet. Ihre Bücher fanden weltweit reißenden Absatz. Sie schuf sich mit den Einnahmen ein finanzielles Polster. Ständig flatterten Anfragen für Kochshows oder Interviews ins Haus, die sie immer ablehnte. Sarah war kein öffentlicher Mensch. Den Umsatzzahlen tat dies zum Glück keinen Abbruch, obwohl der ein oder andere sie sicherlich für verschroben hielt.

***

»Mark, du weißt, dass ich keine TV-Shows mache«, sagte Sarah zum wiederholten Mal. Aus dem

Telefonhörer kam ein Redeschwall, den sie kaum unterbrechen konnte. Hartnäckig war er ja, das musste man ihm lassen. Sarah kannte Mark und seinen Lebenspartner Toby seit über fünfzehn Jahren. Sie waren für einige Zeit Nachbarn, bis die beiden mit ihrer Produktionsfirma aufgrund der besseren Geschäftschancen von Toronto nach Vancouver umsiedelten.

»Bitte Sarah, es ist doch für einen guten Zweck. Alle Einnahmen werden für schwerkranke Kinder gespendet. Und ich weiß, dass du dich für die Kleinen unserer Gesellschaft seit Jahren karitativ einsetzt. Außerdem wird die Sondersendung nur in Kanada ausgestrahlt. Da sehen dich doch höchstens 37 Millionen Menschen, und dafür müsste schon die ganze Nation vor dem Fernseher sitzen«, scherzte er. »Ich werde dich nie mehr um etwas bitten. Du wärst eine Sensation und das würde die Spendengelder nur so fließen lassen«, legte Mark noch einmal nach.

»Nur 37 Millionen? Wenn das kein zugkräftiges Argument ist«, lachte Sarah und gab sich am Ende seufzend geschlagen. »Wann soll ich in Vancouver sein?«

»Du hast zwei Monate Zeit, dich an den Gedanken zu gewöhnen. Ich schicke dir alle Details per Mail.«

26. Der Besuch

Sarah war kribbelig vor lauter Vorfreude. Sie erwartete ihren Freund Alex. Er hatte seine Drohung, wenn auch spät, wahr gemacht und kam endlich für ein paar Wochen zu Besuch. Seine psychologische Praxis war immer ausgelastet. Er konnte sich daher nur schwer loseisen. Mehr als hin und wieder ein freies Wochenende war für ihn in den letzten Jahren nicht möglich gewesen. Es war wichtig, die Patienten in regelmäßigen Abständen zu betreuen, um deren Therapie nicht zu gefährden. Außerdem übernahm er häufig seelsorgerische Notdienste, die ebenfalls von seiner Freizeit abgingen.

Dies war sein erster richtiger Urlaub seit Ewigkeiten und sein erster Aufenthalt in Irland. Sarah hatte vor, ihm eine Menge zu zeigen und fleißig Pläne für die nächsten Wochen geschmiedet. Alex würde sich am Flughafen einen Leihwagen nehmen und hatte ein Zimmer im B&B gemietet. Sarahs Angebot, bei ihr im Gästezimmer zu wohnen, lehnte er ab. Obwohl sie befreundet waren, sagte er, dass es für ihren "Abnabelungsprozess von Kerlen und sonstigen Bindungen", wie er es flapsig nannte, weiterhin wichtig sei, dass sie ihren Alltag ohne Rücksicht auf Gäste bewältigte. Sarah hatte geschmunzelt, als er ihr das mitteilte. Er konnte eben nicht aus seiner Haut. Einmal Psychologe, immer Psychologe. Sie verspürte extreme Dankbarkeit für alles, was er in den letzten Jahren für sie getan hatte. In diesem Urlaub würde sie ihm ein wenig davon zurückgeben. Ihr lag es am Herzen, dass er eine unvergessliche Zeit hatte.

Sarah schnitt den Schokoladen-Guinnesskuchen an, den sie vorbereitet hatte. Damit würde sie Alex einen typisch irischen Empfang bereiten. Für einen Moment ließ sie ihre Gedanken zu dem romantischen Ausflug mit Nicholas schweifen, als er Annie das Rezept aus dem Kreuz geleiert hatte. Auch heute war es ihr noch ein Rätsel, wie ihm dies gelungen war. Sie vermutete, dass Annie gegen seinen Charme damals genauso wenig immun gewesen war, wie sie selbst. Für ein paar Minuten versank sie in den schönen Erinnerungen und ihr wurde warm ums Herz. Sarah schaute aus dem Fenster und sah Alex über die Wiese vom B&B auf ihr Haus zukommen.

***

Sie ließ in der Küche alles stehen und lief auf ihn zu. »Hey, Dr. Fraser, du bist ja schon da«, rief sie erfreut aus und warf sich in seine ausgebreiteten Arme.

Er drückte sie fest und gab ihr einen Kuss auf den Scheitel. Dann hielt er sie auf Armeslänge von sich ab.

»Lass dich ansehen.« Er betrachtete sie aufmerksam und drehte Sarah einmal um ihre eigene Achse. »Ich bin äußerst zufrieden. Du siehst wirklich gut aus.«

Sarah lachte. »Da bin ich aber froh, dass ich die erste Inspektion überstanden habe. Komm, ich zeige dir mein Haus und dann erzählst du mir über deine Reise und was ich in Toronto verpasse.«

Sie zog ihn hinter sich her ins Cottage.

***

Connie stand im Frühstücksraum am Fenster und sah der Begrüßung zwischen Alex und ihrer Freundin zu. Sie drehte sich zu ihrem Mann um.

»Gibt es in Sarahs Leben eigentlich nur unglaublich attraktive Männer?«, fragte sie mit einem Schmunzeln.

Finlay stellte sich neben seine Frau und nahm Alex noch einmal genauer in Augenschein.

»Was findest du denn an dem gut aussehend? Der ist doch höchstens 1,85 m groß. Er hat volles halblanges blondes Haar, statt der angesagten schütteren grauen Haare in unserem Alter. Außerdem hat Alex hässliche blaue Augen und ist eklig durchtrainiert. Wer will denn schon einen Waschbrettbauch und einen knackigen Hintern?« Finlay schüttelte sich, verdrehte die Augen und machte dabei ein angewidertes Gesicht.

Connie kugelte sich vor Lachen. »Da hast du völlig recht. Das braucht keine Frau.« Sie zwinkerte ihrem Mann zu.

Auch mit über fünfzig hatte Finlay es nicht nötig, sich vor jüngeren Männern zu verstecken. Obwohl er kein Sixpack vorweisen konnte, war er trotzdem gut in Form. Er witzelte immer, dass es daran lag, dass Connie ihn oft auf Leitern scheuchte oder ihn ständig schwere Dinge durch die Gegend schleppen ließ. Seine Haare waren mit der Zeit grau geworden und Connie liebte es. In ihren Augen sah er heute sogar besser aus, als zum Zeitpunkt ihres Kennenlernens.

Sie war vor Fin schon einmal verheiratet gewesen. Damals hatte sie sich vorgemacht, glücklich zu sein. Nach einigen Jahren war es vermutlich völlig normal, dass die Schmetterlinge einer Art gepflegten

Langeweile Platz machten. Wie falsch sie mit dieser Annahme lag, wurde ihr erst durch Finlay bewusst. Er war damals neu nach Dolphin Bay gekommen und suchte Mitarbeiter für das B&B. Connie bewarb sich, weil ihr daheim die Decke auf den Kopf fiel. Sie verliebten sich sofort ineinander, und obwohl Connie zunächst gegen ihre Gefühle ankämpfte, verlor sie am Ende doch. Nach mittlerweile fünfzehn Ehejahren war bei ihnen weiterhin von Eintönigkeit keine Spur. Natürlich veränderte sich eine Beziehung im Laufe der Jahre, aber die Liebe zwischen ihnen war immer noch deutlich spürbar. Sie war jeden Tag dankbar, dass er in ihr Leben getreten war.

»Ich kann dich denken hören. Was geht denn da in deinem hübschen Kopf vor?«, erkundigte sich Finlay.

»Ach, ich habe daran gedacht, wie froh ich bin, dass ich dich habe. Wie gut, dass du damals nicht locker gelassen und mich davon überzeugt hast, dass du der einzig Richtige für mich bist. Ich wünschte, Sarah würde wieder jemanden in ihr Leben lassen und mit einem Mann an ihrer Seite glücklich sein.«

»Du meinst jemanden wie diesen entstellten Seelenklempner?«

Connie lachte gegen ihren Willen. »Zum Beispiel ...«

»Meine kleine Romantikerin«, erwiderte Finlay liebevoll und legte einen Arm um sie. »Ich denke, die Konstellation Therapeut fängt was mit Ex-Patientin an, ist moralisch nicht vertretbar. Ich kenne Alex ja bisher nur vom Einchecken und aus den Erzählungen von Sarah. Aber meine Menschenkenntnis sagt mir, dass er ihren Fortschritt nie gefährden würde, in dem er diese Grenze überschreitet. Zum Glück habe ich nicht den Eindruck, dass bei den beiden mehr als freundschaftliche Gefühle im Spiel sind. Da ich mir hierüber also keine Sorgen machen muss, erzähl mir lieber noch einmal, warum du so froh bist, dass ich nicht aufgegeben habe. Oder besser, zeig es mir.« Er sah sie vielsagend an und zog sie in ihren privaten Bereich.

***

Es fiel der für Irland so typische leichte Nieselregen. Sarah feuerte den Kamin an und servierte Alex Kaffee und Kuchen vor dem knisternden Feuer. Die beiden saßen auf dem Boden und lehnten mit dem Rücken entspannt am Sofa.

»Wie war deine Reise? Bist du müde?«

»Die Flüge waren langweilig wie immer. Aber schläfrig bin ich nicht. Eher im Gegenteil. Wie machst du das nur? Auf der falschen Seite zu fahren ist an sich schon eine Herausforderung. Aber bei diesen schmalen Trampelpfaden, die hier offensichtlich Straßen genannt werden, bekommt doch jeder Normalsterbliche Angstzustände. Das Adrenalin rauscht immer noch unkontrolliert durch mich durch. Fühl mal meinen Puls.« Alex hielt ihr sein Handgelenk unter die Nase.

Sarah grinste ihn an. »Dr. Fraser, ich werde Ihnen helfen, Ihre Angst zu überwinden. Sie müssen sich dem Problem stellen. Gleich morgen nehmen wir den Ocean Drive in Angriff. Danach werden Sie sich viel, viel sicherer fühlen.« Ihr Gesichtsausdruck war ernst und sie versuchte, wie Alex zu klingen, wenn er zu Patienten sprach.

»In den letzten Jahren habe ich offenbar einen enormen Einfluss auf dich ausgeübt. Das ist grundsätzlich nicht schlecht. Ich bin mir aber nicht sicher, ob es mir gefällt, wenn du dich über mich lustig machst«, sagte er zunächst gespielt streng, bevor er laut loslachte.

Die Stimmung zwischen ihnen war unbeschwert. Sarah freute sich auf die Zeit mit ihm. Sie hatte es vermisst, ihren Freund in der Nähe zu haben und mit ihm etwas zu unternehmen. Die häufigen Telefonate waren nur ein schlechter Ersatz.

Alex hatte sich zwei Stücke Kuchen genehmigt, strich sich über den Bauch und stöhnte genüsslich. »Ich weiß, dass ich dich sogar bestärkt habe, nach Irland zu ziehen. Aber ich habe meinen Fehler in diesem Moment eingesehen. Ich flehe dich an, wieder zurückzukommen. Ohne deine Koch- und Backkünste ist das Überleben in der kanadischen Großstadtwüste im Grunde unmöglich.« Er warf ihr einen Hundeblick zu.

Sarah fasste sich ergriffen ans Herz und seufzte. »Das ist genau das, was eine Frau von einem Mann gerne hören möchte: Ich will dich, weil du so gut kochst und backst. Romantik pur.« Sie streckte ihm die Zunge raus und boxte ihn in die Seite.

»Autsch«, rief er aus und rieb sich theatralisch die Rippen.

»Das ist sicher einer der Gründe, warum es keine Frau in deinem Leben gibt«, legte sie nach. Bisher hatte sie Alex komischerweise nie mit einer Frau gesehen. Im Grunde wunderte sie das, denn er sah nicht nur gut aus, sondern er war auch humorvoll, smart und äußerst lebhaft. Mit ihm konnte man Pferde stehlen.

»Und wieder autsch. Jetzt hast du es mir aber gegeben.«

Sie sah ihn an. »Die Neckereien haben mir gefehlt. Danke, dass du mein Freund bist. Danke für alles.«

Alex stand auf und zog sie vom Boden hoch. »Gehst du ein Stück mit mir spazieren? Es hat aufgehört zu regnen und ich würde mir gerne Dolphin Bay näher ansehen. Diese grandiose Aussicht von deinem Cottage lässt sich mit Gold nicht aufwiegen. Das ist ein echter Traum. Ich verstehe, warum du immer so gerne hergekommen bist. Jetzt bin ich neugierig auf mehr.«

Sie verließen Sarahs Grundstück durch den Garten und schlugen den Klippenpfad in Richtung Zentrum ein. Als sie nach wenigen Gehminuten am Hafen standen, zeigte sich Alex beeindruckt.

»Wow, es ist wunderschön hier. Ich liebe diese bunten Häuserzeilen und die Szenerie des Hafens mit den Bergen im Hintergrund. Man fühlt sich sofort tiefenentspannt. Ich glaube, ich werde zukünftig meinen Patienten einen Urlaub hier empfehlen.«

»Wenn dir das schon so gefällt, wirst du dich morgen vor Begeisterung gar nicht mehr einkriegen. Ich freue mich schon darauf, dir den Rest der Halbinsel zu zeigen.«

Sarah führte ihn durch die engen Gassen. Alex blieb oft stehen, um die Auslagen der Läden zu bewundern. Es gab viele Galerien, in denen lokale Künstler ihre Werke präsentierten. Obwohl der Ort im Sommer bei Touristen immer beliebter wurde, war es Dolphin Bay gelungen, seinen ursprünglichen Dorfcharakter beizubehalten. Es gab weniger als fünfhundert Einheimische, die das ganze Jahr hier lebten. Während der Saison stieg die Zahl der Bewohner auf über das Doppelte an. Arbeitskräfte zogen her, und halfen den Hotels, Pubs und Geschäften mit den Besucherströmen. Der Tourismus war die wichtigste Einnahmequelle, seit das Leben für die Fischer immer härter geworden war. Es gab eine Vielzahl an urigen Pubs mit erstklassiger Livemusik und einige preisgekrönte Restaurants.

Nachdem sie an einer ganzen Reihe Pubs vorbeigekommen waren, blieb Alex stehen. Er tippte sich mit dem Zeigefinger an die Lippen und sah sich suchend um.

»Ich frage mich, ob in dieser Abgeschiedenheit eine Bar zu finden ist, um dich auf einen Drink einzuladen.«

Er hob amüsiert eine Augenbraue und schaute auf Sarah herunter.

»Das wird schwierig werden. Die Auswahl ist beschränkt. Es gibt kaum mehr als fünfzig Pubs in diesem gottverlassenen Kaff«, sagte sie, ohne mit der Wimper zu zucken.

Alex riss die Augen auf. »Du nimmst mich doch auf den Arm.«

»Würde mir nie einfallen, du bist mir um einiges zu schwer.« Sarah schnitt eine Grimasse, bevor sie fragte: »Nur was trinken oder auch Musik?«

»Auf jeden Fall beides«, rief Alex aus.

Sarah steuerte daraufhin das "Old Dublin" an. Normalerweise gab es Livemusik hier nie vor 21.30 Uhr, aber sie wusste, dass Seamus heute im Pub sein würde. Sein Alter war niemandem bekannt und er machte ein großes Geheimnis daraus. Gerüchten zufolge war er inzwischen vierundneunzig Jahre alt. Die schlohweißen Haare standen ihm wild vom Kopf ab, er trug immer ausgeleierte Tweedhosen und viel zu große Pullunder. Seamus kam meist schon gegen 17 Uhr und spielte versunken auf seiner Geige, bis nach und nach andere Musiker eintrafen, um ihn zu begleiten. Im Laufe des Abends füllte sich die Bühne mit talentierten Menschen, die auf ihren Instrumenten eine Session nach der anderen spielten. Das war immer etwas Besonderes und neben Touristen fanden sich auch viele Einheimische dazu ein.

Alex und Sarah betraten den Pub. Es waren erst wenige Gäste anwesend und Seamus erkannte Sarah sofort. Er kam zu ihr, um sie zu begrüßen.

»Dia dhuit. Cén chaoi a bhfuil tú féin?«, sagte er und schüttelte ihre Hand.

»Tá mé go maith, go raibh maith agat«, erwiderte Sarah.

Alex fiel die Kinnlade herunter. »Du sprichst gälisch?«

»Ja, fließend«, antwortete sie mit einem ernsten Gesichtsausdruck.

Seamus brach sofort in schallendes Gelächter aus.

»Hey, das ist nicht fair. Musst du mich vor meinem Freund hier so bloßstellen?«, grinste sie.

Seamus sah Alex an. »Ich habe Wochen gebraucht, um ihr diesen einen Satz beizubringen. Ein Naturtalent ist sie definitiv nicht.«

»Und was hat Sarah da so *schnell* von dir gelernt?«, erkundigte sich Alex amüsiert bei Seamus.

»Ich habe sie gefragt, wie es ihr geht und sie hat geantwortet, dass es ihr gut geht.«

Alex versuchte, nicht loszuprusten, aber die Augen verrieten seine Belustigung.

»Männer halten doch immer zusammen«, sagte Sarah und zog gespielt beleidigt einen Flunsch.

Sie hatten einen lustigen Abend im Pub und blieben bis nach Mitternacht. Seamus bestand darauf, ihnen einen Whiskey auszugeben. Daraus wurden zwei und am Ende drei. Als sie sich auf den Rückweg begaben, war Alex angeheitert.

»Findest du den Weg nach Hause? Ich bin etwas orientierungslos«, stammelte er.

»Du bist nach drei popeligen Gläsern Whiskey und ein paar Bieren schon angesäuselt? Meine Güte, du musst wirklich noch viel üben, um in Irland zu überleben.«

Er hakte sich bei ihr unter. »Und du bist wohl völlig nüchtern, oder was?«

»Nö, nicht völlig. Aber ich trinke immer eine Menge Wasser dazu. Ist dir vielleicht nicht aufgefallen. Aber als Arzt solltest du wissen, dass es wichtig ist, hydriert zu bleiben. Dann gibt es keinen Kater.« Sie grinste ihn an.

»Bin doch nicht so'n Arzt. Bin nur Seelenforscher. Mir ist die Hydra ... die Hyda ... dration wurscht.«

»Ich glaube, es wird jetzt definitiv Zeit, dass wir dich ins Bett schaffen«, lachte Sarah und dirigierte ihn in Richtung B&B. Eine gefühlte Ewigkeit später kamen sie endlich am Ziel an.

Finlay hörte ein Poltern und steckte den Kopf aus dem Wohnzimmer. Er konnte sich ein Schmunzeln nicht verkneifen, als er die beiden entdeckte.

»Oh, du bist noch auf. Was ein Glück! Hilfst du mir, das kanadische Weichei nach oben zu schaffen? Der verträgt aber auch gar nichts.«

»Definiere bitte mal *gar nichts*.«

»Ein paar Biere und drei Gläser Whiskey.«

»Oha, das ist extrem peinlich. Die irische Staatsbürgerschaft hat er sich damit nicht verdient«, lachte Finlay und übernahm Alex.

»Geh ruhig nach Hause. Ich kümmere mich um deinen Freund und werde ihn mit Aspirin und Wasser versorgen. Gute Nacht, Sarah.«

»Danke Fin. Dir auch eine gute Nacht.«

An Alex gewandt sagte sie: »Schlaf dich morgen erst einmal aus. Den Ausflug verschieben wir um einen Tag.«

Alex grummelte etwas, das sie nicht verstand. Sie schaute den Männern hinterher, als die beiden im Obergeschoss verschwanden. Dann ging sie grinsend heim. Alex würde morgen ordentlich Kopfschmerzen haben.

***

Gegen 17 Uhr am nächsten Tag klingelte Sarahs Handy. »Du weilst also doch noch unter uns?«

»Mach dich nur lustig über mich. Ich wusste nicht, dass das Leben in Irland so hart ist. Das hast du mir hinterhältig verschwiegen.«

»Es gibt Erfahrungen, die muss man selber machen.«

»Wann hast du denn bitte dein Psychologiestudium abgeschlossen?«, gab Alex seufzend zurück.

»Studieren? Brauchte ich nicht. Ich hatte in den letzten Jahren einen fantastischen Lehrer.«

»Ich muss bei dir definitiv besser aufpassen, was ich den lieben langen Tag so von mir gebe. Ich kann nicht zulassen, dass du dir das Geschwafel auch noch merkst und es ständig gegen mich verwendest.«

Sarah lachte hell auf. Dann fragte sie: »Wie geht es dir?«

»Jetzt schon besser. Finlay und Connie sind toll. Die beiden haben mich den ganzen Tag so was von bemuttert. Und sich natürlich auch über mich lustig gemacht. Wer den Schaden hat. Ich werde lernen, mit der Schmach zu leben. Irgendwie.« Er seufzte theatralisch.

»Den Urlaubseinstand wirst du auf jeden Fall nicht so schnell vergessen. Warum igelst du dich nicht heute ein und wir sehen uns morgen nach dem Frühstück?«, schlug Sarah vor.

»Die Idee hätte glatt von mir sein können. Bis dann«, sagte er und legte auf.

***

Am nächsten Tag erschien ein gut gelaunter, ausgeschlafener Alex bei Sarah.

»Morgen Süße, heute bin ich zu allen Schandtaten bereit.«

»Ich brauche nur eine Minute im Bad. Komm kurz rein. In der Kanne ist übrigens noch frischer Kaffee.«

Als Sarah wieder in die Küche kam, saß Alex am Fenster und genoss die Aussicht.

Er drehte sich zu ihr um und stieß einen Pfiff aus. »Bedauerlich, dass ich nur brüderliche Gefühle für dich hege. Du siehst zum Anbeißen aus, wenn mir das zu sagen erlaubt ist.«

»Ist erlaubt. Komplimente von dir nehme ich immer an. Übrigens bist du auch nicht zu verachten.« Sarah wackelte mit ihren Augenbrauen und brachte ihn damit zum Schmunzeln.

»Lass uns losfahren und dann erzählst du mir unterwegs, warum ein Mann wie du noch Single ist.«

Alex seufzte. »Wieso habe ich das Gefühl, dass du hier meine Therapeutin mimst?«

»Du leidest offenbar an Wahnvorstellungen. Das ist doch nur ein Gespräch unter Freunden«, lachte sie und stieg mit ihm ins Auto.

***

Alex war hin und weg von der rauen Schönheit der Landschaft. Sarah zeigte ihm die Bienenkorbhütten und er erkundigte sich interessiert, was hinter den Bauten steckte. Später hielten sie an einem historischen Ringfort.

»Das alte Fort hat extrem unter den Stürmen der letzten Jahre gelitten. Sie bemühen sich, es soweit wie möglich zu erhalten. Aber wie du siehst, ist die Hälfte schon der Erosion zum Opfer gefallen und über die Klippen ins Meer gestürzt. Es wurde letzte Woche nach Restaurationsarbeiten wieder für Besichtigungen freigegeben. Hast du Lust, es dir anzusehen?«

»Unbedingt. Das interessiert mich wahnsinnig. Europa hat eine so tolle Geschichte. Ich möchte jeden alten Steinhaufen begutachten, der auf unserem Weg liegt.«

»Hast du gerade ernsthaft alte Steinhaufen gesagt? Lass das hier bloß niemanden hören.« Sarah schüttelte mit gespielter Empörung den Kopf.

»Die Befestigungsanlage stammt aus der Eisenzeit und wurde bis ins Mittelalter genutzt. Die erhaltenen Mauern sind sechs Meter dick und ungefähr drei Meter hoch«, erklärte sie Alex.

Nachdem die beiden die Reste des Forts erkundet hatten, nahm Sarah seine Hand und führte ihn einen Wiesenhang hinauf. Dort setzten sie sich auf eine Mauer und genossen den beeindruckenden Blick auf die Festung, die rauen Klippen und die hohen Wellen, die sich laut an der Steilküste brachen.

»Mit jeder Minute verliebe ich mich mehr in diese Gegend. Es ist unfassbar schön hier. Und die Menschen sind so ursprünglich freundlich. Kanada ist natürlich auch reizvoll. Aber das lässt sich gar nicht miteinander vergleichen. Ich verstehe, dass es dich hergezogen hat. Um ehrlich zu sein, bin ich ein wenig neidisch. Ich würde wie du gerne alles hinter mir lassen und neu anfangen.«

Sarah stellte fest, dass er plötzlich traurig klang. »Okay, jetzt lasse ich doch die Therapeutin in mir raus. Was ist los?«

»Bist du sicher, dass du das hören willst?«

Sarah nickte.

Alex blickte hinaus aufs Meer, als er sprach. »Ich helfe tagtäglich Menschen, sich in ihren Leben wieder zurechtzufinden. Nur mein Eigenes scheine ich nicht auf die Reihe zu bekommen.« Er seufzte.

»Wie genau meinst du das? Was bekommst *du* denn nicht auf die Reihe?«

»Wusstest du, dass ich zweimal verheiratet war?«

»Nein, das hast du nie erwähnt.« Diese Information überraschte Sarah.

»Als ich damals neben dir eingezogen bin, hatte ich gerade meine zweite Ehe an die Wand gefahren.«

»Was waren die Gründe?«

»Mit etwas Abstand habe ich mittlerweile erkannt, dass es meine Schuld war. Beide Male. Um es kurz zu machen: Ich bin fremdgegangen. In beiden Ehen. Und nicht nur einmal, sondern oft. Viel zu oft.«

Sarah hörte ihm zu und sagte nichts.

»Mir ist klar geworden, dass ich nicht hätte heiraten dürfen.«

»Und wie ist dir das klar geworden?«

Er grinste sie kurz an. »Du hast wirklich von mir gelernt. An den richtigen Stellen schweigen und dann den passenden Moment für die unbequemen Fragen finden.«

»Ja, ich wurde vom Besten ausgebildet. Aber du lenkst ab.«

»Du hast mir das klar gemacht.«

»Ich?«, fragte Sarah verwundert.

»Während unserer vielen Gespräche hast du mir deine Gefühle anvertraut. Du hast mir erzählt, wie es mit Marcus für dich war. Und was du für Nicholas empfunden hast. Plötzlich habe ich verstanden, dass ich mit fast fünfzig keine Ahnung habe, wie sich echte Liebe anfühlt. Ist es wirklich in Ordnung für dich, wenn ich darüber spreche?«

»Selbstverständlich. Du kannst mit mir über alles reden.«

»Natürlich habe ich für Beth und Tessa etwas empfunden. Aber heute weiß ich, dass es keine Liebe war. Daher bin ich vermutlich fremdgegangen. Das ist keine Entschuldigung. Nur der Versuch einer Erklärung. Und deswegen bin ich jetzt wieder und schon seit Jahren Single. Ich möchte einmal das fühlen, was du hattest. Und ich weiß mittlerweile, dass ich das von One-Night-Stands nicht bekommen werde. Daher habe ich den Frauen vor ein paar Monaten komplett abgeschworen. Zumindest so lange, bis mich eine so aus den Schuhen haut, dass ich total überwältigt bin.«

Er sah Sarah an. »Jetzt hast du mir aber für heute genug Geheimnisse aus der Nase gezogen. Ich habe das bisher niemandem erzählt. Und ich hätte dir das ebenfalls nicht anvertrauen sollen.«

»Warum nicht? Weil ich mal deine Patientin war und selber genug mit mir herumschleppe?«

Alex nickte.

»Das haben wir doch hinter uns gelassen. Heute sind wir Freunde. Und Freunde sprechen über ihre Gefühle und Probleme.«

»Zugegebenermaßen fühlt es sich befreiend an, darüber zu reden.«

»Fehlt dir der Sex eigentlich nicht, wenn du ... ähm ... immer so aktiv warst?«

Er riss die Augen auf. »Das hast du mich jetzt nicht ernsthaft gefragt.«

»Doch, habe ich.«

»Gott Sarah, darüber kann ich doch mit dir nicht sprechen.«

»Warum nicht? Ich möchte ja nicht wissen, welche Sexpraktiken du bevorzugst. Ich habe nur gefragt, ob dir Sex fehlt.«

Er atmete einmal tief aus, bevor er antwortete. »Ja, natürlich fehlt mir Sex. Ich mag es berührt zu werden. Ich vermisse alles daran. Geht dir das nicht genauso?«

»Ich schätze, jetzt muss ich wohl auch ehrlich antworten.«

»Ja, musst du. Schließlich hast du mit dem Thema angefangen.« Er blickte sie abwartend an.

»Manchmal wünsche ich mir, ich wäre ein Typ für One-Night-Stands oder unverbindliche Affären. Aber das bin ich nicht. Ich werde mich nach Marcus und Nicholas auf niemanden mehr einlassen. Außerdem wäre mit einem weiteren Verlust eindeutig meine Grenze der Leidensfähigkeit überschritten.«

»Das war eine beeindruckend ausweichende Antwort, meine Süße. So leicht kommst du mir nicht davon. Hier sind mehr Details nötig.«

»Boah, jetzt lässt er wieder den Psychodoktor raushängen«, witzelte Sarah, bevor sie weitersprach. »Ich habe das Problem, dass Sex für mich Liebe bedeutet. Ich kann das nicht trennen. Ich mag es genau wie du, berührt zu werden. Natürlich fehlen mir die körperliche Nähe und das Geborgensein. Ich vermisse es, in den Arm genommen zu werden. Ich hasse es, alleine aufzuwachen.« Sarah presste die Lippen zusammen und zuckte dann mit den Schultern. »Ich versuche, nicht zu oft daran zu denken. Und jetzt verrate ich dir etwas, dass ich bisher nie jemandem erzählt habe.«

Alex fragte vergnügt: »Sollte es mir tatsächlich gelingen, dir nach all den Jahren noch ein sicher gehütetes Geheimnis zu entlocken?«

»Du hast es nicht anders gewollt. Halt dich fest, es geht los: Ich besitze eine ganze Schublade voll mit Spielzeug. Das entschädigt ein wenig und hilft dabei, Dampf abzulassen. Ein echter Ersatz für Intimität mit einem Menschen, an den man sein Herz verloren hat, ist das natürlich nicht.«

Alex sah sie perplex an. Er konnte nicht glauben, was sie ihm da erzählte.

»Jetzt schau mich nicht so entsetzt an. Als ob du nie selber Hand anlegen würdest.«

Alex kratzte sich am Kinn. »Okay, ich glaube, jetzt bin ich peinlich berührt. Das erzähle ich nicht mal meinen männlichen Freunden. Mit dir kann ich schon gar nicht darüber sprechen.«

»Diese Grenze respektiere ich und erkläre damit die heutige Sitzung für beendet. Allerdings sind wir mit dem Thema noch nicht fertig. Beim nächsten Mal sprechen wir detailliert über deinen Wunsch nach einem Neuanfang«, warnte sie Alex augenzwinkernd vor.

»Danke, für dein Verständnis, Frau Doktor. Fast hätte ich mich blamiert und wäre bei dem Thema Selbstbefriedigung vor einer Frau rot geworden. Ich bin froh, dass ich nicht die Schiene zum Sexualtherapeuten eingeschlagen habe. Das wäre was geworden«, grinste er amüsiert. »Also, wohin fahren wir jetzt?«

***

In der nächsten Woche unternahm Sarah mit Alex viele Tagesausflüge. Sie zeigte ihm Killarney und den Ring of Kerry. Alex genoss den ersten Urlaub seit Jahren in vollen Zügen. Er hatte sein Herz mittlerweile komplett an Irland verloren und wollte so viel wie möglich sehen, bevor er wieder nach Hause musste. Sarah hatte ihm den Besuch an einem magischen Ort versprochen und fuhr mit ihm nach Blarney Castle, das etwas außerhalb von Cork lag.

»Erklär mir das noch einmal. Ich soll hier einen Stein in luftiger Höhe küssen, den schon Tausende vor mir abgeknutscht haben? Mega Bakterienalarm! Und du weißt schon, dass ich Höhenangst habe?« Alex schaute Sarah mit einer Mischung aus Abscheu und Unbehagen an.

»Tja mein Lieber, heute heißt es wieder einmal: Stelle dich deinen Ängsten.« Sarah grinste ihn frech an. Alex verzog das Gesicht, als hätte er auf eine saure Zitrone gebissen.

»Komm schon. Keine Sorge, die halten dich da oben fest, wenn du über dem Abgrund hängst.« Sie zeigte am Turm der Burgruine nach oben. Alex wurde weiß wie die Wand.

»Und warum ist es so wichtig, dass ich das verdammte Ding küsse?«

»Du bekommst im Gegenzug für den bewiesenen Mut das Geschenk der Sprachgewandtheit. Das ist in deinem Job doch nützlich.«

»Ich kann auch jetzt schon gut reden«, grummelte Alex. »Hast du den Stein geküsst?«

»Na sicher. Was glaubst du, warum sich meine Bücher wie wild verkaufen? Sogar Winston Churchill hat 1912 seine Lippen auf den Stein gedrückt. Und er war unbestritten einer der redegewandtesten Politiker seiner Zeit.« Sie zwinkerte Alex zu und zog ihn an der Hand ins Innere des Turms.

»Woher stammt denn diese bescheuerte Idee, Touristen herzulocken und in Lebensgefahr zu bringen?«

»Meine Güte Alex, du bist aber heute kritisch. Der Legende nach ist es das Vermächtnis einer Hexe. Sie wurde von einem der Nachfahren der Erbauer der Burg vor dem Ertrinken gerettet. Als Dank lüftete sie das Geheimnis des Steins.«

»Okay, lass es uns endlich hinter uns bringen«, sagte er und stieg seufzend die steilen, abgetretenen Steinstufen hoch.

Alex versuchte, nicht über seine Höhenangst nachzudenken. Er hing todesmutig mit dem Oberkörper über dem Abgrund, um an den Blarney Stone zu gelangen. Zum Glück assistierte ein Mitarbeiter der Burg und hielt ihn fest, während er den Stein küsste.

»Du hast dich tapfer geschlagen«, lobte ihn Sarah anschließend. »Für den Rest des Tages ist reine Entspannung angesagt.«

Sie führte ihn in den berühmten Giftgarten, der die tödlichsten Pflanzen aus der ganzen Welt beherbergte.

»Kaum zu glauben, dass man früher Alraune und Rizin in hohen Dosen eingesetzt hat, um Krankheiten zu heilen. Der Satz "Was einen nicht umbringt, macht einen nur härter", kommt mir hier gleich in den Sinn«, lachte Alex. »Schon acht Samenkörner von Rizin beenden ein Leben.«

»Mich gruselt es hier immer ein wenig«, gab Sarah zu und schüttelte sich.

Nachdem sie den Garten verlassen hatten, erkundeten sie den als Rock Close bekannten Bereich der Parkanlage. Alex sah sich fasziniert um. »Unglaublich, dieser Ort hat etwas Mystisches«, gab er zu.

Sie standen auf einer Art Terrasse, die über einem Fluss zu schweben schien. Die Bäume und Steine waren mit Moos und Efeu bewachsen.

»Wenn es in Irland Elfen, Feen und Kobolde gibt, dann sicher hier«, meinte Alex.

Sarah hatte es sich auf einem Stein, der wie eine Liege aussah, bequem gemacht. Sie klopfte auf den Platz neben sich. »Legst du dich zu mir?«

»Dem Wunsch einer schönen Frau kann ich mich unmöglich widersetzen«, sagte er mit einem Lächeln. Dann streckte er seinen Arm nach Sarah aus. »Komm, kuschel dich ran. Angezogener Körperkontakt zwischen Freunden ist erlaubt.«

»Ach, steht das in deinem Buch der goldenen Regeln?«, fragte Sarah amüsiert.

Sie rutschte zu ihm rüber und legte ihren Kopf auf seine Schulter. Ihre Hand platzierte sie locker auf Alex' Brust. Sarah genoss diesen Moment. Es stimmte, sie vermisste es, ab und zu in den Arm genommen zu werden. Aber mehr als eine freundschaftliche Nähe war dies nicht für sie. Sie hegte absolut keine romantischen Gefühle für ihn. Alex ging es umgekehrt genauso. Weder beschleunigte sich sein Herzschlag, noch hatte er das Bedürfnis, sie zu küssen. So lagen die beiden entspannt für eine Weile Arm in Arm und schauten durch das Blätterdach der Bäume in den Himmel.

»Nachdem du jetzt mit mehr Redegewandtheit gesegnet bist, erzählst du mir bitte den zweiten Teil deiner Geschichte. Wieso bist du neidisch auf mein Leben und willst etwas bei dir verändern? Das liegt sicher nicht allein an deinen gescheiterten Ehen«, sagte Sarah und unterbrach damit die Stille.

Alex wandte den Kopf in ihre Richtung und zog eine Grimasse. »Ich hatte gehofft, du hättest das Thema vergessen.«

»Keine Chance. Ich verspreche aber, dass dies deine letzte offizielle Sitzung bei Dr. Pearson in diesem Urlaub ist.« Sarah grinste und hob die Finger zum Schwur.

Alex entließ sie aus seinen Armen und setzte sich seufzend auf. Dann strich er sich die Haare aus der Stirn. »Das habe ich letztens unglücklich ausgedrückt. Es klang so, als wäre ich neidisch darauf, dass du zwei geliebte Menschen verloren hast. Entschuldige bitte.«

»Ich weiß doch, dass es nicht so gemeint war.«

»Worauf ich voller Neid blicke, ist der wunderbare Neubeginn, der dir gelungen ist. Du hast dich entschieden, alle Brücken abzubrechen und wieder einmal von vorne anzufangen. Ich sehe, wie gut es dir hier geht. Du hast dir in diesem traumhaften Winkel der Welt ein tolles Leben aufgebaut. Du hast Freunde wie Connie und Finlay, denen du wichtig bist und die sich um dich kümmern. Dein Beruf füllt dich, im Gegensatz zu mir, aus. Du kommst eindeutig damit klar, deine Tage alleine zu meistern. Du bist trotz allem, was du durchgemacht hast, nicht verbittert, sondern weiterhin der fröhliche und optimistische Mensch, den ich so sehr mag.«

»Moment mal, dein Beruf macht dich nicht mehr glücklich?«, hakte Sarah überrascht nach. »Das hatte ich nicht erwartet. Du bist immer so einfühlsam und dir scheinen die Patienten wichtig zu sein. Zumindest hast du mir nie das Gefühl gegeben, nur eine Nummer zu sein, die dir hilft, deine Rechnungen zu bezahlen.«

»Ich hoffe inständig, dass ich niemals einem Patienten einen solchen Eindruck vermittelt habe. Das wäre unverzeihlich. Aber ich habe mir über so viele Jahre die Probleme anderer Leute angehört, dass ich mittlerweile ausgebrannt bin. Ich wünsche mir Zeit für mich. Ich muss dringend vor meiner eigenen Haustüre kehren.« Er sah Sarah an. »Ich habe das Gefühl, dass ich nicht wirklich gelebt habe, wenn ich nicht die wahre

Liebe kennenlernen durfte. Ach du meine Güte, das klang jetzt aber schmalzig.«

»Überhaupt nicht. Ich verstehe das. Es gibt nichts Schöneres und gleichzeitig nichts Schmerzhafteres. Darf ich dich dazu etwas sehr Persönliches fragen?«

»Vergiss es, ich werde meine Sexualvorlieben nicht vor dir ausbreiten«, grinste er sie spitzbübisch an.

Sarah holte aus und schlug ihm auf die Brust. »Jetzt machst du mich langsam doch neugierig, auf was du so stehst. Aber für heute lasse ich es ausnahmsweise dabei bewenden. Ich wollte auf etwas anderes heraus. Du hast gesagt, du bist oft fremdgegangen. Waren da Patientinnen mit im Spiel? Ist dir deswegen ein Neuanfang wichtig?«

»Warum denkst du, dass ich etwas mit Patienten hatte?« Alex war sichtlich erstaunt.

Sarah zuckte mit den Schultern. »Wo, außer in der Praxis, triffst du denn sonst Frauen? Seit ich dich kenne, arbeitest du gefühlt immer nur.«

»So gesehen hast du mit deinem Gedankengang schon recht. Aber stell dir vor, selbst ich habe meine Praxisräume unter der Woche hin und wieder verlassen, um Lebensmittel zu besorgen. Supermärkte eignen sich bestens, um Frauen kennenzulernen. Der Inhalt eines

Einkaufswagens verrät alles, was wichtig ist. Ich erkenne sofort, ob eine Frau nur für sich einkauft«, grinste Alex.

Sarah schaute ihn aus großen Augen an. »Du hast die Einkäufe analysiert? Das ist clever. Und ein wenig verstörend. Ab sofort werde ich beim Besorgen von Lebensmitteln vermutlich unter Verfolgungswahn leiden.«

»Tja, eine bessere Singlebörse gibt es nicht. Merk es dir, falls du deine Meinung bezüglich Männern eines Tages änderst.« Er zwinkerte Sarah zu.

Dann wurde Alex wieder ernst. »Um deine eigentliche Frage zu beantworten: Nein, ich habe niemals etwas mit Patientinnen gehabt. Wie du selber weißt, kommen die Leute nach traumatischen Ereignissen zu mir. Sie benötigen Hilfe und Beistand. Viele haben zusätzlich eine Persönlichkeitsstörung oder eine psychische Erkrankung. Oft ist die Denk- und Urteilsfähigkeit eingeschränkt. Dieses Verhältnis auf eine sexuelle Schiene zu setzen, wäre absolut unethisch. Und außerdem kontraproduktiv für den Patienten. Ich wahre immer professionellen Abstand. Allerdings habe ich schon Patientinnen an Kollegen überwiesen, weil diese offenkundig Interesse an mir zeigten.«

»Und nach dem Abschluss der Therapie?«

»Nein, das wird ebenfalls nie passieren. Ich weiß zu viel von den Personen und das kann nur nach hinten losgehen. Du bist die Einzige, bei der ich jemals eine Ausnahme gemacht habe.«

Sarah schaute ihn irritiert an. »Hatten wir Sex und ich hab's verpasst?«, fragte sie und schürzte die Lippen.

Alex lachte laut los. »Baby, hätten wir miteinander geschlafen, würdest du dich ganz sicher daran erinnern.«

»Hör sich einer diesen Angeber an«, spottete Sarah.

»Der Stein hat offenbar seine Zauberkräfte bisher nicht entfaltet, wenn ich mich so ungeschickt ausdrücke«, meinte Alex anschließend amüsiert.

»Ja, es scheint, du musst den Turm erneut besteigen.«

»Auf *gar keinen* Fall. Ich sorge lieber weiterhin für das ein oder andere Missverständnis, welches ich dann aufklären muss.« Er zwinkerte ihr zu. »Du bist der einzige ehemalige Patient, mit dem ich ein freundschaftliches Verhältnis pflege. Ich habe nie jemanden außerhalb meiner Praxisräume getroffen.

Seltsam, aber mir war bei uns immer klar, dass es keine erotischen Verwicklungen geben würde.«

»Ich frage mich, ob das ein Kompliment war oder ob ich eingeschnappt sein sollte.« Sie blickte ihn mit einem belustigten Funkeln in den Augen an.

»Siehst du, genau deswegen wusste ich es«, grinste er und küsste sie auf den Scheitel.

»Ich glaube zu verstehen, dass es schwer ist, tagtäglich mit den Problemen anderer Menschen zu kämpfen und in die Abgründe der Seele zu blicken. Ich könnte das nicht, denn ich würde die Schicksale mit nach Hause nehmen und durchdrehen. Alex, wenn du es dir wirklich wünscht, wage einen Neuanfang. Das Leben ist zu kurz für verpasste Chancen. Ich kenne da übrigens einen Psychotherapeuten, der mir wertvolle Tipps für meinen Neustart gegeben hat. Willst du seine Adresse?«

»Du bist echt der Brüller«, gab Alex vergnügt zurück. Dann sagte er ernst: »Ehrlich gesagt, weiß ich schon, was ich mir Wünsche. Irland und du haben mir in den letzten Tagen die Augen geöffnet.«

»Jetzt machst du mich schon wieder neugierig.«

»Ich werde ein Buch schreiben. Ich glaube, dass ich vielen Leuten auf diese Weise helfen kann, ohne mich tagein und tagaus mit Patienten auseinandersetzen zu müssen. Ich habe etwas Geld gespart. Eine Auszeit kann ich mir definitiv leisten. Und ich möchte das Buch hier in Irland schreiben. Am liebsten in Dolphin Bay, wenn ich eine bezahlbare Unterkunft finde.«

Sarah strahlte ihn an. »Ich könnte mir nichts Schöneres vorstellen, als meinen besten Freund wieder in meiner Nähe zu haben.«

27. Ein Freundschaftsdienst

Sarah und Connie gönnten sich am nächsten Tag eine Auszeit. Im Ort hatte ein Spa eröffnet und dort ließen sie sich nach allen Regeln der Kunst verwöhnen. Alex nutzte die Gelegenheit, um sich ein wenig mit Finlay zu unterhalten und ihm von seinen Plänen zu erzählen.

»Es wird nicht leicht werden, etwas für länger direkt an der Bucht zu mieten. Ich höre mich aber gerne für dich um«, sagte Finlay. Dann kam ihm plötzlich eine Idee.

»Was hältst du davon, bei uns zu wohnen? Wir haben eine Familien-Suite. Da wärst du recht unabhängig. Sie hat eine kleine Kochecke, einen Wohnbereich und in das zweite Schlafzimmer stelle ich dir gerne einen Schreibtisch. Dann kannst du beim Arbeiten aufs Meer schauen. Nette Dauergäste sind uns immer willkommen. Du bekommst natürlich einen Freundschaftspreis. Möchtest du dir die Suite kurz ansehen? Ab morgen ist sie wieder belegt.«

»Das klingt fantastisch. Ich bin gespannt.«

Finlay ging voran und zeigte Alex die Räumlichkeiten. »Wenn es dir hier zu klein werden sollte, suchst du einfach weiter und ziehst um, wenn sich etwas Besseres findet. Ich erwarte keine feste Mietzeit.«

Alex blickte sich um. Die Räume waren praktisch und trotzdem gemütlich mit Holzmöbeln eingerichtet. An den Wänden hingen echte Aquarelle von lokalen Malern. Die Kochnische im Wohnbereich bestand aus einem Herd mit zwei Kochplatten, einem kleinen Kühlschrank und einer Spüle. Es gab außerdem eine Kaffeemaschine, einen Wasserkocher und einen Toaster. Alex öffnete den Hängeschrank und fand darin Geschirr, Töpfe und Pfannen. Aus einem der Schlafzimmer hatte man einen bildschönen Blick auf die Bucht. »Mir gefällt's. Mehr Platz brauche ich eigentlich auch nicht. Hier könnte ich mich auf das Wesentliche konzentrieren.«

»Prima, dann ist das beschlossen. Hast du schon einen Zeitraum im Auge?«

»Puh, nachdem ich mich so spontan zu diesem Schritt entschlossen habe, kann ich das gar nicht genau sagen. Ich habe einige Patienten, bei denen es mir wichtig ist, die Therapie zu beenden. Für die anderen muss ich Plätze bei Kollegen finden.« Alex dachte angestrengt nach. »Ich schätze, drei bis vier Monate gehen bestimmt ins Land, bevor ich mich freigeschaufelt habe.«

»Alles klar, dann vermerke ich das schon einmal in unserem System. Gib mir irgendwann den genauen Termin durch. Ich finde es prima, dass du diesen Schritt wagst. Du wirst das sicher nicht bereuen. Und Sarah wird es guttun, dich in ihrer Nähe zu haben. Sie spricht oft von dir.«

Finlay klopfte Alex auf die Schulter. »Du hast wahre Wunder bei ihr bewirkt. Wenn ich daran denke, wie es ihr nach dem Tod von Marcus ging, als wir nicht an sie herankamen. Das hat uns das Herz gebrochen.« Finlay schüttelte mit dem Kopf. »Und dann steht sie eines Tages strahlend vor uns und wir hatten die Sarah zurück, die wir kannten. Dass sie nach der Geschichte mit Nic nicht wieder in ein tiefes Loch gestürzt ist, geht auch auf dein Konto. Du weißt offensichtlich genau, was du tust. Es ist toll, wenn jemand die Welt mit seinen Taten besser macht.«

»Jetzt aber genug der Lobhudelei, sonst bilde ich mir noch etwas darauf ein«, lachte Alex.

»Ach, hatte ich dir nicht gesagt, dass ich dich nicht völlig uneigennützig zu einem Spotpreis hier einziehen lasse? Mit einem Seelen ... äh, Psychologen im Haus, hole ich dich natürlich immer dazu, wenn wir uns mal wieder mit einem penetranten Gast rumschlagen. Das ewige Lächeln und "Der Kunde ist König" kann auf Dauer ganz schön anstrengend sein. Vor allem, wenn man dem Gegenüber am liebsten eine kräftige Kopfnuss verpassen würde. Ich bin schon auf deine Strategien gespannt und werde sicher was von dir lernen.«

»Eine Lektion bekommst du sofort: Gewalt ist keine Lösung«, gab Alex mit seiner Therapeutenstimme zum Besten und brachte Finlay damit zum Lachen.

»Ich werde dich daran erinnern, wenn ich dir den ersten Idioten ...«, Finlay hüstelte, »... ich meinte, Gast mit besonderen Ansprüchen, vorstelle.«

»Immer zu Diensten. Ich helfe, wo ich kann.«

»Da komme ich drauf zurück. Lust auf einen Whiskey? Ich muss es ausnutzen, wenn meine Frau ausnahmsweise nicht mit Argusaugen über mich wacht.«

»Solange es bei einem bleibt,« grinste Alex und folgte Finlay ins Wohnzimmer.

»Danke, dass du Sarah über all die Jahre so unterstützt hast. Es war beruhigend für uns, zu wissen, dass sie durch dich nicht mehr völlig auf sich allein gestellt war. Wir haben uns viele Sorgen um sie gemacht«, erklärte Finlay, während er die Gläser einen fingerbreit füllte und Alex den Whiskey reichte.

»Sarah ist ein faszinierender Mensch und sie hatte Hilfe nicht nur nötig, sondern auch verdient. Leicht hat sie es mir anfangs nicht gemacht. Aber meine Hartnäckigkeit hat sich ausgezahlt. Irgendwann bin ich zum Glück zu ihr durchgedrungen. Sie hat mir eine Menge von euch erzählt. Ich weiß, dass ihr versucht habt, Sarah zu helfen. Ihr seid eine wichtige Stütze für sie gewesen, auch wenn sie es nicht immer zeigen konnte. Ich bin beeindruckt davon, wie sie ihr Leben hier meistert. Sie hat definitiv die richtige Entscheidung getroffen. So zufrieden habe ich sie in Toronto nie erlebt.«

»Stimmt, ihr geht es so gut, wie es eben möglich ist. Und trotzdem ist das alles eine verdammte Schande.«

»Du sprichst von Nicholas?«

Finlay nickte. »Es ist seitdem viel Zeit vergangen und ich sollte das endlich abhaken. Aber es fällt mir schwer. Er ist mein bester Freund und ich habe die beiden gemeinsam erlebt. Ich denke immer, ich muss etwas unternehmen, damit sie wieder zusammenkommen. Dabei weiß ich genau, dass ich mich nicht einmischen darf. Ich respektiere Sarahs Wunsch, nichts über Nic zu erfahren. Und trotzdem ist es falsch.« Finlay schwenkte den Whiskey im Glas und nahm einen Schluck.

»Du weißt, wie es ihm geht?«

»Yep.«

»Und er spricht mit dir über Sarah?«

»Nein.«

»Mensch, du bist ja schlimmer als meine Patienten. Jetzt lass dir doch nicht jedes Wort einzeln aus der Nase ziehen. Woher weißt du, dass er Sarah nicht längst vergessen hat?«

»Nic hat mir vor kurzen die Demo seiner CD geschickt, die er veröffentlichen möchte. Das machen wir schon immer so. Er fragt mich bei jedem Album nach meiner Meinung. Also habe ich mir die Lieder angehört.«

»Und?«

»Ich habe nur zwei Titel geschafft, bevor ich eine Packung Taschentücher brauchte.«

Alex sah ihn fragend an.

»Das meine ich ernst. Ich habe als gestandener Mann literweise Tränen vergossen. Nic braucht mir gar nichts über seine Gefühlslage sagen. Die Lieder sprechen eine eindeutige Sprache. Ich habe es bisher nicht geschafft, ihm eine Antwort zu schicken, weil ich keine Ahnung habe, was ich ihm sagen soll. Normalerweise spiele ich meiner Frau seine Stücke ebenfalls vor. Dies ist das erste Mal, dass ich es nicht tun werde. Connie würde Rotz und Wasser heulen und ich glaube nicht, dass sie es vor Sarah geheim halten könnte. Und damit wäre der nächste Akt vom Drama perfekt. Das will ich unbedingt vermeiden. Entschuldige, ich hatte nicht vor, mich bei dir auszuweinen. Ich hoffe, ich kann mir dein Honorar leisten«, sagte Finlay mit einem Anflug von Humor.

»Keine Sorge, wenn es um Sarah geht, nehme ich schon lange kein Geld mehr an. Eine Hypothek auf dein Haus ist also nicht nötig.« Alex grinste und entlockte Finlay ein Lachen.

»Ernsthaft, wir sind Freunde und ich helfe gerne. Spielst du mir ein oder zwei Lieder vor, damit ich mir ein Bild davon machen kann?«

Finlay legte die CD ein und reichte Alex die Hülle. »Du brauchst dir im Grunde nur die Titel angucken, dann weißt du schon Bescheid.«

Alex sah sich die Namen der Songs an und runzelte die Stirn. »Hoffnungslos, Geh nicht, Ich gebe auf, Zerbrochen, Die Liebe lebt weiter, Das Ende der Welt,

Nur noch eine Chance, Weglaufen, Für dich da, Magische Berührung«, las er laut vor und dann entwich ihm: »Ach du meine Güte.«

Finlay drückte den Abspielknopf und das erste Lied klang durch den Raum. Nicholas sang, dass er in den vergangenen Jahren jede Sekunde an sie gedacht hatte und dass er das Ende der Welt vor sich sah, wenn sie nicht bei ihm war. Er bedauerte, ihr nie gesagt zu haben, wie sehr er sie liebte und es dafür nun zu spät war. Der Schmerz war in jedem gesungenen Wort und mit jeder Note spürbar.

Alex lauschte und blies geräuschvoll Luft durch die Wangen. »Wenn du mir noch so ein Lied vorspielst, brauche ich vermutlich auch Taschentücher.«

Finlay warf ihm mehr aus Scherz eine Schachtel rüber. »Nur für den Fall das "Magische Berührung" dir ebenfalls Tränen in die Augen treibt. Spätestens nach dem Lied weißt du, wie sich wahre Liebe anfühlt. Connie bedeutet mir mehr als alles andere auf der Welt und ich verstehe, was Nic empfindet. Dass er und Sarah das aufgeben mussten, hat sogar mein Herz gebrochen.«

Nie zuvor hatte ein Lied Alex so tief in der Seele berührt. Er schloss die Augen und schluckte hart.

»Verstehst du mich jetzt?«

»Von diesen Liedern darf Sarah auf keinen Fall etwas erfahren. Selbst ich bin total erschüttert und kenne Nicholas nicht einmal. Wenn sie die Songs hört, macht das alles zunichte, was sie sich so hart erarbeitet hat.« Er sah Finlay beschwörend an.

Finlay rieb sich mit den Händen durchs Gesicht. »Natürlich. Du hast recht. Trotzdem macht mich das fertig.«

»Wie steht es mit der Gesundheit seiner Frau?«

»Claire hat große Fortschritte gemacht. Nic tut alles Menschenmögliche für sie.«

»Es geht mich zwar nichts an, aber ich wüsste trotzdem gerne, ob die beiden ihre Ehe wieder aufgenommen haben.«

»Die Antwort ist kein Geheimnis. Nein, haben sie nicht. Das ist definitiv vorbei. Und Claire wird, so wie es aussieht, nicht dauerhaft auf seine Hilfe angewiesen sein. Die Prognosen der Ärzte sind vielversprechend.«

Alex schüttelte den Kopf und atmete hörbar aus. »Mit der Antwort hast du mir einiges zum Nachdenken gegeben. Ich bitte dich daher um eine Sache.«

»Alles, was du möchtest.«

»Wenn Nicholas dir eines Tages mitteilt, dass seine Frau keine Unterstützung mehr nötig hat und die beiden endgültig getrennte Wege gehen, würde ich das gerne wissen. Dann sehe ich eine Möglichkeit, etwas für ihn und Sarah zu tun.«

»Ich verspreche es«, sagte Finlay. Er war froh, dass er seine Sorgen mit Alex geteilt hatte.

***

Es war fast Zeit, Abschied zu nehmen. Alex musste am nächsten Tag zurück nach Toronto. Er saß mit Sarah an ihrem Lieblingsplatz auf der Wiese unterhalb des Leuchtturms.

»Ich bin noch nicht einmal weg aus Irland und kann es kaum abwarten, wieder zurückzukommen.« Alex Stimme klang wehmütig. »Danke übrigens, dass du diesen Platz mit mir teilst. Es ist fantastisch hier.«

»Vergiss es mein Lieber, die Stelle habe ich zuerst gefunden. Das ist heute eine absolute Ausnahme. Wenn du in Dolphin Bay lebst, will ich dich nicht ständig hier vorfinden. Das ist ein Ort der Ruhe.« Sarah grinste ihn frech an.

»Wenn nötig, kann ich auch schweigen«, meinte er mit einem amüsierten Funkeln in den Augen.

»Auf den Moment, wo du mal nichts zu sagen hast, warte ich seit Jahren vergeblich«, gab sie seufzend zurück und verdrehte die Augen.

Alex lachte laut los.

»Anderes Thema. Hast du eigentlich auf deinen diversen Streifzügen in den letzten Wochen die Antennen ausgefahren und nach aufregenden Frauen Ausschau gehalten?«

»Hey, ich dachte, die Therapiesitzungen hätten wir hinter uns?«

»Ich frage als interessierte Freundin, du Spinner.«

»Meine Antennen habe ich immer ausgefahren, um bei deiner Formulierung zu bleiben. Brauchbare Signale sind bei mir eher nicht angekommen. Ein Funksignal hat mich im Lebensmittelmarkt erreicht. Das war so ausgeprägt, dass es fast Tinnitus ausgelöst hat. Ich habe den Empfang abgebrochen und bin mir quasi selber zur Hilfe geeilt. Ich habe einen Netzausfall vorgetäuscht.«

Sarah brach in schallendes Gelächter aus. Sie wusste genau, von wem er sprach. Sie mochte Maureen gern.

Ihre direkte Art wirkte aber durchaus schon einmal abschreckend, wenn man sie nicht näher kannte.

Etwas verständnislos sah er Sarah ob ihres Heiterkeitsausbruchs an. »Was ist denn mit dir los?«

»Entschuldige, aber ich habe mir Maureen vorgestellt, wie sie versucht, dich in einen Hinterhalt zu locken und am besten gleich an Ort und Stelle zu vernaschen«, gluckste sie ausgelassen.

»Schön, dass wenigstens du Spaß hast. Ich dagegen fand das gar nicht so lustig. Immerhin werde ich demnächst öfter dort einkaufen und musste daher ein Mindestmaß an Höflichkeit walten lassen, bevor ich mich auf Zehenspitzen entfernt habe.«

Sarah wischte sich die Lachtränen aus den Augen. »Sag ihr doch, dass du auf Männer stehst.«

»Hast du sie noch alle? Dann weiß das in fünf Minuten die komplette Halbinsel und damit bin ich ein für alle Mal bei der Frauenwelt erledigt. Du erinnerst dich schon an mein erklärtes Wunschziel?«, gab er entrüstet zurück.

»Der Psychologe in dir hat Maureen damit gleich durchschaut. Gratulation. Aber du könntest dich doch von einer tollen Frau bekehren lassen und den Männern nur für sie abschwören.«

»Ich glaube, jetzt muss ich dich doch wieder in Therapie nehmen. Dein Verstand hat gefährliche Aussetzer. Du willst mir nicht ernsthaft eine von diesen verstörten Tussis andrehen, die einen Mann nur interessant finden und bekehren wollen, weil er entweder schwul oder Priester ist oder als Massenmörder hinter Gittern sitzt?«

Er nahm Sarah grinsend in den Schwitzkasten und die beiden balgten sich spielerisch, bis sie völlig außer Atem rückwärts ins Gras fielen.

»Verstörte Tussis, ja? Ist das die korrekte psychologische Bezeichnung?«

»Ich bin heute privat. Da darf ich mir diese Ausdrucksweise erlauben. Tut richtig gut, sich mal gehen zu lassen«, gab er munter zu.

»So sieht das aus, wenn du dich gehen lässt? Ich bin beeindruckt.«

»Machst du dich wieder über mich lustig?«

»Wie kommst du denn darauf?« Sie schenkte ihm einen unschuldigen Blick.

Alex stand auf und hielt ihr seine Hand hin. »Lass uns Frieden schließen und zurückgehen. Ich bekomme langsam Hunger.« Er zog sie hoch, legte den Arm locker um Sarahs Schultern und die beiden schlenderten zurück zum Cottage.

»Maureen ist eine echte Frohnatur. Ich mag sie. Mach dir doch die Mühe, sie etwas besser kennenzulernen.« Sarah schaute ihn abwartend an.

»Sie ist nicht mein Typ. Früher wäre ich sofort darauf angesprungen, aber ich habe mich verändert. Und das ist gut so. Irgendwo da draußen gibt es die Eine für mich. Ich muss sie nur finden.«

***

Am nächsten Tag verabschiedete Sarah ihren Freund mit einem weinenden und einem lachenden Auge. Schließlich wusste sie, dass der Abschied nicht für lange war. Alex lud sein Gepäck ins Auto und schloss geräuschvoll die Kofferraumklappe. Er drehte sich zu Sarah um und drückte sie fest an sich.

»Nicht traurig sein, Süße. Ehe du dich versiehst, bin ich wieder hier. Dann werde ich dir so auf die Nerven fallen, dass du mich zurück nach Toronto wünscht.« Er lachte sie an und wischte ihr mit dem Daumen ein paar Tränen weg.

»Versprochen?«

»Großes Ehrenwort.«

Er küsste sie zart auf die Stirn und auf die Wangen. Dann löste er sich von ihr und stieg ins Auto.

»Nicht vergessen: Genieß die Zeit ohne mich. Wenn ich erst zurück bin, wirst du dich nach Ruhe sehnen.«

Er startete den Motor und fuhr winkend davon. Sarah musste trotz ihrer Traurigkeit lachen.

28. Aufbruch nach Vancouver

Sarah saß im Flugzeug nach Vancouver. Sie verfolgte die Flugroute auf dem Monitor im Sitz vor sich. Mit jedem Kilometer, den sie in der Luft zurücklegte, wurde ihr bewusster, dass Nicholas in dieser Stadt lebte. So nah war sie ihm seit Jahren nicht gewesen. Wie sein Leben jetzt wohl aussah? Ihr würde es offenbar nie gelingen, ihn zu vergessen. Der Schmerz war mit der Zeit lediglich erträglicher geworden. Das lag vor allem daran, dass sie sich in ihrem neuen Leben wohlfühlte. Sie war trotzdem froh, dass sie nur drei Tage in Kanada verbringen würde. Viel private Zeit blieb ihr nicht. Der Terminplan war straff und sah zahlreiche Proben vor, ehe die Sendung live ausgestrahlt wurde. Am Tag nach der Spendengala flog sie schon wieder zurück nach Irland. Sie übernachtete bei Mark und Toby. Sarah freute sich darauf. Sie war gerne mit den beiden zusammen und die drei sahen sich nur selten, seit sie nicht mehr Tür an Tür wohnten. Sie würde in den nächsten Tagen genügend Ablenkung haben, um nicht doch in die Versuchung zu kommen, mit Nicholas Kontakt aufzunehmen.

Mehrmals war sie in den letzten Jahren kurz davor gewesen, ihn anzurufen. Es machte sie fertig, nicht zu wissen, wie es ihm ging. Außerdem sehnte sie sich danach, seine Stimme zu hören. Sie vermisste sein heiseres Lachen. Er fehlte ihr nach wie vor. Es war Sarah überaus schwergefallen, vernünftig zu sein, obwohl sie darauf bestanden hatte, den Kontakt abzubrechen. In den wenigen gemeinsamen Wochen hatte er sich unwiderruflich in ihr Herz gebrannt. Eine Weile hoffte sie sogar, dass Nicholas sich melden würde, aber das blieb ein Wunschtraum. Ihr war klar, dass eine erneute Kontaktaufnahme die nach wie vor nicht richtig verheilten Wunden wieder aufreißen würde. Das konnte sie kein weiteres Mal durchmachen. Sie kämpfte außerdem immer den Wunsch nieder, Finlay oder Connie nach Nicholas zu fragen. Sarah versuchte, sich nicht in Selbstmitleid zu suhlen. Aber manchmal fand sie alles unfair und haderte mit dem Schicksal. Warum waren sie sich begegnet und verliebten sich ineinander, wenn ihnen doch keine echte Chance vergönnt war? Hatte sie nicht schon genug in diesem einen Leben verloren?

Sie schüttelte den Kopf, um die trüben Gedanken loszuwerden. Nach vorne schauen war die Devise.

Gleich würde sie ihre Freunde wiedersehen und außerdem etwas Gutes tun. Das waren die Dinge, die jetzt in ihrem Leben Bedeutung hatten.

***

Die Sendung wurde ein großer Erfolg. Es kam eine unerwartet hohe Spendensumme zusammen. Sarah freute sich darüber, denn das Geld würde sicher vielen kleinen Patienten helfen, gesund zu werden. Dank Mark und Toby hatte sie sich gar nicht so schrecklich unwohl vor der Kamera gefühlt. Trotzdem würde sie einen solchen Auftritt nicht wiederholen. Einmal reichte ihr. Toby war nach der Sendung schon vorausgefahren, um vorbestelltes Essen abzuholen. Sarah stand auf dem Bürgersteig und wartete auf Mark. Sie wühlte in ihrer Tasche und beachtete die Menschen um sich herum nicht. Plötzlich fühlte sie ein bekanntes und schon fast vergessenes Prickeln im Bauch. Sie hob den Kopf. Bevor sie sich genauer umsehen konnte, kam Mark und führte sie zum Auto, um mit ihr nach Hause zu fahren.

***

Nicholas lief die Straße entlang, die Hände tief in den Jackentaschen vergraben. Er hatte seinen freien Abend mit Freunden bei ihrem Lieblingsitaliener verbracht. Jetzt war er auf dem Heimweg. Claires Fortschritte in den vergangenen Jahren waren beachtlich. Sie hatten in Doreen eine gute Pflegekraft gefunden und zusammen mit der Therapie kämpften sie sich Stück für Stück zurück ins Leben.

Claire konnte wieder sprechen und die Gefühle im rechten Arm waren zurück. Nur ihr Bein wollte nach wie vor nicht so richtig. Sie lief mittlerweile trotzdem langsam auf Krücken. Den Rollstuhl benutzte sie nur noch, wenn es gar nicht anders ging. Sie war viel selbstständiger geworden. Trotz alledem brauchte sie weiterhin Hilfe. Nicholas hatte sich völlig auf die Pflege seiner Frau konzentriert. Tagsüber war er dermaßen beschäftigt, dass er keine Zeit zum Nachdenken hatte, aber jede Nacht kam die Einsamkeit zurück.

Nicholas hätte nie gedacht, dass ihm ein Mensch je so fehlen könnte, wie ihm Sarah fehlte. Er kämpfte über Monate jeden Tag dagegen an, sie anzurufen. Sie hatten eine Vereinbarung getroffen und daran hielt er sich, obwohl es ihn eine fast unmenschliche Kraft kostete. Er sehnte sich danach, ihre Stimme zu hören und zu erfahren, wie es ihr ging. Sarah hatte damals verständnisvoll reagiert und ihm versichert, dass sie seine Entscheidung, Claire beizustehen, verstand und respektierte. Sie bestärkte ihn sogar, indem sie ihm versicherte, er würde das einzig Richtige tun. Aber ihm war klar, dass er sie schrecklich verletzt hatte. Hatte er sich doch selber sein Herz dabei herausgerissen. Er wusste, dass Fin und Connie weiterhin Kontakt zu Sarah hielten, aber er fragte nie nach ihr und seine Freunde erwähnten sie nicht. Er schrieb Lieder, wenn er keinen Schlaf fand. Die Musik war sein wichtigstes Ventil. Sämtliche Empfindungen verarbeitete er in den Texten. Er schrieb sich alles von der Seele. Für ihn war die Musik eine Therapie, ohne die er verrückt geworden wäre. Seit der Trennung war eine Menge Zeit vergangen und Sarah schien manchmal nur eine märchenhafte Erinnerung aus einem anderen Leben zu sein.

Claire beklagte sich nie und arbeitete hart an ihrer Genesung. Er war glücklich zu sehen, wie gut sich seine Frau entwickelt hatte. Trotzdem war er unsagbar müde. Er fühlte die körperliche und emotionale

Belastung. Nicholas war erschöpft und hatte das Gefühl, sein Leben zog an ihm vorbei. Wenn diese Gedanken überhandnahmen, bekam er Claire gegenüber ein schlechtes Gewissen. Er hatte kein Recht, so zu empfinden. Und trotzdem nagte es an ihm. Er lief gedankenversunken durch die nächtlichen Straßen, als er einem plötzlichen Zwang folgend zur anderen Straßenseite sah.

Er blieb abrupt stehen und starrte Sarah an. Nicholas war derart verblüfft, dass er zunächst gar nicht reagieren konnte. Sein Herz setzte einen Schlag aus. Es war wirklich Sarah. Seine Sarah war hier. Weiter konnte er nicht denken. Entgegen aller Vernunft entschied er sich, mit ihr zu reden. Es war unmöglich, sie ohne ein Wort gehen zu lassen. Er musste Hallo sagen. Dass er ihr über den Weg lief, nahm er als ein Zeichen. Nicholas trat in dem Moment auf die Straße, als ein äußerst attraktiver Mann aus dem Gebäude hinter Sarah kam. Er legte seinen Arm um sie und die beiden gingen lachend in die andere Richtung.

Nicholas erstarrte zu Eis. Es fühlte sich wie ein Schlag in die Magengrube an. Sie war nicht mehr allein. Er hatte geglaubt, er wäre mittlerweile über Sarah hinweg. Mit einem Mal wusste er, dass er sich die ganze Zeit etwas vormachte und seine Gefühle nur verdrängt hatte, um zu überleben. Tief im Inneren war die Hoffnung auf eine gemeinsame Zukunft weiterhin da gewesen. In seinen Träumen wartete sie auf ihn. Soeben war er endgültig hart auf dem Boden der Realität aufgeschlagen. Er hatte sie für immer verloren, ohne überhaupt noch einmal mit ihr gesprochen zu haben. Nicholas bekam keine Luft mehr. Er beugte sich vornüber, stützte die Hände auf die Knie und versuchte ruhig zu atmen. Seine Brust war wie zugeschnürt. Irgendwie schaffte er die vier Blocks nach Hause, ohne auf offener Straße zusammenzubrechen.

***

Nicholas goss sich einen Whiskey ein und setzte sich, ohne das Licht einzuschalten, ins Wohnzimmer. Er starrte in das Glas und ihm liefen plötzlich unkontrolliert Tränen die Wangen herunter. Seit der Trennung von Sarah hatte er seine Gefühle, Bedürfnisse und Wünsche komplett zurückgestellt. Dass er sie heute so unerwartet und in den Armen eines Anderen wiedergesehen hatte, war unerträglich. Die Erinnerungen an die Zeit mit ihr kamen mit aller Macht zurück. Er vermisste sie schrecklich. Wie hatte er nur glauben können, er würde sie nicht mehr lieben? Es tat höllisch weh.

Claire betrat leise den Raum. Sie sah seine zuckenden Schultern, hörte ein unterdrücktes Schluchzen und erkannte betroffen, dass Nicholas weinte. Sie setzte sich neben ihn und legte die Krücken zur Seite. Er schaute nicht auf, weil er nicht wusste, wie er ihr seine Verfassung erklären sollte. Außer bei der Geburt ihrer gemeinsamen Kinder und dem Tod seiner Eltern hatte er nie vor ihr geweint.

»Ich habe die Tür gehört und war neugierig, wie dein Abend war. Erzähl mir bitte, was passiert ist«, sagte sie mit sanfter Stimme.

Claire rieb beruhigend über seinen Rücken. Er wischte sich die Tränen mit dem Handrücken aus dem Gesicht und schwenkte den Whiskey im Glas.

»Ich bin nur ein wenig sentimental. Nach dem Drink und etwas Schlaf werde ich morgen wieder der Alte sein«, versuchte er, Claire zu beruhigen.

»Nicholas McKay, auch wenn ich durch die Krankheit das ein oder andere vergessen habe, bin ich weder dement noch blind. Ich kenne dich lange genug und weiß genau, wann du mir was vormachst. Also raus damit und keine faulen Ausreden.« Sie musterte ihn mit einem strengen Blick. Er schmunzelte über ihre Bestimmtheit und brachte immerhin ein schiefes Lächeln zustande.

»Ich warte«, sagte sie mit Nachdruck.

Nicholas hatte nie vorgehabt, ihr seine Zeit mit Sarah zu verschweigen. Vielleicht war jetzt der Augenblick gekommen, Claire alles zu sagen. Er hoffte, dass ihre Verfassung mittlerweile gut genug für dieses ernste Gespräch war.

Nicholas holte einmal tief Luft. »Du hast recht. Mich hat heute die Vergangenheit eingeholt.«

***

Er berichtete, wie er Sarah kennengelernt hatte und dass er sich auf den ersten Blick Hals über Kopf in sie verliebte. Er sagte Claire, dass er ihr von Sarah erzählen und sie um die Trennung bitten wollte, bevor sie krank wurde. Er ließ auch nicht aus, dass Sarah Witwe war. Zwischendurch wischte er sich immer wieder Tränen aus dem Gesicht. Nicholas erklärte, dass sie seit Jahren keinen Kontakt mehr hatten und dass er dachte, er wäre längst über Sarah hinweg. »Das unerwartete Wiedersehen hat mich komplett aus der Bahn geworfen. Es ist für mich unerträglich, dass sie mit einem anderen Mann zusammen ist. Mir ist heute klar geworden, dass ich nach wie vor starke Gefühle für sie habe. Mein Gott, ich liebe Sarah.« Mit schonungsloser Ehrlichkeit ließ er Claire tief in sein Herz blicken.

Seine Frau hörte zu und unterbrach ihn nicht. Als er zu Ende gesprochen hatte, schaute er Claire an und erkannte, dass in ihren Augen Tränen schwammen. Nicholas stellte das Glas weg und nahm sie liebevoll in die Arme.

»Entschuldige, es war offenbar doch zu früh für dieses Gespräch zwischen uns. Ich hätte mich besser im Griff haben sollen. Bitte glaube mir, dass ich dich niemals verletzen wollte. Es tut mir so leid«, murmelte er.

Claire löste sich aus der Umarmung, sah ihn an und umfasste sein Gesicht mit den Händen.

»Ich weine nicht, weil du mich verletzt hast, Nic. Mir ist schlagartig klar geworden, was diese Hirnblutung mit unseren Leben angestellt hat. Ich wollte dir doch auch die Trennung vorschlagen. Und dann ist dieser ganze Schlamassel passiert. Als ich langsam realisierte, was mit mir los war, war ich so dankbar, dass du mir beigestanden hast. Ohne dich wäre ich nicht da, wo ich jetzt bin. Ich werde dir das niemals vergessen. Ich war dermaßen damit beschäftigt, mich wieder ins Lot zu bringen, dass ich gar nicht bemerkt habe, wie du dich fühlst. Und dabei ist es doch offensichtlich. Du siehst nämlich schon eine ganze Weile beschissen aus.«

Beide lachten unter Tränen.

»Na, danke für die Blumen. Genau das, was ich gebraucht habe, um mich aufzuheitern.«

»Du warst ungefragt für mich da und ich bin gar nicht auf die Idee gekommen, dass es eine neue Frau in deinem Leben geben könnte. Es tut *mir* leid, dass ich nicht wusste, welches Opfer du für mich gebracht hast. Ich habe nicht gewollt, dass du dein neues Leben, deine neue Liebe für mich aufgibst.«

»Bitte hör auf, dich zu entschuldigen. Niemand von uns konnte mit dieser Situation rechnen. Ich würde dies immer wieder für dich tun, Claire. Du bist mir sehr, sehr wichtig. Dabei spielt es überhaupt keine Rolle, dass wir schon lange kein Paar mehr sind. Ich bin glücklich, dass es dir mittlerweile so gut geht. Das ist alles, was zählt.«

Nicholas küsste sie auf die Schläfe und stand auf. »Ich bin müde. Danke, dass du mir zugehört hast. Gute Nacht, wir sehen uns zum Frühstück.«

Nachdem Nicholas gegangen war, blieb Claire eine Weile nachdenklich auf dem Sofa sitzen. Dann warf sie einen Blick auf die Uhr. In Irland war es neun Uhr morgens. Sie stand auf und ging langsam zum Telefon.

29. Der Plan

Connie hob nach dem dritten Klingeln ab.

»Wie schön, dass du anrufst«, sagte sie erfreut. Die beiden Frauen unterhielten sich eine Weile, bevor Claire auf ihr Anliegen zu sprechen kam.

»Weißt du, wie ich Sarah erreichen kann?«

Am anderen Ende der Leitung blieb es zunächst still.

»Es ist in Ordnung, Connie. Ich weiß über die beiden Bescheid. Nic ist sich sicher, Sarah heute in Vancouver gesehen zu haben – mit einem Mann. Das hat ihn um den Verstand gebracht. Mir war bis eben nicht klar, was er aufgegeben hat, um mich zu pflegen. Ich habe ihn noch nie so verzweifelt erlebt. Wenn Sarah wieder glücklich ist, werde ich keinen Kontakt suchen. Aber wenn nicht, dann setze ich alle Hebel in Bewegung, damit die beiden eine zweite Chance bekommen.«

»Wow, ich habe es ja schon immer gewusst, aber jetzt hast du endgültig bewiesen, was für eine erstaunliche Person du bist.« Connie war beeindruckt. »Nic hat recht. Sarah ist in Vancouver. Sie hat Freunden einen Gefallen getan und ist in deren Spendengala im TV aufgetreten. Sie fliegt heute wieder heim.«

»Sprechen wir hier etwa von Sarah Pearson?«, erkundigte sich Claire verblüfft.

»Ja, genau.«

»Ich habe die Sendung vorhin im Fernsehen verfolgt und selber etwas gespendet. Sarah ist eine unglaublich sympathische Person. Also, hat sie einen Partner?«

»Sie ist in keiner Beziehung. Weißt du, dass ihr Mann verstorben ist?«

»Ja, Nic hat es kurz erwähnt.«

»Wenn Nicholas sie mit jemandem gesehen hat, waren das sicher Mark und Toby. Die beiden haben die Show produziert und sind ein Paar. Sarah kennt sie schon lange. Die drei sind eng befreundet.«

»Das sind richtig gute Neuigkeiten.«

»Sarah hat übrigens unser Cottage gekauft. Sie lebt jetzt in Dolphin Bay.«

»Du warst mir eine große Hilfe. Ich melde mich bald wieder bei dir, denn ich werde bei euch Zimmer brauchen. Gib Fin eine Umarmung von mir.« Claire legte auf und schmiedete weitere Pläne.

***

Seit er Sarah gesehen hatte, fühlte er sich hundsmiserabel, er hatte keinen Appetit und schlief kaum. Sie war wie eine Urgewalt in seine Gedanken zurückgekehrt. Wenn sie nicht in einer neuen Beziehung wäre, hätte er ihre Vereinbarung jetzt gebrochen und den Kontakt gesucht. Aber das war nicht mehr möglich. Es wäre ihr gegenüber nicht fair. Er versuchte, sie aus dem Kopf zu bekommen. Er wollte endlich wieder leben und einen Weg finden, um glücklich zu sein. Was würde er machen, wenn Claire seine Hilfe nicht mehr brauchte? Was wünschte er sich für die Zukunft? Darauf fand er immer nur eine Antwort: Sarah. Jedoch war sie für ihn unerreichbar geworden.

Als er ein paar Wochen nach seinem emotionalen Zusammenbruch von einem langen Spaziergang nach Hause kam, standen gepackte Koffer im Flur. Irritiert suchte er nach Claire. Er fand sie in ihrem Schlafzimmer beim Füllen eines weiteren Koffers. »Was ist hier los?«, wollte er wissen.

»Oh, du bist endlich zurück. Pack deine Instrumente ein. Morgen früh geht es los.«

»Geht was los, Claire?«, fragte er verwirrt.

»Die alte Claire ist zurück. Wie du weißt, packe ich den Stier gerne bei den Hörnern. Du musst hier mal raus. Und zwar dringend. Ich habe mit Colin telefoniert. Du machst endlich die Pub-Tour in Irland, die du wegen mir damals abgesagt hast. Und ich komme mit.«

Er sah sie mit weit aufgerissenen Augen an. »Du hast was? Du kommst was?«, fragte er verdattert. »Das geht doch nicht. Deine Therapie ...«

»Alles geklärt. Dr. Bowers hat in sämtlichen Orten, die wir besuchen, schon Therapeuten für mich organisiert. Doreen kommt mit. Sie freut sich auf die Grüne Insel. Und jetzt klapp den Mund zu und such deine persönlichen Dinge zusammen.«

Nicholas war hin- und hergerissen. Wieder aufzutreten wäre eine willkommene Abwechslung. Er war jedoch besorgt, dass es für Claire zu viel sein würde. Daher sprach er zunächst mit ihrem Arzt. Als der ihm sagte, ein Ortswechsel wäre in diesem Stadium auch für ihre Genesung vorteilhaft, gab er sich geschlagen und sagte zu.

***

Die Tour lief fantastisch. Obwohl Nicholas seit Claires Krankheit nicht mehr aufgetreten war, fühlte er sich auf der Bühne sofort wieder zu Hause. Die Musik war schon immer seine Zuflucht gewesen. Beim Singen konnte er den Gefühlen freien Lauf lassen. Im Gepäck hatte er viele der Lieder, die er in den letzten Jahren geschrieben hatte. Das Publikum zeigte sich begeistert und die Pubs waren immer bis zum Bersten gefüllt.

Claire genoss den Tapetenwechsel erkennbar. Sie machte täglich ihre Übungen und lebte merklich auf. Claire wurde von Minute zu Minute selbstständiger.

Nicholas blieben drei Tage, bevor er zum Abschluss der Tour in Dolphin Bay auftrat. Er würde diesen Teil am liebsten überspringen, denn er hatte Angst vor den Erinnerungen, die ihn dort erwarteten. Nicholas war sich nicht sicher, ob er dafür stark genug war. Claire hatte jedoch rigoros darauf bestanden, Dolphin Bay zu besuchen. Sie wollte außerdem etwas mehr Zeit mit Finlay und Connie verbringen und daher schon morgen mit Doreen auf die Halbinsel aufbrechen.

30. Auf der Flucht

Sarah schlenderte am Nachmittag gemütlich durch den Ort. Sie hatte keine Pläne für den Rest des Tages und gönnte sich zunächst ein leckeres Eis. Danach lief sie ohne Ziel durch die verwinkelten Gassen. Sarah ließ sich gerne treiben. Sie traf das ein oder andere bekannte Gesicht und stoppte immer mal wieder, um ein wenig zu plaudern. Die Uhren tickten hier langsamer und sie genoss diesen entspannten Lebensstil mittlerweile über alle Maßen. Sie mochte die ruhige Abgeschiedenheit, sobald sich der Winter über Dolphin Bay legte. Aber ihr gefiel es genauso, wenn der Touristentrubel losging und der Ort für ein paar Monate wie ein Bienenstock summte. Für Sarah war das Leben in Irland wie ein Lottogewinn. Sie stürzte sich entweder während der Saison in das Getümmel, oder blieb gemütlich zu Hause. Ihr Cottage lag nur wenige Gehminuten vom Dorfkern entfernt und trotzdem wohnte sie beschaulich am Ende einer Sackgasse. Es gab keinen Verkehrslärm, da nur die wenigen Nachbarn und die Gäste vom B&B an ihrem Grundstück vorbeifuhren. Sie lächelte. Sarah war froh, dass Finlay ihr damals das Angebot gemacht und sie zugesagt hatte. Diese Entscheidung würde sie niemals bereuen.

Als Sarah auf ihrem Weg am "Old Dublin" vorbeikam, sah sie Michael, der Bierfässer in den Pub rollte. Auf dem Bürgersteig standen mindestens zwanzig weitere Fässer.

»Du hast am Wochenende offenbar was Größeres vor«, rief sie ihm lachend zu.

»Hey Sarah, schön dich zu sehen«, gab er zurück und umarmte sie kurz freundschaftlich. »Du kommst doch am Samstag bestimmt auch, wenn Finlays Freund auftritt.« Michael zeigte auf ein Plakat neben dem Eingang und Sarah wich alle Farbe aus dem Gesicht. Vom Poster blickte ihr Nicholas entgegen.

»Alles in Ordnung mit dir?«, fragte Michael mit besorgter Miene. Sie nahm einen tiefen Atemzug, um sich zu beruhigen.

»Ja, alles prima. Ich würde gerne kommen, aber ich habe schon andere Verpflichtungen. Vielleicht das nächste Mal.« Sarah verabschiedete sich schnell von Michael.

Nicholas kam in wenigen Tagen nach Dolphin Bay. Das brachte sie völlig aus dem Gleichgewicht. Er wusste vermutlich gar nicht, dass sie jetzt hier lebte.

Was, wenn sie plötzlich aufeinandertrafen? Würde Nicholas im B&B wohnen? Warum hatte Connie ihr nichts davon gesagt? In ihrem Kopf herrschte ein wildes Durcheinander. Zuhause angekommen flüchtete sie sich sofort in ihre Meditation, um die innere Aufruhr unter Kontrolle zu bekommen. Sie brauchte lange, bevor sie sich etwas besser fühlte. Anschließend schlief sie erschöpft vor dem laufenden Fernseher auf der Couch ein.

***

Sarah wurde von Nicholas' Stimme geweckt. Irritiert öffnete sie ihre Augen und dann sah sie ihn. Er war zu Gast in einer Talkshow, die über den Bildschirm flimmerte. Ihre Nerven lagen blank. Es tat unsagbar weh, ihn zu sehen. Gleichzeitig war es wunderschön, seine Stimme zu hören. Ihr Finger lag auf der Fernbedienung, aber sie war nicht imstande, den Fernseher auszuschalten. Gebannt sah sie für einen Moment zu.

Er hatte abgenommen und sie erkannte dunkle Ringe unter seinen Augen. Ihm schien es nicht besonders gut zu gehen. Trotzdem hatte er nichts von seiner

Ausstrahlung verloren. Charmant unterhielt er sich mit dem Moderator und machte den ein oder anderen Witz.

»Ich genieße es, nach so langer Zeit wieder aufzutreten. Das irische Publikum ist toll. Allerdings nähert sich die Tour nach sechs Wochen leider schon ihrem Ende.«

»Der ein oder andere hat vielleicht gar nicht mitbekommen, dass Sie wieder unterwegs sind. Wo kann man Sie denn jetzt noch Live erleben?«, erkundigte sich der Moderator.

»Am Samstag trete ich zusammen mit ein paar großartigen Gastmusikern im "Old Dublin" in Dolphin Bay auf. Jeder, der in der Nähe ist, sollte unbedingt die Nase in den Pub stecken. Ich verspreche, es wird eine tolle Show. Außerdem freue ich mich schon darauf, endlich wieder einmal dort zu sein.«

»Ich habe gehört, Sie haben private Verbindungen zu Dolphin Bay?«

Sarah fiel auf, dass Nicholas' Gesicht kurz einen traurigen Ausdruck annahm. Er hatte sich jedoch schnell wieder unter Kontrolle.

»Ja, wir haben enge Freunde dort und daher freut sich die ganze Familie immer auf ein Wiedersehen.«

»Nicholas, Ihre Frau ist vor einigen Jahren schwer erkrankt und Sie hatten sich daraufhin komplett aus der Öffentlichkeit zurückgezogen, um sie zu pflegen. Wie geht es Ihrer Frau heute?«

»Wie Sie wissen, rede ich nicht gerne über allzu persönliche Dinge, aber heute mache ich für Sie eine Ausnahme. Claire hat einen eisernen Willen und mittlerweile geht es ihr besser, als wir je zu hoffen gewagt hätten. Ich habe dieser Tour nur zugestimmt, weil uns die Ärzte erlaubt haben, dass meine Frau mich begleiten kann.«

»Claire ist also bei Ihnen?«, fragte der Moderator eindringlich nach.

»Ja, dank der tatkräftigen Unterstützung von unserer Pflegekraft, die in den letzten Jahren eine große Hilfe für uns alle war, ist diese Reise möglich geworden. Und jetzt genießen wir es in vollen Zügen, endlich einmal von daheim rauszukommen. Die letzten Jahre waren für uns alle nervenaufreibend und kräftezehrend.« Dann lenkte Nicholas das Thema wieder elegant zurück zur Musik.

Sarah schloss die Augen. Sie schaltete den Fernseher aus und versuchte, die hochkommenden Erinnerungen zu unterdrücken. In dieser Nacht schlief sie kaum.

Am nächsten Morgen war ihr klar, dass sie nicht in Dolphin Bay sein konnte, wenn Nicholas ebenfalls dort war. Da es Claire viel besser ging und sie ihn begleitete, hatten die beiden ihrer Ehe offenbar eine zweite Chance gegeben. Sarah beschloss daher, für eine Weile zu verreisen.

***

Sie wühlte im Kleiderschrank nach den passenden Sachen für ihre Reise, als es an der Tür klopfte. Sarah dachte, es wäre Connie, die ihre Waschmaschine benutzen wollte. Das Gerät im B&B hatte den Geist aufgegeben und die neue Maschine würde erst in einigen Tagen geliefert. So lange konnte die Pension natürlich nicht auf frische Wäsche verzichten.

»Komm rein«, rief sie aus dem Schlafzimmer. »Ich setz uns gleich einen Kaffee auf. Du kannst sicher eine Pause gebrauchen.«

Außerdem hatte Sarah mit ihrer Freundin ein Hühnchen zu rupfen. Connie wusste garantiert, dass Nicholas nach Dolphin Bay kam. Sie wollte wissen, warum Connie ihr das verschwiegen hatte. Sie fand das nicht richtig und war darüber verärgert.

Als Sarah kurz darauf ins Wohnzimmer kam, stutzte sie. Dort stand eine zierliche Frau mit kurzen schwarzen Haaren, die sich auf Krücken stützte.

»Kann ich Ihnen helfen?«

»Hallo Sarah, ich bin Claire und würde gerne mit dir reden.«

Sarah starrte sie verwundert an und plötzlich realisierte sie, dass hier Nicholas‘ Frau vor ihr stand.

»Ähm, ja also«, stammelte sie.

»Einen Kaffee würde ich übrigens schrecklich gerne trinken.« Claire lächelte dabei freundlich.

»Klar, setz dich doch bitte.« Sarah besann sich auf ihre guten Manieren, nachdem sie sich halbwegs gefangen hatte.

Claire ging langsam zum angebotenen Stuhl, platzierte ihre Krücken so, dass sie nicht umfielen, und nahm Platz. Sarah wusste nicht, was sie sagen sollte. Darum redete sie einfach drauflos, während sie Kaffee aufsetzte.

»Ich freue mich, dich reden zu hören und laufen zu sehen. Du musst eine harte Zeit hinter dir haben.«

»Das kannst du laut sagen. Wenn man als Kind die alltäglichen Dinge lernt, scheint alles leichter zu sein. Mir war zum Beispiel nicht bewusst, wie kompliziert es ist, eine Gabel im richtigen Winkel zum Mund zu bewegen und dann das Essen unfallfrei in die Luke zu schieben.« Sie lachte.

Claire war äußerst sympathisch und Sarah gefiel die Frau auf Anhieb. Jeder, der nach einer derart traumatischen Zeit noch Humor hatte, war bewundernswert. Warum war sie bloß hier? Sarah bereitete sich innerlich auf Vorwürfe vor.

»Du fragst dich sicher, warum ich unangekündigt hier auftauche.«

»Um ehrlich zu sein, ja.«

Claire kam ohne Umschweife zur Sache. »Nicholas geht ohne dich zugrunde. Er hat dich vor einer Weile in Vancouver Arm in Arm mit einem Mann gesehen. Das hat ihn tief erschüttert. Er hatte daraufhin einen Zusammenbruch und mir endlich sein Herz ausgeschüttet. So verzweifelt und hoffnungslos wie in diesem Moment habe ich ihn noch nie gesehen. Sarah, ich wusste nicht, was ihr für mich aufgegeben habt. Wenn du noch etwas für ihn empfindest, bitte ich dich inständig, ihm eine zweite Chance zu geben. Er verdient es, wieder glücklich zu sein. Ohne ihn hätte ich die letzten zwei Jahre nicht überstanden und ich werde ihm das niemals im Leben vergessen. Er hat mich aus einem tiefen Loch gezogen und mir meinen Lebensmut wiedergegeben. Weißt du, ich wollte mich damals ebenfalls von Nic trennen. Und dann ist dieser ganze Mist passiert und hat uns alle kreuzunglücklich gemacht. Das tut mir von Herzen leid.«

Sarah starrte Nicholas' Frau fassungslos mit offenem Mund an.

***

Sie reichte Claire den Kaffee und goss sich selber eine Tasse ein. Ihre Gedanken überschlugen sich. Dann setzte sie sich ebenfalls an den Tisch.

»Das muss ich erst einmal verarbeiten. Ich bin momentan etwas überfordert.«

Claire nickte und lächelte. »Das verstehe ich. Und wenn es einen neuen Mann in deinem Leben gibt, werde ich dich selbstverständlich nicht mehr behelligen. Aber Connie sagte mir, dass ich niemandem in die Quere komme.« Sie schaute Sarah fragend an.

»Um deine Frage zu beantworten: Es gibt niemanden. Und dir braucht überhaupt nichts leidtun. Ich fasse es nicht, dass du dich quasi bei mir entschuldigst, dass du fast gestorben wärst.«

»Ja, ich bin eine komische Nudel«, sagte Claire und beide lachten sich an.

»Das erste Jahr nach dem Koma liegt für mich wie im Dunst. Ich weiß, dass Nicholas und unsere Kinder immer für mich da waren. Aber ich habe gar nicht begriffen, was um mich herum passierte und was alle auf sich genommen haben, um mir wieder auf die Beine zu helfen. Ich war so mit mir beschäftigt, dass mir nicht auffiel, wie sehr Nic die ganze Zeit gelitten hat.«

»Das kann man kaum egoistisch nennen. Du hast zum Glück eine tolle Familie, die dir in einer extrem schweren Zeit den nötigen Halt gegeben hat. Nicholas hat trotz eurer damaligen Umstände stets voller Achtung von dir gesprochen. Du warst ihm immer wichtig. Ich hätte es nicht verstanden, wenn er dich in dieser Situation verlassen hätte. Er hat die einzig richtige Entscheidung getroffen.«

Claire sah sie beeindruckt an. »Jetzt verstehe ich erst recht, warum du Nic so viel bedeutest und was er in dir sieht. Ich mag dich gern, Sarah. Empfindest du noch etwas für ihn? Möchtest du mit ihm zusammen sein?«

»Ich liebe ihn«, sagte sie mit fester Stimme. Claires Lippen verzogen sich zu einem Lächeln.

»Dass ich dies ausgerechnet zu dir sage, ist irgendwie surreal.« Sarah schüttelte leicht den Kopf.

Claire grinste sie über die Kaffeetasse hinweg an. »Du hast bestimmt gedacht, ich bin gekommen, um dir mit meinen Krücken eins überzubraten, oder?«

»Na ja, so ähnlich«, lachte Sarah. »Ich bin froh, dass wir diesen Teil offensichtlich übersprungen haben. Darf ich dich etwas fragen?«

»Immer raus damit und nur keine Scheu.«

»Ich fange langsam an zu verstehen, was du gerade für Nicholas und mich tust. Aber nachdem du erst so spät von uns erfahren hast, hat dir das wirklich nichts ausgemacht? Immerhin hattet ihr damals noch nicht final über eine Trennung gesprochen. Genau betrachtet war es nicht richtig, unseren Gefühlen nachzugeben, bevor Nicholas das mit dir klären konnte. Ich weiß, wie schmerzhaft es ist, den Menschen zu verlieren, der einem alles auf dieser Welt bedeutet. Das mag im Nachhinein für dich verlogen klingen, aber es ist die Wahrheit. Ich könnte nicht glücklich sein, wenn dies auf deine Kosten geschieht.«

»Nic ist der wichtigste Mensch für mich und das wird er sicher immer bleiben. Wir hatten viele wunderbare Jahre zusammen und wir haben tolle

Kinder bekommen. Aber unsere Zeit als Paar ist schon lange vorbei. Wir sind durch eine tiefe Freundschaft verbunden und ich würde alles unternehmen, damit er sein Glück findet. Ich habe Nic in den letzten Jahren ungewollt viel Kraft gekostet. Und nein, es hat mich nicht verletzt, von dir zu erfahren. Ich empfinde das überhaupt nicht als Betrug, Sarah. Wir hatten längst Absprachen getroffen, als wir damals die Auszeit beschlossen. Nicholas ist der ehrlichste Mensch, den ich kenne. Wenn er früher die Möglichkeit gesehen hätte, mir von euch zu erzählen, hätte er es getan. Aber stattdessen hat er mein Wohl über seins gestellt. Ich kann mir übrigens kaum vorstellen, wie du diese Situation emotional überstanden hast.«

Claire sah Sarah an. »Ich habe von Nic gehört, dass dein Mann gestorben ist. Du hast ja schon selbst erwähnt, wie schwer es für dich war, den wichtigsten Menschen in deinem Leben zu verlieren. Und dann musstest du wieder einen Verlust hinnehmen, so kurz, nachdem du Nicholas gefunden und dich auf etwas Neues eingelassen hast. Das hat dich doch sicher völlig aus der Bahn geworfen.«

»Immerhin wusste ich, dass er lebt«, sagte Sarah leise und schaute zu Boden.

»Jetzt bringst du mich gleich zum Weinen. Lass uns hier und heute einen Neuanfang machen«, antwortete Claire bestimmt. »Nic hat morgen noch Termine in Dublin und fliegt dann her. Vom Flughafen wird er gleich zu seinem Auftritt im "Old Dublin" fahren. Ich wünsche mir, dass wir gemeinsam hingehen. Du wirst ihn zum glücklichsten Mann auf der Welt machen. Abgemacht?«

»Abgemacht.«

Sarah fühlte ein bekanntes Kribbeln im Bauch. Er hatte sie offensichtlich ebenfalls nicht vergessen. Das bedeutete ihr alles.

Nachdem Claire gegangen war, packte Sarah ihren Koffer wieder aus. Jetzt musste sie nur einen weiteren Tag überstehen, bis sie ihn endlich wiedersah. Träumte sie das alles nur oder war es Wirklichkeit? Sie würde sich erst einmal Connie zur Brust nehmen. Von wegen defekte Waschmaschine. Das hatte ihre Freundin ja wunderbar eingefädelt. Sarah lachte glücklich.

31. Der Auftritt

Der Flieger aus Dublin landete pünktlich und Nicholas schaffte es rechtzeitig nach Dolphin Bay. Er fuhr sofort zum Pub und baute sein Equipment auf. Er war froh, dass ihm keine Zeit zum Nachdenken blieb. In einer halben Stunde war Showbeginn und vorher stand der Soundcheck mit den beiden Musikerkollegen an, die ihn heute Abend mit Bodhrán und Geige auf der Bühne unterstützten. Er bat Michael, einen Tisch in der vorderen Reihe für Claire, Doreen, Finlay und Connie zu reservieren.

***

Der Pub war mittlerweile gut gefüllt. Nicholas saß auf einem Barhocker auf der Bühne. Er spielte bereits das zweite Lied, als er seine Freunde durch die Tür kommen sah. Ihnen folgte Claire auf den Krücken. Hinter ihr ging Doreen und stellte sicher, dass seine Frau nicht versehentlich angerempelt wurde. Die Menschenmenge machte jedoch ohne Probleme Platz, damit sie ungehindert zum Tisch kam. Er grinste die Truppe an.

Sarah betrat mit etwas Abstand den Raum. Sie hatte die anderen vorgeschickt, denn sie war schrecklich nervös. Ihr Magen schlug Purzelbäume, als sie Nicholas‘ Stimme hörte und ihn auf der Bühne sah. Sie hielt sich zunächst im Hintergrund auf, um ihren beschleunigten Puls zu beruhigen. Ihre Nerven waren zum Zerreißen gespannt und Sarahs Gedanken überschlugen sich. Wie würde er auf sie reagieren? Würde er sich freuen? Würde er sie wirklich noch wollen? War es eine gute Idee herzukommen?

Sie lauschte dem Lied und schluckte schwer. Der Song handelte von einer Liebe, die er nicht aufgeben konnte, aber auch nicht leben durfte. Der Schmerz in seiner Stimme trieb ihr Tränen in die Augen. Als Nicholas den nächsten Titel anstimmte, hatte sie ihre Fassung weitestgehend wiedergewonnen. Sie bahnte sich einen Weg Richtung Bühne.

***

Nicholas fühlte plötzlich ein Kribbeln im Bauch. Er ließ den Blick durch den Raum schweifen und traute den Augen nicht. Sein Mund wurde trocken und er verpasste fast den Einsatz. Spielte ihm das

Unterbewusstsein einen Streich, oder war Sarah tatsächlich hier? Er sah, wie sie auf Claire zusteuerte und sich neben seine Frau setzte.

Nicholas war ein Vollprofi und ließ sich auf der Bühne normalerweise nie aus der Ruhe bringen, doch jetzt hatte er Mühe überhaupt den Ton zu treffen oder sich an den Text zu erinnern. Er starrte Sarah an und Schmetterlinge breiteten sich in seinem Innern aus. Er bekam kaum Luft. Sarah lächelte ihn unsicher an. Dann sah er zu Claire. Sie grinste von einem Ohr zum anderen, zeigte auf Sarah und hob beide Daumen in die Höhe. Sobald er das Lied unter tosendem Applaus beendet hatte, bat er seine Kollegen, die nächsten Stücke alleine zu übernehmen. Er verließ die Bühne und ging zum Tisch herüber.

Er winkte kurz seinen Freunden und Doreen zu. Dann schaute Nicholas mit einem fragenden Gesichtsausdruck von Claire zu Sarah und zurück. »Was?«, war alles, was er herausbrachte. Claire nickte ihm langsam zu und lächelte ihn aufmunternd an. Plötzlich verstand er, dass Claire dies hier für ihn arrangiert hatte. Er formte mit seinen Lippen lautlos das Wort Danke. Dann nahm er Sarah bei der Hand und zog sie durch die Menge hinter sich her. Er schob sie in Michaels Büro und schloss die Tür.

Sie standen voreinander und sahen sich tief in die Augen. Es war, als wäre die Zeit stehen geblieben und es gäbe nur sie beide auf der Welt. Endlich brachte Nicholas ein paar Worte hervor.

»Gibt es einen anderen Mann in deinem Leben?«

Sarah schüttelte den Kopf. Er atmete erleichtert tief aus. Dann legte er die Stirn an ihre.

»Es ist so lange her. Du hast mir unbeschreiblich gefehlt«, raunte er mit belegter Stimme, bevor er sie in die Arme riss und die Lippen begierig auf ihre presste. Das Gefühl, sie wieder zu spüren war überwältigend. Er labte sich an ihr wie ein Verdurstender. Nicholas fühlte, dass Sarah plötzlich seine Jeans öffnete.

»Bitte tu das nicht. Das halte ich jetzt nicht aus.«

»Die Zeit ohne dich war viel zu lang. Ich kann keine Minute länger warten«, hauchte sie und knabberte an seinem Ohrläppchen.

Er stöhnte auf. Sein Herz raste und er hörte das Blut in den Ohren rauschen. Sarah löste sich von ihm und trat zurück. Dann schob sie ihren knielangen Rock hoch und setzte sich mit lasziv gespreizten Beinen auf den

Schreibtisch. Sie trug kein Höschen. Er starrte sie an und seine Erregung wuchs ins Unermessliche.

»Weißt du, dass du deine Unterwäsche vergessen hast?«, flüsterte er heiser, ohne den Blick von ihr abzuwenden.

»Du hast mir vor langer Zeit einen erotischen Wunsch gestanden: Einmal mit mir ausgehen, wenn ich keine Wäsche trage. Ich hatte gehofft, dass dir die Idee immer noch gefällt.«

Er starrte sie voller Verlangen an. »Mein Gott Sarah«, stöhnte er auf, »du machst mich verrückt. In dem Zustand kann ich doch nicht zurück auf die Bühne.« Er zeigte auf seine Erektion.

»Ich frage mich, wie lang das Lied ist, das im Moment gespielt wird ...« Sarah sah ihn herausfordernd an.

»Ungefähr vier Minuten, warum?«

»Das reicht fürs Erste«, antwortete sie verlockend, griff sein Hemd und zog ihn zu sich heran. Das gab Nicholas den Rest. Er warf alle Hemmungen über Bord und versenkte sich mit einem lauten Keuchen in ihrer Feuchtigkeit. Sie sahen sich tief in die Augen, während er schneller und schneller zustieß. Beide waren so erregt, dass es nicht lange dauerte, bis die Welle über ihnen zusammenschlug und sie von einem befreienden Höhepunkt überwältigt wurden.

»Ich hoffe, du hast für den Rest deines Lebens nichts weiter geplant«, flüsterte Nicholas in ihr Ohr, als er langsam zu Atem kam. »Ich habe nicht vor, je wieder einen Tag ohne dich zu verbringen.«

Er war immer noch wie im Rausch. Nicholas bewegte sich wieder langsam in ihr.

»Ich glaube, wir brauchen auch den nächsten Song«, flüsterte er erregt und fachte ihre Begierde aufs Neue an.

***

Irgendwie schaffte er es, sich von ihr zu lösen und seinen Auftritt ohne größere Patzer zu beenden. Er dachte während der restlichen Show nur an Sarah und an alles, was er mit ihr anstellen würde, um die verlorene Zeit aufzuholen.

Sarah nahm sich einen Moment, um sich frisch zu machen, bevor sie zurück zu den anderen ging. Sie war sich sicher, dass ihr jeder ansah, was soeben zwischen ihr und Nicholas passiert war. Als sie wieder neben Claire Platz nahm, zwinkerte diese ihr wissend zu.

Dann umarmte sie Sarah spontan und sagte: »Ich freue mich so für euch. Sieh nur, wie Nic strahlt.«

Nicholas ließ Sarah bis zum Ende des Konzerts keine Sekunde aus den Augen. Er hätte seinen Auftritt am liebsten direkt nach dem normalen Set beendet, aber die tobende Masse rief nach Zugaben und er spielte weitere fünf Lieder, bevor er endlich zu Sarah und den anderen stieß.

»Wie habt ihr das nur alles hinter meinem Rücken ausgeheckt?«, fragte er strahlend und sah Sarah liebevoll an, während er ihre Hand nahm. »Ich fühle mich wie ein kleines Kind an Weihnachten.«

»Das wird Sarah dir sicher gleich alles erzählen. Ich muss jetzt definitiv ins Bett. Seit der Krankheit strengen mich solche Abende, egal wie sehr ich sie genieße, ziemlich an.«

Claire hielt eine Hand vor den Mund und gähnte. Die Gruppe stand auf, um sich draußen ein Großraumtaxi zu nehmen. Nicholas half seiner Frau auf und umarmte sie fest.

»Ich kann dir gar nicht genug für das hier danken. Ich werde dir das nie vergessen.« Er küsste sie auf beide Wangen und führte sie nach draußen.

»Ich mache hier so rasch wie möglich klar Schiff und komme dann sofort zu dir«, sagte Nicholas zu Sarah und gab ihr einen schnellen Kuss auf den Mund.

Er ging zurück in den Pub und baute die Ausrüstung in Rekordzeit ab. Anschließend regelte er das Finanzielle mit Michael und seinen beiden Gastmusikern, bevor er sich hinter das Steuer schwang und überglücklich das Cottage ansteuerte.

32. Kein Traum

Sarah realisierte nur langsam, dass ihrer Liebe nichts mehr im Weg stand. Er wollte sie immer noch. Sie hätte vor Freude am liebsten die ganze Welt umarmt und traute sich trotzdem nicht, dieses Gefühl zu genießen. Zuviel Angst hatte sie, dass es doch nur wieder ein Traum war, aus dem sie gleich unsanft erwachen würde.

Als sie ein Auto kommen hörte, öffnete sie die Haustür und sah Nicholas in die Einfahrt einbiegen. Er stieg aus und lehnte sich lässig auf das Autodach.

»Ich habe gehört, Sie gewähren einem alten Musiker ein Dach über dem Kopf?«

»Die Chancen stehen gut, ich habe zufällig genau einen Platz frei«, lachte Sarah und warf sich in seine Arme. Sie küssten sich hemmungslos. Nicholas flüsterte: »Trägst du immer noch kein Höschen?«

Sie sah ihn frivol an, schob seine Hand unter den Rock und führte ihn direkt zu ihrer Mitte. Nicholas stöhnte laut auf und dann fiel ihm ein, dass sie im Licht der Auffahrt standen und den Nachbarn eine nicht jugendfreie Show boten.

Er sah sich verstohlen um, hüstelte, hielt Sarah etwas von sich ab und sagte: »Lass uns das besser drinnen fortsetzen, aber vorher brauche ich einen Moment. Die Technik muss ins Haus. Feuchtigkeit bekommt den Geräten nicht.«

»Das fängt ja gut an«, scherzte Sarah. »Nach ein paar Stunden wurde ich schon auf den zweiten Platz verbannt.« Nicholas lachte laut los. Gott, wie hatte er sie vermisst.

***

Sarah schlug vor, die Waschküche als Lager zu nutzen, bis das für die Tour geliehene Equipment von einer Spedition wieder abgeholt wurde. Sie trugen alles Wichtige durch den Hintereingang ins Haus. Nachdem Nicholas seine privaten Dinge ins Schlafzimmer gestellt hatte, zog er Sarah mit sich auf die Couch und legte seine Arme fest um sie.

»Ich fasse nicht, was heute passiert ist. Ich hatte jede Hoffnung aufgegeben. Und jetzt sieh uns an.« Er schaute ihr tief in die Augen. »Ich liebe dich. Ich liebe dich mit jeder Faser meines Herzens«, sagte er rau und senkte die Lippen auf ihre. Er strich Sarah zärtlich mit den Fingern über das Gesicht und bemerkte Tränen. Nicholas löste sich von ihr und sah sie erschrocken an. Sarah schniefte und lachte gleichzeitig.

»Das sind Glückstränen. Ich hätte nie gedacht, dass ich diese Worte je wieder hören würde. Und das ich genauso empfinde. Ich liebe dich über alles, Nicholas McKay.«

Er strahlte sie von Glück erfüllt an. Sein Herz machte einen Satz. Es war ihm nie besser gegangen als in diesem Moment. Er hatte alles, was er für den Rest seines Lebens brauchte, hier in seinen Armen.

»Verrate mir bitte, wie Claire das mit uns eingefädelt hat. Ich habe absolut nichts geahnt.«

Sarah erzählte ihm kurz von dem Besuch und was sie zur Vorgeschichte wusste. Sie erklärte ihm, dass Mark nur ein guter Freund war, der einen Partner hatte und in seinem Leben noch nie an Frauen interessiert war. Nicholas warf den Kopf in den Nacken und lachte aus vollem Hals.

»Du glaubst gar nicht, wie eifersüchtig ich auf den Typen war.« Dann wurde er wieder ernst. »Bis zu dem Moment wusste ich nicht einmal, wie Eifersucht sich überhaupt anfühlt. Ich danke Mark von Herzen, denn ich war in meinem ganzen Leben noch nie so glücklich, die Fassung verloren zu haben«, flüsterte Nicholas zärtlich, bevor er seine Lippen auf Sarahs legte und beide für die nächsten Stunden die Welt um sich herum vergaßen.

***

Am nächsten Tag standen sie erst gegen Mittag auf und setzten sich zum Frühstücken auf die Terrasse. Es gab vieles zu besprechen.

»Du hast also das Cottage gekauft«, stellte Nicholas fest.

»Ja, es hat sich richtig angefühlt. Dies ist jetzt mein Heim und ich lebe gerne hier. Es war an der Zeit einem alten Geist auf Wiedersehen zu sagen und das Haus in Toronto abzugeben. Ich bin in Deutschland geboren und habe auch einen deutschen Pass. Daher brauchte ich für Irland keine Aufenthaltserlaubnis. Mir wurde der Umzug leicht gemacht.«

»Könntest du dir vorstellen, dass wir uns hier ein gemeinsames Leben aufbauen?«

»Ich würde mit dir überall leben. Aber wenn du denkst, dass dieser abgelegene Ort für deine Familie und den Beruf kein Problem darstellt, dann bist du hiermit offiziell eingezogen«, erwiderte Sarah glücklich. Sie besiegelten dies mit einem Kuss.

»Ich werde später meinen Anwalt anrufen. Als Künstler, der nachweislich seinen Lebensunterhalt allein bestreitet, sollte eine Aufenthaltserlaubnis kein Problem darstellen. Drei Monate darf ich sowieso hier sein. Das wird schon klappen.«

»Über was man sich nicht alles Gedanken machen muss«, gab Sarah an. »Aber je eher wir das in Angriff nehmen und erledigen, je besser.«

»Ich habe auch etwas, das wir in Angriff nehmen sollten«, sagte Claire, die langsam um die Ecke kam. »Entschuldigt, ich hatte nicht vor zu lauschen. Aber ich bin so eine Schnecke, dass ich den letzten Satz mitgehört habe, bevor ich mich bemerkbar machen konnte.«

»Hi«, begrüßte Sarah sie, »hast du Lust, mit uns zu frühstücken?«

»Um diese Zeit? Das war offenbar eine lange Nacht«, neckte Claire die beiden und zog dabei die Augenbrauen hoch. Nicholas lehnte sich zurück, verschränkte die Arme vor der Brust und sah Claire herausfordernd an.

»Wenn du auf Details bestehst, dann verrate ich dir ...«

Weiter kam er nicht, weil Sarah ihm mit weit aufgerissenen Augen erschrocken den Mund zuhielt. Claire winkte lachend ab.

»Ich freue mich, euch beide so glücklich zu sehen. Und genau deswegen bin ich hier. Nic, bitte lass uns bald über die Scheidung sprechen. Es gibt keinen Grund, dass wir länger damit warten. Wann hast du Zeit?«

»Jetzt sofort, wenn es dir recht ist.«

»Claire, nimm dir doch Kaffee. Ich räume schnell den Tisch ab und lasse euch allein«, sagte Sarah.

»Bleib doch bitte, Liebes. Unsere Entscheidungen betreffen dich schließlich auch«, meinte Nicholas. Claire nickte zustimmend.

»Nein, das besprecht unter euch. Hier geht es allein um eure Ehe und um das, was ihr zusammen in dieser Zeit aufgebaut habt. Was immer ihr entscheidet, ist für mich in Ordnung.«

»Oh, sag das besser nicht so leichtfertig. Sonst überlasse ich Nicholas die potthässliche Vase, die wir zur Silberhochzeit von meiner Tante bekommen haben.« Claire zwinkerte Sarah zu.

»Der nächste Polterabend kommt garantiert«, gab Sarah mit einem schelmischen Grinsen zurück, packte alle Frühstücksutensilien auf ein Tablett und verschwand im Haus. »Schlagfertig ist sie auch. Du hast dir eine wunderbare Partnerin ausgesucht. Ich finde sie echt spitze«, sagte Claire und lachte Nicholas an.

33. Die Scheidung

Die beiden waren sich über alles schnell einig. Claire behielt das Haus. Nicholas würde nur seine persönlichen Dinge mitnehmen. Außerdem bestand er darauf, Claire einen großzügigen Unterhalt zu bezahlen, obwohl sie das strikt ablehnte. In diesem Punkt ließ er nicht mit sich reden. Das Geld würde auf ihr Konto fließen. Ob und wofür sie es verwendete, war allein ihre Entscheidung. Dafür ließ Claire nicht locker und setzte durch, dass Nicholas die Einliegerwohnung im Haus bekam. Diese hatten sie nie vermietet, sondern dort war sein Tonstudio untergebracht und sie nutzten die Wohnung für Besuch. Claire war es wichtig, dass er und Sarah ein Dach über dem Kopf hatten, wann immer sie nach Vancouver kamen.

Nachdem alles besprochen war, rief Nicholas seinen Anwalt an. Peter war ein Freund und kümmerte sich seit Jahren um die Künstlerverträge. Als der sich schlaftrunken meldete, dämmerte Nicholas, dass er gar nicht an die Zeitverschiebung gedacht hatte. In Vancouver war es erst fünf Uhr morgens.

»Ach du meine Güte, entschuldige bitte. Ich habe den Zeitunterschied völlig vergessen. Ich rufe später wieder an.«

»Jetzt bin ich eh wach«, stöhnte Peter und setzte sich im Bett auf. »Schieß los, was gibt es?«

Es stellte sich heraus, dass die Scheidung recht schnell über die Bühne gehen konnte. Da Nicholas und Claire seit Jahren kein gemeinsames Schlafzimmer mehr nutzten, galt dies als räumliche Trennung. Damit war das vorgeschriebene Trennungsjahr schon vorbei. Weil es keine Streitpunkte gab, vertrat Peter sowohl Nicholas als auch Claire mit der Scheidung. Bezüglich der Aufenthaltserlaubnis sah sein Anwalt ebenfalls keine größeren Schwierigkeiten. Peter würde sich schnellstens um alles kümmern.

Sarah hatte in der Zwischenzeit ein wenig gearbeitet. Als sie zurück ins Wohnzimmer kam, sah sie Nicholas und Claire in einer festen Umarmung auf der Terrasse stehen. Sie war beeindruckt, wie harmonisch die beiden miteinander umgingen und mit welchem Respekt voreinander sie die Trennung durchzogen. Ihr war nie ein böses Wort zwischen den beiden aufgefallen. Claire sah Sarah und winkte sie zu sich. Dann wischte sie sich einige Tränen aus dem Gesicht. Nicholas hatte ebenfalls feuchte Augen.

»Wir haben unseren sentimentalen Moment. Möchtest du eine Runde mitheulen?«, lachte Claire. Dann hob sie ihre Kaffeetasse und sagte: »Auf das Ende einer Ehe und den Beginn einer wunderbaren Freundschaft.«

34. Rückkehr nach Vancouver

Nicholas flog eine Woche später zusammen mit Claire zurück nach Vancouver, um seinen Umzug zu organisieren und die notwendigen Unterschriften für die Scheidung und die Aufenthaltserlaubnis zu leisten. Außerdem war es an der Zeit, dass er und Claire mit den Kindern sprachen. Selbstverständlich wussten sie, dass ihre Eltern nach wie vor nicht im gleichen Zimmer schliefen, obwohl Claire im Grunde gesund war. Aber in letzter Konsequenz hatte man im Hause McKay bisher nicht über eine Trennung gesprochen. Jetzt war es an Nicholas, ihnen außerdem von Sarah und seinem Umzug nach Irland zu erzählen. Er hatte ein wenig Sorge, wie die Kinder diese Nachrichten neben der Trennung aufnehmen würden. Claire merkte ihm seine Nervosität an.

»Mach dir doch nicht so viele Gedanken. Die Kids sind erwachsen. Sie werden dafür schon Verständnis haben. Vor allem, weil wir beide hinter dieser Trennung stehen.« Claire umarmte ihn kurz. »Lass uns schnell den Tisch decken, sie sind sicher gleich hier.«

Nach dem gemeinsamen Abendessen ließen Claire und Nicholas die Bombe platzen. Zunächst sagten Cameron, Matt und Katie nichts. Die Reaktionen fielen anschließend unterschiedlich aus. Katie stand ohne ein Wort auf und verließ den Raum. Claire bedeutete Nicholas mit Handzeichen, dass sie sich um ihre Tochter kümmern würde, und folgte Katie.

»Ich brauche auch einen Moment, um das sacken zu lassen«, gab Matt zu und trug schmutziges Geschirr vom Tisch in die Küche. Cameron hatte sich zurückgelehnt und die Arme vor dem Körper verschränkt. Er sah seinen Vater aus zusammengekniffenen Augen an.

»Okay Dad, ich fasse zu meinem besseren Verständnis zusammen. Du und Mum habt euch damals auf Probe getrennt, ohne es für nötig zu halten, uns darüber in irgendeiner Form zu informieren. Du hast dich in Irland gleich am ersten Tag in eine andere Frau verliebt und mit ihr was angefangen. Keine zwei Wochen später bist du sogar zu ihr gezogen. Und natürlich haben wir darüber auch kein Sterbenswort gehört. Sag mal Dad, bist du eigentlich noch zu retten?«

Nicholas wusste darauf nichts zu sagen. Mit einer derartigen Reaktion hatte er gerechnet. Cameron stand auf und goss Whiskey in zwei Gläser. Eins davon stellte er vor seinem Vater ab. Nicholas holte tief Luft.

»Cam, ich ...«

Cameron hob die Hand und brachte ihn damit zum Schweigen. »Warte, ich war noch nicht fertig. Dann wurde Mum krank und du hast Sarah bei Nacht und Nebel verlassen, um Mum die letzten Jahre zu pflegen. Du hast dich am Telefon von ihr getrennt und sie bis zu deinem Auftritt neulich in Dolphin Bay nie wiedergesehen und nicht mit ihr gesprochen?« Er sah seinen Vater an.

Nicholas seufzte laut und nickte.

Cameron schüttelte den Kopf. »Warum zur Hölle hast du das alles mit dir alleine ausgemacht? Glaubst du, wir hätten das nicht verstanden und zusammen eine Lösung gefunden, die allen gerecht geworden wäre? Wir sind doch eine Familie, verdammt nochmal. Uns war durchaus aufgefallen, dass es bei Mum und dir nicht mehr gut lief. Natürlich ehrt es dich, dass du ihr in der schlimmsten Zeit ihres Lebens so selbstlos zur Seite gestanden und alles für sie getan hast. Im Grunde möchte ich keine Details über dein Liebesleben wissen, aber Dad, so geht man doch nicht mit Gefühlen um. Das sollte ein Mann in deinem Alter eigentlich wissen. Die ganze Situation war doch schon schwer genug und zusätzlich müsst ihr beide unglaublich gelitten haben, wenn die Sache zwischen dir und Sarah so schnell so ernst geworden ist«, schloss Cameron den Vortrag.

Nicholas starrte seinen Sohn fassungslos an. Das Gespräch hatte für ihn eine völlig unerwartete Wendung genommen. Matt hörte das meiste der Unterhaltung von der Küchentür aus mit. Er setzte sich zu ihnen, nachdem er sich ebenfalls einen Drink eingeschüttet hatte.

»Mum hat ernsthaft dafür gesorgt, dass du und Sarah wieder zusammengefunden habt?«, fragte Matt nach und Nicholas nickte.

»Ihr solltet sie jetzt schnell kennenlernen. Sarah ist eine Wucht. Gebt ihr bitte eine Chance«, bat Claire, die mit Katie wieder ins Esszimmer kam.

»Ihr zwei seid definitiv das seltsamste fast Ex-Ehepaar auf diesem Planeten«, grinste Cameron kopfschüttelnd. Seine Geschwister stimmten ihm zu.

»Dann werden wir Dad bald mal in Irland besuchen«, meinte Katie. Sie hatte sich mittlerweile beruhigt und würde sich mit der Scheidung der Eltern arrangieren.

***

Sarah wäre gerne mit nach Kanada gereist, aber sie hatte einen Abgabetermin für ihr neues Buch einzuhalten. Außerdem stand ein wichtiges Treffen mit ihrem Verleger in Deutschland an. Sarah arbeitete die nächsten drei Wochen fast rund um die Uhr. Nicholas und sie nahmen sich jeden Tag Zeit, um per Videochat miteinander zu sprechen. Sarah war froh zu hören, dass seine Kinder nach dem ersten Schock entspannt auf die Scheidung und den Umzug nach Irland reagierten. Sie war beeindruckt über die Standpauke, die Cameron seinem Vater gehalten hatte.

Nicholas und Sarah vermissten sich sehr. Sie konnten es kaum abwarten, wieder zusammen zu sein und Zukunftspläne zu schmieden.

***

Als Sarah nach ihrem Deutschlandbesuch aus dem Sicherheitsbereich des Flughafens trat, traute sie ihren Augen nicht. Dort stand Nicholas mit einer roten Rose in der Hand. Sarah warf sich in seine Arme und küsste ihn stürmisch.

»Was machst du denn hier? Ich hatte dich erst nächste Woche erwartet. Das ist eine echte Überraschung«, rief sie glücklich aus.

Nicholas lächelte sie an. »Ich konnte es nicht länger ohne dich aushalten.« Er wirbelte Sarah herum und sie küssten sich erneut. »Lass uns endlich heimfahren und dich aus diesem Business-Outfit befreien«, sagte er augenzwinkernd und nahm Sarah ihren Koffer ab.

***

Als sie am Cottage ankamen, brachte Nicholas eilig das Gepäck ins Haus und stellte es neben der Eingangstür ab. Er schloss die Haustür schwungvoll und drehte sich zu Sarah um.

»Du hast mir so wahnsinnig gefehlt«, sagte er heiser, bevor er die Lippen gierig auf ihre presste und sie mit dem Rücken gegen die Wand drückte. Sarahs Körper reagierte sofort auf Nicholas. Sie seufzte und erwiderte den Kuss leidenschaftlich. Er ließ den Mund an ihrem Hals hinunterwandern und knöpfte ihre Bluse auf. Sarah rieb den Unterleib an ihm und entlockte Nicholas ein genüssliches Stöhnen. Er schob das Oberteil über ihre Schultern und küsste das Tal zwischen Sarahs Brüsten. Dann öffnete er ihren BH und nahm einen Nippel zwischen die Zähne, während er die andere Brust zärtlich knetete. Sarah seufzte und strich ihm durch die Haare. Er kniete sich vor sie und küsste ihren Bauch. Dann öffnete er den Reißverschluss ihres Rocks und ließ ihn zu Boden gleiten. Nicholas streichelte die Innenseite ihrer Oberschenkel mit den Fingerspitzen und stoppte am Rand ihres Höschens. Sarah hatte die Augen geschlossen und atmete schwer. Sie stöhnte protestierend auf, als er mit seinen Liebkosungen plötzlich stoppte.

»Bitte hör nicht auf. Ich kann nicht warten«, flehte sie.

Nicholas stand auf. »Ich will nicht, dass du jetzt schon kommst. Ich möchte dich genießen«, sagte er schwer atmend an ihrem Ohr. Sarah hatte jedoch andere Pläne und sah ihn provokant an. Nach Beherrschtheit stand ihr nach den vielen Wochen ohne ihn absolut nicht der Sinn.

Sie zog aufreizend langsam das Höschen aus und ging nur mit ihren High Heels und halterlosen Strümpfen bekleidet hinüber zum Sessel. Sie beugte sich lasziv über die Lehne und spreizte leicht die Beine. »Genießt du die Aussicht?«, fragte sie ihn verführerisch. Nicholas war es unmöglich, dieser Herausforderung zu widerstehen.

»Verdammt, du weißt genau, wie du mich willenlos machst«, stöhnte er rau auf. Nicholas befreite sich ungeduldig von seiner Hose, zog ihre Hüften zu sich heran und drang sofort in sie ein. Er war wie besessen und stieß hart zu. Seine Kopfhaut kribbelte und das ekstatische Gefühl breitete sich über seinen ganzen Körper aus. Er fühlte die Welle kommen und konnte gar nicht tief genug in ihr sein. Als er sich entlud, stand er still und genoss bewegungslos das entrückende Glück des Höhepunkts.

Nachdem er wieder zu Atem gekommen war, streichelte er zärtlich ihre Hüften.

»Entschuldige, ich war grob zu dir. Geht es dir gut?«, erkundigte er sich besorgt. Sarah nickte.

»So was darfst du nicht machen, wenn du nicht willst, dass ich völlig außer Kontrolle gerate.«

»Mir gefällt es, dass ich dich so scharf machen kann, dass du die Beherrschung verlierst. Ich habe das gebraucht. Ich habe dich gebraucht«, flüsterte Sarah zärtlich.

Dann drehte sie sich um, legte Nicholas eine Hand auf die Brust und dirigierte ihn auf die Couch.

»Außerdem bin ich noch nicht fertig mit dir.« Sie setzte sich auf seinen Schoß und nahm ihn mit auf eine weitere erotische Reise.

35. Die Frage

Die beiden verbrachten den nächsten Tag damit, ein Schlafzimmer auszuräumen. Sie richteten es notdürftig als Arbeitsbereich für Nicholas ein. Später würde er in dem Raum zusätzlich ein Tonstudio integrieren. Obwohl er die Singerei hauptberuflich an den Nagel gehängt hatte, würde er trotzdem weiterhin komponieren und hin und wieder auftreten. Die Musik und er gehörten untrennbar zusammen, aber sie war jetzt ein Hobby für ihn. Er freute sich auf den neuen Lebensabschnitt.

»Seit dem Hauskauf habe ich hier kaum etwas verändert. Ich finde, wir sollten es jetzt zu unserem gemeinsamen Heim machen. Welche Wünsche hast du?«

»Ich bin mehr als zufrieden, wenn ich mein Tonstudio bekomme. Was schwebt dir denn vor, Liebes?«

»Eine neue Küche mit einer großen Kochinsel, viel Arbeitsfläche und vor allem neuen Geräten ist mein Traum. Der Platz ist schließlich da und im Moment nur ungenutzt. Das zweite Schlafzimmer würde ich endlich in ein Büro für mich umwandeln. Wir stellen eine

Schlafcouch rein und hätten damit trotzdem Platz für Gäste. Auf meiner Wunschliste stehen außerdem schon lange eine Dampfdusche und eine Sauna. Bei schlechtem irischen Wetter haben wir es dann richtig gemütlich. Was denkst du?«

Nicholas ging zu ihr, legte die Arme um ihre Taille und zog sie an sich. »Besonders die Wellness-Idee finde ich *sensationell.*« Er wackelte mit den Augenbrauen und Sarah lachte.

»Du bist unverbesserlich.« Sie gab ihm einen Kuss.

»Hast du Pläne vom Haus, die wir Cameron schicken könnten?«, erkundigte er sich. »Ich bin mir sicher, dass mein Sohn einige Vorschläge für uns hat.«

»Das ist eine brillante Idee. Die Unterlagen suche ich gleich morgen raus.«

***

Abends entfachte Nicholas ein Feuer im Terrassenofen. Die beiden kuschelten sich auf die gemütliche Doppelliege. Sie genossen die sternenklare Nacht und lauschten den Wellen und dem Knistern des Feuers.

»Mir ist aufgefallen, dass Marcus‘ Bild nicht mehr auf dem Kaminsims steht, seit ich zurück bin.« Er blickte Sarah fragend an.

»Das ist jetzt unser gemeinsames Zuhause und ich ...« Nicholas brachte sie zum Schweigen, indem er ihr seinen Zeigefinger auf die Lippen legte.

»Marcus ist ein wichtiger Teil von dir und er gehört untrennbar zu unserem Leben. Bitte stell das Bild wieder an seinen Platz. Daneben reihen wir Fotos von meinen Kindern und Claire auf. Was sagst du dazu?«

Sarah hatte einen Kloß im Hals und sah ihn dankbar an. Er war der einfühlsamste Mensch, den sie kannte. Dann nickte sie.

»Darling, erzählst du mir mehr von Marcus? Ich möchte ihn durch dich gerne kennenlernen und erfahren, wie er war.« Er sah Sarah an und nahm ihre Hand.

»Weißt du eigentlich, wie sehr ich dich liebe?«, sagte sie und kuschelte sich enger an ihn. Er küsste zärtlich ihren Scheitel.

»Marcus war ein geselliger Mensch. Er hatte keine Hemmungen, auf andere zuzugehen. Er besaß Einfühlungsvermögen. Das kam ihm in seinem Job als Reisejournalist zugute. Außerdem war er begeisterungsfähig und Neuem gegenüber aufgeschlossen. Marcus war ein durch und durch positiver Mensch. Das Glas war immer halb voll. Er war ständig fröhlich und schon morgens zu Späßen aufgelegt. Das hat mich oft in den Wahnsinn getrieben.« Sarah schmunzelte. »Besonders wenn er schon vor meiner ersten Tasse Kaffee mit den Neckereien anfing.«

Nicholas hüstelte. »War mir bisher gar nicht aufgefallen, dass du ein Morgenmuffel bist«, sagte er grinsend.

»Hey, ich bin kein Morgenmuffel.« Sarah boxte ihn spielerisch in die Seite. »Ich rede nur nicht gerne, bevor ich überhaupt völlig wach bin.«

»Sag ich doch«, kam es trocken von Nicholas. Beide lachten, bevor Sarah weitersprach.

»Marcus hasste Streit. Er war harmoniebedürftig. Er fand nie etwas im Kühlschrank, selbst wenn es direkt vor seiner Nase lag. Und er war ein totaler Schussel. Ständig verlegte er Sachen. Ich glaube, mindestens ein Drittel unserer gemeinsamen Zeit haben wir mit Suchen verbracht. Im Laufe der Jahre habe ich mir so etwas wie ein Radar angeeignet. Während ich durchs Haus lief, habe ich im Unterbewusstsein alle

Ablagemöglichkeiten um mich herum gescannt. Irgendwann wusste ich immer schon, was er suchte, bevor er die Frage überhaupt zu Ende gestellt hatte. Unsere Freunde haben sich jedes Mal darüber abgerollt. Die Gespräche liefen bei uns in etwa so ab: Engel, wo habe ich denn ...? Auf der Ablage neben dem Fernseher. Danke, und hast du zufällig ...? Auf deinem Schreibtisch.«

Nicholas lachte. »Da wäre ich gerne dabei gewesen. Er hat dich Engel genannt?« Sarah nickte.

»Was für ein passender Kosename«, sagte er und küsste sie zärtlich. Dann drückte er sie wieder an sich und wagte sich etwas weiter vor.

»Wie ist Marcus gestorben?«, fragte er leise.

36. Die Todesursache

Nicholas fühlte, wie sie sich in seinen Armen versteifte.

»Du musst nicht darüber reden, wenn du nicht möchtest. Entschuldige, ich wollte mit der Frage keine Wunden aufreißen.«

Sarah setzte sich auf die Kante der Liege und holte tief Luft. »Der einzige Grund, warum ich dir bisher nicht davon erzählt habe, ist der, dass ich immer noch Panikattacken bekomme, wenn ich darüber spreche. Ich war in Behandlung und habe grundsätzlich gelernt, damit umzugehen. Aber sobald ich mir seinen Tod vor Augen führe, ist alles wieder da. Mir fällt es leichter, zu sagen, dass mein Mann bei einem Unfall starb. Die meisten denken an einen Autounfall und lassen es dabei bewenden.«

Nicholas setzte sich ebenfalls auf und nahm Sarah wieder in die Arme. Er merkte, dass sie zitterte.

»Vergiss, dass ich gefragt habe. Beruhige dich, Liebes. Alles ist gut.« Er wiegte sie sanft hin und her. Sarah löste sich aus der Umarmung und sah ihn mit feuchten Augen an.

»Nein, ich möchte, dass du es weißt. Falls ich die Panik nicht sofort unter Kontrolle bekomme, werde ich verschwinden und meine Atemübungen machen. Gibst du mir dann bitte etwas Zeit?«

Nicholas nickte zustimmend. So aufgelöst hatte er Sarah bisher nie gesehen. Sie war sonst immer stark und jetzt war er besorgt. Er wünschte sich, das Thema nicht angesprochen zu haben, aber dafür war es zu spät.

***

»Erinnerst du dich an einen Kojotenangriff in Oakville vor einigen Jahren? Es war überall in den Nachrichten«, sagte Sarah mit brüchiger Stimme.

»Ja, das weiß ich noch. Es gab damals in mehreren kanadischen Provinzen eine ungewöhnliche Angriffsserie der normalerweise harmlosen Tiere. Oakville war besonders tragisch. Zwei Kojoten haben einen Mann angefallen und ...« Die Erkenntnis, dass es sich bei dem Todesopfer um Marcus handelte, traf ihn plötzlich mit voller Wucht.

»Oh mein Gott«, brachte er erschüttert hervor und starrte Sarah fassungslos an. »Und du warst dabei und hast alles gesehen.«

Sarah nickte und Tränen quollen aus ihren Augen. Er wusste, dass sie jetzt nicht in den Arm genommen werden wollte. Daher hielt er Abstand.

»Wir hatten Freunde besucht. Sie wohnten am Rand von Oakville auf einem Waldgrundstück. Marcus und ich saßen schon im Auto, als mir auffiel, dass ich meine Jacke vergessen hatte. Marcus ist ausgestiegen, um sie mir zu holen. Dann ging alles ganz schnell. Die beiden Tiere waren plötzlich da und griffen ihn sofort an. Ich habe laut geschrien und versucht, ihm zu helfen. Unsere Freunde und einige Nachbarn eilten ebenfalls zur Rettung. Es gelang uns erst nach einer gefühlten Ewigkeit, die Tiere von Marcus wegzubekommen. Zu diesem Zeitpunkt hatte er schon viel Blut verloren. Er wurde in äußerst kritischem Zustand in die Klinik eingeliefert. Marcus hatte massive innere Verletzungen. Er starb in dieser Nacht auf dem OP-Tisch.«

Nicholas war gelähmt vor Entsetzen. Sarah liefen unkontrolliert Tränen das Gesicht herunter, die Panik blieb ihr dieses Mal jedoch erspart.

»Wie hast du das nur überstanden, ohne durchzudrehen?«, fragte Nicholas mit rauer Stimme. Dann deutete er auf Sarahs Arme. »Deine Narben, das waren keine Hunde, oder?«

Sarah schüttelte den Kopf. Nun verstand er, warum sie sich in Gegenwart von Hunden, die Kojoten so ähnlich waren, unwohl fühlte und überängstlich reagierte. Sarah wischte sich die Tränen aus dem Gesicht.

»Um ehrlich zu sein, bin ich durchgedreht. Die ersten Wochen danach war ich in einem Schockzustand. Ich habe mir sagen lassen, dass das eine normale Schutzreaktion des Körpers ist. Die äußerlichen Wunden heilten, aber dafür wurden meine Erinnerungen an den Vorfall täglich klarer und detaillierter. Ich weiß bis heute nicht, wie ich die ersten Monate nach dem Unglück verbracht habe. Ich machte mir solche Vorwürfe und fühlte mich schuldig. Marcus starb einen sinnlosen Tod wegen meiner bescheuerten Jacke, dabei hätte ich an seiner Stelle sein sollen. Das ging mir immer und immer wieder durch den Kopf. Mit Marcus verlor ich meine einzige Familie und war plötzlich vollkommen allein. Freunde haben versucht, mir beizustehen, aber ich habe niemanden an mich herangelassen. Ich hatte Albträume und bin nicht mehr aus dem Haus gegangen, weil ich beim Anblick von Hunden Angstanfälle bekam. Ich habe die Dinge, die ich brauchte, im Internet bestellt.«

Nicholas lauschte ihr bestürzt. »Du hast das alles mit dir allein ausgemacht?« Er war zutiefst erschüttert und gleichzeitig beeindruckt von ihrer Stärke. Die meisten wären an einem solchen Unglück komplett zerbrochen.

»Meine Rettung kam Monate nach dem Vorfall durch einen neuen Nachbarn. Ich habe mich immer gezwungen, den Abfall nach draußen zu bringen. Ich wartete an der Tür, bis niemand auf der Straße zu sehen war. Dann bin ich rausgerannt, habe die Tüte in die Tonne geworfen und bin zurück ins Haus gesprintet. An einem Tag hatte ich offenbar nicht aufgepasst, denn plötzlich stand ein Golden Retriever vor mir. Ich habe geschrien wie am Spieß und mich aufgeführt wie eine Irre. Der Hund, der im Übrigen lammfromm war, gehörte der Mutter meines neuen Nachbarn. Und besagter Nachbar war, beziehungsweise ist, Seelenklempner.«

Nicholas hörte Sarah in Ruhe zu und unterbrach sie nicht.

»Jeder andere hätte mich nach dieser Aktion sofort in die Nervenklinik eingeliefert. Aber Alex hat mich zurück ins Haus gebracht und sich nicht abwimmeln lassen, bis ich ihm meine Geschichte erzählt hatte. Ich verdanke ihm, dass ich heute wieder ich selbst bin. Er hat mich über ein Jahr lang intensiv psychologisch betreut. Er hat mich zu einem Hundetrainer geschickt, damit ich die Panik unter Kontrolle bekam. Außerdem hat Alex mir Achtsamkeitsmeditation beigebracht. Nach und nach habe ich zu meinem emotionalen und seelischen Gleichgewicht zurückgefunden. Besonders die Atemübungen halfen mir, die Vorgänge in meinem Körper zu kontrollieren. Normalerweise werden Patienten wie ich mit Beruhigungsmitteln und Antidepressiva vollgepumpt. Alex hatte dazu glücklicherweise eine andere Einstellung. Er sagte, wenn wir das Erlebte nicht von Grund an aufarbeiten, helfen alle Medikamente der Welt nicht. Das hat mir eindeutig das Leben gerettet. Ich habe früher täglich meine Übungen gemacht. Seit ich mit dir zusammen bin, brauche ich sie nicht mehr so häufig. Du tust mir gut.« Sarah lächelte Nicholas zaghaft an und wischte sich erneut ein paar Tränen aus dem Gesicht.

»Komm her«, sagte er und breitete die Arme aus. Sie nahm seine Einladung an und er hielt sie so fest wie möglich. Nicholas gab ihr einen Kuss auf die Schläfe. Nachdem sie sich etwas beruhigt hatte, sagte er: »Lass uns schlafen gehen. Ich lösche das Feuer und komme gleich nach.«

Sarah stand auf und ging vor ins Bad. Nicholas blieb ein paar Minuten sitzen und versuchte, das soeben gehörte zu verarbeiten. Es gelang ihm nicht einmal ansatzweise. Als er ins Bett schlüpfte, kuschelte Sarah sich mit einem Seufzer an ihn. Er streichelte sie beruhigend und zärtlich, bis sie eingeschlafen war.

Nicholas fand in dieser Nacht kaum Ruhe. Ständig tauchten albtraumhafte Bilder von Marcus‘ Tod vor seinem geistigen Auge auf. Er hielt Sarah die ganze Zeit in den Armen. Er wollte ihr Fels in der Brandung sein. Nie wieder sollte ihr etwas Schlimmes passieren, wenn er das verhindern konnte. Er würde immer für sie da sein.

37. Ein neuer Lebensrhythmus

Sarah und Nicholas fanden problemlos einen gemeinsamen Lebensrhythmus. Wie schon in den wenigen Wochen, die sie damals miteinander verbrachten, fügte sich auch jetzt alles wieder ganz selbstverständlich zusammen. Sie ließen sich die nötigen Freiräume und versuchten nicht, den Partner zu ändern. Die Eigenarten, die im Laufe der nächsten Zeit zutage kamen, nahmen sie mit Humor.

Sarah fand schmunzelnd heraus, dass Nicholas sogar ordentlicher war als sie. Er wusch gerne ab, weil es ihn entspannte. Nicholas benutzte selten den Geschirrspüler. Sarah verstand das überhaupt nicht. Sie hielt den Erfinder der Spülmaschine für einen Helden, der ihr viel Zeit im Leben sparte. Sie käme nie auf die Idee, mehr als nötig von Hand abzuwaschen. Wenn sie zusammen kochten, musste sie immer auf ihre Utensilien achten. Nicholas säuberte alles, was nicht niet- und nagelfest war, sofort und räumte es weg. Wenn sie sich dann umdrehte, um den soeben abgelegten Löffel zu greifen, lag dieser schon wieder blitzblank in der Schublade. Stellte Sarah eine Tasse auf die Spüle und wollte diese erneut benutzen, hinterließ sie eine Nachricht für Nicholas: Bitte spül mich nicht, ich bin gerne schmutzig. Manchmal fand Sarah trotzdem eine leere Spüle mit der Notiz "Tut mir leid, ich konnte nicht anders" vor. Sie lachten gemeinsam darüber.

Die beiden entwickelten feste Rituale. Egal wie beschäftigt sie waren, das Wochenende gehörte immer ihnen. Sie unternahmen Ausflüge, schwangen den Kochlöffel zusammen oder gönnten sich einen Faulenzer-Tag. Dann blieben sie gemütlich zu Hause, sahen sich Filme an oder verbrachten den ganzen Tag im Bett. Die gemeinsame Zeit war ihnen wichtig.

Nicholas genoss den Komfort, dass er im Laufe seines Lebens genug Geld verdient hatte. Er konnte zwar kein Luxusleben führen, aber für einen angenehmen Standard reichte es. Er bekam nach wie vor viele Konzertanfragen. Nicholas nahm jedoch nur noch Gigs an, die unter der Woche stattfanden. Außerdem war seine Bedingung, dass er nie länger als zwei Tage von zuhause fort war oder Sarah mitreisen konnte. Viele Angebote lehnte er mittlerweile ohne schlechtes Gewissen ab. Er hatte aus alten Fehlern gelernt und wollte nicht riskieren, dass er und Sarah sich fremd wurden. Ihm bedeutete diese Frau alles und er ließ nichts zwischen sie kommen.

Sarah arbeitete an neuen Rezeptideen, wenn Nicholas Lieder schrieb. Sie hatte ebenfalls etwas Geld auf die Seite gelegt. Das Cottage bezahlte sie damals komplett aus dem Erlös des Hausverkaufs in Toronto. Es war eindeutig ein Vorteil, in der Mitte des Lebens zu stehen und sich nicht ständig Gedanken darüber machen zu müssen, woher der nächste Euro kam. Sie führten einen entspannten Lebensstil und genossen jede Minute davon.

***

Sarah las ihre Mails auf dem Handy und stieß plötzlich einen Freudenschrei aus. Nicholas schaute von seiner morgendlichen Zeitungslektüre am Frühstückstisch auf. »Gute Nachrichten?«, erkundigte er sich.

»Sogar gleich zwei.«

»Spann mich nicht auf die Folter«, sagte er gespielt knurrig und kniff die Augen zusammen.

»Mein neues Buch ist auf Platz eins der Sachbücher geschossen. Dabei ist es doch erst vor wenigen Tagen erschienen.«

Er legte die Zeitung beiseite. Stolz und Freude spiegelten sich auf seinem Gesicht wieder.

»Ist nicht wahr! Das ist ja fabelhaft!« Er stand auf und ging um den Tisch herum. Nicholas setzte sich auf den Stuhl neben Sarah und zog sie zu sich auf den Schoß. »Ich bin unglaublich stolz auf dich. Der Erfolg ist verdient. Mit den neuen Rezepten hast du dich selbst übertroffen. Wäre ich nicht schon längst rettungslos in dich verliebt, hättest du mir nur ein Gericht davon vorsetzen müssen. Damit wäre es endgültig um mich geschehen gewesen.« Er gab ihr einen zärtlichen Kuss.

»Du bist also rettungslos verliebt?«, flüsterte sie und knabberte an seinen Lippen. Er antwortete darauf mit einem genießerischen Stöhnen. Nicholas‘ Hand fand den Weg unter ihren Pullover und streichelte zärtlich ihre warme, samtige Haut. Sarah saugte sanft an seiner Zunge und fühlte, wie er unter ihr anschwoll.

»Du raubst mir den Verstand«, brachte er leidenschaftlich hervor, bevor er das Zungenspiel vertiefte. Er legte zärtlich eine Hand in ihren Nacken und zog Sarahs Kopf näher. Sein Kuss wurde leidenschaftlicher. Ohne den Mund von Nicholas zu lösen, veränderte Sarah ihre Position und setzte sich rittlings auf seinen Schoß. Aufreizend langsam rieb sie sich an seinem Unterleib. Sie fuhr mit der Hand unter sein Shirt und fand eine Brustwarze. Sie rollte sie zwischen den Fingern und kniff leicht hinein. Sarah wusste genau, was ihn erregte. Ihre Hüften bewegte sie jetzt herausfordernder. Die Stoffe ihrer Kleidung rieben sich an den empfindlichen Stellen. Sarah stöhnte, ließ den Mund über sein Kinn und den Hals gleiten. Dann liebkoste sie sein Ohrläppchen mit ihren weichen Lippen. Bei Nicholas brannten endgültig alle Sicherungen durch, als sie eine Hand hinten in seinen Hosenbund schob und ihre Fingernägel tief in eine Pobacke grub.

»Gott Sarah ... du ... ich kann nicht ... das macht mich ... ich muss doch ... oohh«, stammelte er, bevor sein ganzer Körper erzitterte und ihn ein ekstatischer Orgasmus durchwogte, der gar nicht aufzuhören schien. Welle um Welle rollte durch seinen Körper. Schwer atmend legte er eine gefühlte Ewigkeit später den Kopf an ihre Schulter. Er konnte nicht fassen, dass sie ihn so weit gebracht hatte, obwohl er komplett angezogen war.

»Hat es dir gefallen?«, fragte sie zärtlich und fuhr ihm mit den Händen durchs Haar.

»Und wie«, murmelte er atemlos.

Sarah schaute hoch und sah Finlay auf der Terrasse stehen, der sich mit einer Hand die Augen zuhielt. Sie konnte nicht anders und fing an zu kichern. Dann klopfte es verhalten an der Tür.

Nicholas schloss die Augen. »Bitte, sag mir, dass da draußen nicht Fin steht und die Schlussszene mitbekommen hat«, stöhnte er auf.

Er hatte Finlay versprochen, mit ihm nach Limerick zu fahren, um ihm beim Verladen von neuen Möbeln für das B&B zu helfen. Jetzt war er vermutlich spät dran und sein Freund suchte ihn.

»Dann werde ich wohl besser meinen Mund halten«, prustete Sarah laut los, glitt von seinem Schoß und ließ Nicholas aufstehen.

»Scheiße«, rutschte ihm raus, bevor er mit einem schnellen Seitenblick auf seinen Freund im Bad verschwand, um sich zu waschen und frische Unterwäsche anzuziehen.

Sarah öffnete die Terrassentür. »Morgen Finlay«, begrüßte sie ihn immer noch kichernd.

Er spreizte die Finger und schielte durch sie hindurch. »Kann ich die Augen gefahrlos wieder öffnen?«, fragte er breit grinsend.

»Ja, komm rein. Ich hoffe, du überlebst das soeben Gesehene ohne Folgeschäden. Wir hatten vergessen, dass es schon so spät ist.«

»Das hattet ihr offensichtlich. Entschuldige, ich wollte nicht in etwas hereinplatzen. Wenn ich geahnt hätte, dass bei euch morgens *so* gefrühstückt wird ...« Er zwinkerte Sarah zu.

»Nur kein Neid. Das gibt es bei uns nicht täglich«, lachte Sarah. »Es war ein besonderer Anlass. Mein Buch ist sofort nach der Veröffentlichung auf Platz eins gelandet.«

»Das ist ja klasse, Gratulation«, freute sich Finlay und gab ihr eine schnelle Umarmung.

»Kommt Nic aus dem Bad irgendwann auch mal wieder raus?«, fragte er und runzelte die Stirn.

»Ihm war es echt peinlich, dass du ihn gesehen hast als er, na du weißt schon. Ich glaube, er versucht herauszufinden, wie er dir wieder gegenübertreten kann, ohne dass es ihm die Schamesröte ins Gesicht treibt.«

»Ich hoffe eher, dass es *dir* nicht peinlich ist. Das wäre *mir* unangenehm.«

»Keine Sorge, ich bin da nicht so zartbesaitet. Ist halt passiert. Beim nächsten Mal ziehe ich die Vorhänge besser zu«, sagte Sarah fröhlich. »Aber vielleicht hältst du dich mit deinen Kommentaren ihm gegenüber ausnahmsweise etwas zurück.«

»Ich mag dich sehr, aber diesen Wunsch werde ich dir vermutlich nicht erfüllen.« Finlay grinste verschmitzt über das ganze Gesicht.

In dem Moment kam Nicholas aus dem Bad. Er gab Sarah einen schnellen Kuss und lief an seinem Freund vorbei nach draußen, ohne ihn anzusehen. Im Gehen hob er abwehrend beide Hände. »Sag jetzt bloß nichts.«

»Mir würde schon ...«

»Kein einziges Wort will ich von dir dazu hören. Sonst ist unsere Freundschaft beendet«, grummelte er.

Finlay sah Sarah an, wackelte mit den Augenbrauen und folgte seinem Freund nach draußen.

Nicholas tat ihr fast ein wenig leid. Finlay würde es ihm sicher nicht so einfach machen. Dann fiel ihr auf, dass sie ihm die zweite gute Nachricht gar nicht gesagt hatte.

***

Nachdem die Männer losgezogen waren, setzte sich Sarah mit der Tageszeitung an den Tisch, legte ihre

Füße auf einen Stuhl und trank gemütlich ihren Kaffee aus. Anschließend räumte sie die Reste vom Frühstück ab. Manchmal konnte sie gar nicht fassen, wie glücklich sie war. Nicholas tat alles für sie und las ihr jeden Wunsch von den Augen ab. Sie träumte vor sich hin, als es erneut an der Terrassentür klopfte. Sarah blickte auf und ein erfreuter Ausdruck erschien auf ihrem Gesicht. Alex trat in die Küche und nahm sie zur Begrüßung stürmisch in die Arme.

»Du siehst äußerst zufrieden aus. Das liegt sicher nicht allein daran, dass ich jetzt endlich hier bin«, lachte er und küsste sie auf beide Wangen.

Er wusste natürlich, dass sie und Nicholas zusammengefunden hatten. Alex freute sich mehr als jeder andere darüber, sie so fröhlich und aufgeblüht zu sehen.

»Ich habe vorhin erst deine Nachricht gelesen. Es ist toll, dass du schon zwei Tage eher als geplant hier bist. Céad míle fáilte.«

Alex hielt sie etwas von sich ab und grinste breit. »Hat Seamus es etwa geschafft, dir einen zweiten gälischen Satz beizubringen?«

Sarah lachte laut auf. »Ja, kaum zu glauben, oder? Hunderttausendmal willkommen.«

»Das gefällt mir. Ich glaube, ich nehme bei Seamus ebenfalls ein paar Stunden. Damit lässt sich sicher eine Frau beeindrucken«, meinte er schelmisch.

Dann sah sich Alex um. »Wo ist denn dein Nicholas?«

»*Mein* Nicholas holt mit Finlay Möbel in Limerick. Es wird einige Stunden dauern, bis er wieder zurück ist.«

»Darf ich dich dann zum Einkaufen entführen? Ich habe eine endlose Wunschliste und die helfende Hand einer Frau kann bei der Auswahl nicht schaden. Ich lade dich auch auf einen Snack ein.«

»Bist du denn schon ausgeschlafen? Du warst doch sicher erst weit nach Mitternacht im Bett?«

»Ich bin total aufgekratzt vor Freude. Drei Monate in Irland, keine Patienten, keine Verpflichtungen. Ich habe kaum ein Auge zubekommen.«

»In dem Fall bin ich natürlich dabei. Ich werde dich schon müde shoppen.«

***

Sie schleppten das letzte schwere Möbelstück zur Zwischenlagerung in die Doppelgarage vom B&B.

Finlay wischte sich mit dem Ärmel den Schweiß von der Stirn und holte aus dem angrenzenden Vorratsraum zwei Bierflaschen.

Er reichte Nicholas eine davon und stieß mit ihm an. »Danke, ohne dich hätte ich das nicht geschafft.«

»Gern geschehen.«

»Nic, wegen heute Morgen ...«

»Ich möchte nicht darüber reden. Kannst du das bitte vergessen?«

Eigentlich wollte Finlay seinem Freund sagen, dass er es bedauerte, in die Privatsphäre der beiden eingedrungen zu sein. Aber ihm saß plötzlich der Schalk im Nacken.

»Machst du Witze? Wie könnte ich das denn bitte vergessen? Mann, das war *spektakulär*«, sagte Finlay und schlug ihm auf die Schulter.

»Fin, überspann den Bogen nicht. Es gibt Dinge, die ich auf keinen Fall mit dir teilen möchte. Und das heute früh gehört definitiv in die Kategorie.« Nicholas schaute ihn finster aus zusammengekniffenen Augen an.

»Entschuldige, aber das war eine Steilvorlage. Da konnte ich nicht anders.«

Finlay akzeptierte die von Nicholas gesteckte Grenze. Um ehrlich zu sein, wäre er auch nicht begeistert, wenn sein bester Freund ihn in ähnlicher Situation mit Connie überraschen würde.

»Lass mich nur sagen ...«

»Finlay«, knurrte Nicholas mit einem warnenden Unterton.

»... dir sagen, dass ich unglaublich froh bin, dass Sarah und du so glücklich zusammen seid«, beendete er den Satz.

Ein versöhnliches Lächeln zeigte sich auf Nicholas' Gesicht. »Ich auch, mein Freund. Ich auch.«

***

Nachdem sie das Bier geleert hatten, schlenderte Nicholas durch den Garten nach Hause. Er brauchte nach der schweißtreibenden Schlepperei dringend eine Dusche. Als er durch die Terrassentür in die Küche trat, rief er: »Liebes, ich bin wieder zurück.«

Es kam keine Antwort. »Sarah, bist du da?«

Sicher war sie unterwegs, um etwas einzukaufen. Sie hatten heute früh gar keine Zeit gefunden, um über ihre Tagesplanung zu sprechen. Er grinste selig, als er an die leidenschaftlichen Minuten beim Frühstück dachte. Nicholas nahm sein Handy, schickte ihr eine kurze Nachricht und ging ins Bad.

***

Alex und Sarah kauften halb Dolphin Bay leer und schafften die erstandenen Schätze in seine Suite.

»Heute Abend gibt es bei uns Shepherd‘s Pie. Wenn du die Möhren putzt und Kartoffeln schälst, darfst du mitessen.«

»Das heißt, ich muss mir die Mahlzeit erst verdienen?« Er sah sie aus großen Augen gespielt entsetzt an.

»Was dachtest du denn? Irland ist ein raues Pflaster. Das solltest du eigentlich mittlerweile wissen«, grinste sie und knuffte ihn in die Seite.

»Na gut. Aber nur, weil du so verdammt lecker kochst. Und weil ich Nicholas unbedingt kennenlernen möchte.« Lachend folgte er Sarah ins Cottage.

***

Nicholas trocknete sich ab und hörte Geräusche in der Küche. Offenbar war Sarah zurück. Er hatte sie vermisst, obwohl er nur einen halben Tag weg gewesen war. Schnell wickelte er sich ein Handtuch um die Hüften und trat ins Wohnzimmer.

»Du hast mir schrecklich gefehlt, Liebes. Ich brauche jetzt dringend einen Ku ...« Er stockte mitten im Satz. »Oh, wir haben Besuch.«

Sarah hatte gerade seine Nachricht auf dem Handy entdeckt. Sie legte das Telefon zur Seite, ging zu Nicholas und gab ihm einen innigen Kuss.

»Alex ist früher gekommen. Das wollte ich dir heute Morgen schon sagen, aber bis zu dem Thema sind wir nicht mehr gekommen«, flüsterte sie ihm ins Ohr.

Nicholas wisperte zurück: »Bitte nicht darüber sprechen. Es ist schon peinlich genug, dass ich hier im Handtuch auftauche. Wenn du jetzt die Erinnerungen an das Frühstück heraufbeschwörst, werde ich im Boden versinken.« Sarah prustete laut los.

»Okay ihr zwei«, kam es aus der Küche. »Ich schlage vor, ihr begrüßt euch jetzt erst einmal ordentlich. *Allein*. Nicholas, schön dich kennenzulernen. Diese Sklaventreiberin da,« er zeigte mit einer Möhre auf Sarah, »hat mir massenweise Küchenarbeit aufgehalst und mir gedroht, dass ich ohne Fronarbeit kein Abendessen bekomme. Also, lasst euch Zeit. Ich brauche hier sicher noch *ewig*«, sagte Alex mit Leidensmiene.

»Der Mann versteht, was ich tagtäglich erdulde«, gab Nicholas mit einem Augenrollen zum Besten. »Alex, herzlich willkommen. Du bist mir äußerst sympathisch.«

»Es war eindeutig ein Fehler, euch beide zusammenzubringen. Das bereue ich jetzt schon«, seufzte Sarah. Sie drehte Nicholas um und schubste ihn sanft ins Schlafzimmer. »Und du ziehst dir jetzt erst einmal was an.«

***

Alex und Nicholas verstanden sich auf Anhieb. Nach dem Essen sagte Sarah: »Ich lasse euch für eine Weile allein. Ich habe Connie versprochen, ihr heute mit ein paar Änderungen an der Homepage zu helfen. Ihr kommt sicher einen Moment ohne mich klar.«

Ehe sie das Haus verließ, drehte sie sich grinsend um. »Bevor euch irgendein Blödsinn einfällt, schlage ich vor, ihr macht euch nützlich und räumt in der Zwischenzeit die Küche auf.«

»Noch mehr Sklavenarbeit«, stöhnten beide Männer aus einem Mund.

Nachdem die Küche blitzblank war, schürte Nicholas das Kaminfeuer. »Wie wäre es mit einem Whiskey?«

»Gerne.«

Er reichte Alex das Glas und die beiden setzten sich ins Wohnzimmer.

»Danke für alles, was du für Sarah getan hast. Du hast sie nach unserer Trennung aufgefangen. Ich bin damals fast verrückt geworden, weil ich ihr wehtun musste und nicht für sie da sein konnte. Und danke, dass du mir jetzt so unvoreingenommen gegenübertrittst. Das ist nicht selbstverständlich und ich weiß es zu schätzen.«

»Fürs Protokoll: Wäre das mit Sarah für dich nur ein netter Zeitvertreib gewesen, säßen wir heute nicht hier zusammen. Ich hätte es nicht zugelassen, dass du jemals wieder in ihre Nähe kommst. Sie ist wie eine Schwester für mich und mein Beschützerinstinkt ist entsprechend ausgeprägt.«

»Warnung angekommen«, grinste Nicholas.

»Ich habe verstanden, wie schwer deine Situation damals war. Als ich Sarah nach ihrer Rückkehr zum ersten Mal gesprochen habe, war sie ein Bündel Elend. Ich war so wütend, weil das einen großen Rückschritt für sie bedeutete. Als ihr Bruder im Geiste hätte ich dich am liebsten sofort aufgesucht und dir mächtig die Meinung gegeigt. Ich habe mich gezwungen, mir zunächst die ganze Geschichte von Sarah in Ruhe anzuhören. Meine Wut war danach schnell verpufft. Es gab keine erkennbar bessere Lösung für alle Beteiligten. Im Grunde hattest du sogar den schwierigsten Part. Du hast die einzig richtige Entscheidung getroffen. Neben Verantwortungsbewusstsein hast du eine unglaubliche Größe bewiesen. Du warst sowohl deiner Frau als auch Sarah gegenüber loyal. Das hat mich beeindruckt.«

»So sehr ich mich freue, dass ich Claire eine Stütze war und sie heute wieder ein eigenständiges Leben führt ... die Zeit ohne Sarah hat mich fast umgebracht. Ich habe oft mit mir gehadert und meine Entscheidung infrage gestellt.«

»Das habe ich gemerkt.«

»Äh, jetzt bin ich irritiert. Wie das denn bitte? Wir kannten uns doch bis eben gar nicht.« Nicholas sah ihn fragend an.

»Ich denke, Finlay hat nichts dagegen, wenn ich es dir jetzt erzähle. Als ich das erste Mal hier zu Besuch war, hattest du ihm eine CD mit neuen Liedern geschickt. Dein Freund hat sie sich angehört und war danach fix und fertig. Er wollte Sarah und dich nicht weiter leiden sehen und wusste gar nicht, was er machen sollte. Als ich dann in Reichweite war, hat er mit mir darüber gesprochen.«

Nicholas machte ein zerknirschtes Gesicht. »Ich habe gar nicht darüber nachgedacht, dass ich Finlay damit in eine Zwickmühle bringe. Er gibt immer seinen Senf zu meinen Songs und sagt mir schonungslos, wenn ich Müll geschrieben habe. Ich wusste zu dem Zeitpunkt gar nicht, wo Sarah lebte und ob sie überhaupt noch an mich dachte.«

»Mach dir über Finlay keine Gedanken. Wir hatten einen Schlachtplan ausgeheckt, aber deine Frau ist uns so was von zuvorgekommen.«

»Jetzt bin ich neugierig.«

»Nachdem mir Finlay einige Lieder vorgespielt hatte, war ich ehrlich gesagt tief betroffen. Obwohl ich dich nicht kannte, habe ich deinen Schmerz körperlich gespürt. Glückwunsch, das ist bisher keinem anderen Artisten bei mir gelungen.«

»Danke für dein Lob, was den Künstler in mir betrifft. Die Songs waren allerdings in erster Linie meine Therapie. Ohne das Schreiben wäre ich völlig durchgedreht.«

»Das war zu spüren. Auf jeden Fall ist mir mit deinen Liedern erst klar geworden, dass du das Gleiche für Sarah empfindest, was sie für dich fühlte. Ich habe verstanden, warum es Finlay schwerfiel, tatenlos zuzusehen. Daher schlug ich ihm vor, mir Bescheid zu geben, wenn Claire deine Hilfe nicht mehr braucht und ihr eure Ehe definitiv nicht fortsetzt. Wir hätten dann alles dafür getan, Sarah und dich wieder zusammenzubringen. Unter der Voraussetzung, dass wir von euch beiden die richtigen Signale bekommen hätten.«

Nicholas standen plötzlich Tränen der Rührung in den Augen. »Solche Freunde wie ihr seid unbezahlbar. Wenn du jemals Hilfe brauchst, bin ich für dich da. Egal was, bitte scheue dich nicht, zu fragen. Tag und Nacht.«

»Das wirst du wahrscheinlich bereuen, denn das Angebot werde ich nicht vergessen«, grinste Alex und hielt ihm eine Schachtel mit Taschentüchern hin.

Nicholas lachte, nahm ein Tuch und wischte sich die Tränen aus den Augen. »Erzähl das Sarah bloß nicht. Sonst ist mein Ruf als harter Kerl komplett im Eimer.«

Alex lachte vergnügt. Dann sagte er: »Du tust ihr gut. Ich habe sie, seit ich sie kenne, nie so glücklich und entspannt erlebt. Man merkt, wie wohl sie sich fühlt. Und sie sieht sogar noch schärfer aus als früher. Hätte nicht gedacht, dass das überhaupt möglich ist.«

Nicholas zog eine Augenbraue hoch.

Alex hob abwehrend die Hände. »Schlag mich nicht. Ich bin schließlich auch nur ein Mann mit zwei gesunden Augen. Das zwischen uns war und ist rein platonisch. Mein Ehrenwort darauf. Wenn es ein perfektes Paar gibt, dann euch beide. Davon habt ihr mich heute Abend überzeugt.«

»Zum Glück, denn ich hätte dich ungern vermöbelt. Vor allem, weil ich Respekt vor deinen Muskeln habe«, sagte Nicholas und brachte Alex wieder zum Lachen.

»In dieser ganzen Sache hat mich deine Frau übrigens ebenfalls schwer beeindruckt. Als Sarah mir erzählte, dass Claire eines Tages bei ihr im

Wohnzimmer stand und sie gebeten hat, dir noch eine Chance zu geben, habe ich zunächst gedacht, ich werde veräppelt.«

»Tja, ich wusste ebenfalls nichts davon. Claire hat mit der Aktion dafür gesorgt, dass ich auf der Bühne fast einem Herzanfall erlegen bin«, schmunzelte Nicholas.

»Sie muss ein besonderer Mensch sein, wenn sie das für dich, für euch, getan hat. Und ich habe gehört, dass sie sich prima mit Sarah versteht.«

»Claire ist unglaublich. Ich bin glücklich, dass wir unsere Liebe in eine Freundschaft gerettet haben. Das bedeutet mir viel. Sarah und Claire sind wie Schwestern, hängen ständig am Telefon und lästern über mich. Das ist das einzige Problem, denn die beiden machen mir das Leben zur Hölle.« Den letzten Satz fügte er mit einem Grinsen hinzu.

Sarah betrat in exakt diesem Moment das Wohnzimmer und sagte verschmitzt: »Deine Probleme fangen jetzt erst an, mein Freund. Ich werde dir gleich mal zeigen, wie heiß ich dir die Hölle machen kann.«

Alex stellte sein Glas ab. »Das war eindeutig das Zeichen für meinen Aufbruch«, grinste er anzüglich und ließ die beiden allein.

38. Cameron

Nicholas hatte einem Auftritt auf dem größten traditionellen irischen Musikfestival zugestimmt, das in diesem Jahr in Tralee stattfand. Er brach am Vormittag auf, um mit den anderen Musikern zu proben. Nicholas war der Hauptakt der Veranstaltung und würde am späten Abend als letzter Künstler auf der Bühne stehen. Daher entschied er sich, über Nacht zu bleiben und erst am nächsten Morgen zurück nach Dolphin Bay zu fahren.

Normalerweise wäre Sarah mitgekommen, aber sie hatte gerade eine fiebrige Erkältung hinter sich gebracht und fühlte sich noch etwas schlapp. Sie war auf der Couch eingeschlafen, als sie am Nachmittag von einem Klopfen an der Tür geweckt wurde. Sarah dachte zunächst, Alex würde nach ihr sehen. Als sie die Tür öffnete, stand ihr unerwartet eine jüngere Ausgabe von Nicholas gegenüber. Die Haare waren länger und dunkler als die seines Vaters. Er hatte eine Sonnenbrille lässig auf den Kopf geschoben. Cameron trug eine Lederjacke zu Jeans und Turnschuhen. Das schwarze Hemd war bis zur Brust offen und lenkte den Blick auf eine Lederkette mit einem silbernen Anhänger. Ihm flogen die Frauenherzen sicher nur so zu, dachte Sarah. Die Fotos, die sie von ihm gesehen hatte, wurden dem Original nicht gerecht. Die charismatische Ausstrahlung hatte er eindeutig von Nicholas geerbt.

»Oh wow, das ist eine Überraschung. Du bist Cameron, richtig?«, fragte Sarah und bat ihn ins Haus.

»Der bin ich«, grinste er charmant und sah Nicholas dabei umso ähnlicher. Dann küsste er sie rechts und links auf die Wange.

»Warum hast du denn nicht gesagt, dass du kommst? Wir hätten dir doch einen richtigen Empfang bereitet.«

»Ich wollte euch überraschen.«

»Das ist dir definitiv gelungen. Leider ist dein Dad nicht hier. Er tritt heute Abend in Tralee auf und kommt erst morgen Mittag wieder nach Hause.«

»Das wusste ich. Hat er mir gesagt. Ich dachte, wir beide könnten uns zunächst allein beschnuppern. Das ist doch in Ordnung für dich?«

»Nein, absolut nicht. Hoffentlich hast du ein Zelt dabei. Hier kannst du jedenfalls nicht bleiben«, antwortete Sarah mit einer todernsten Miene.

Cameron sah sie irritiert an. Dann erkannte er den belustigten Ausdruck in ihren Augen und lachte laut los.

»Ich mag dich jetzt schon«, sagte er und boxte sie locker in die Seite. Sarah zeigte ihm das Gästezimmer. Während er sich einrichtete, kochte sie Kaffee. Die beiden setzten sich anschließend auf die Terrasse und genossen die letzten warmen Sonnenstrahlen des Tages.

***

»Wenn du später mit Dad telefonierst, sag ihm bitte nicht, dass ich hier bin. Ich möchte ihm mit meiner Anwesenheit morgen auch eine Überraschung bereiten.«

»Alles klar«, erwiderte Sarah und zwinkerte ihm zu.

»Ich habe völlig vergessen, wie schön es hier ist.« Cameron blickte verträumt auf die Bucht. »Ich glaube das letzte Mal, dass wir als Familie Onkel Fin und Tante Connie besucht haben, ist mindestens zwölf Jahre her.«

»Bleib so lange, wie du magst. Das Gästezimmer ist zwar gleichzeitig mein Büro, aber ich habe vor Kurzem mein Buch fertiggestellt. Jetzt gönne ich mir eine ausgiebige Schaffenspause. Du hast das Reich damit komplett für dich allein.«

»Danke, die Einladung nehme ich vielleicht sogar an. Dad weiß es noch nicht. Ich habe gekündigt und plane, mich als Architekt selbstständig zu machen. Eigenverantwortlich zu arbeiten ist schon länger mein Traum. Ich lote momentan meine Möglichkeiten aus und nehme mir eine Auszeit.«

»Das finde ich toll. Ich habe einen Vorschlag für dich. Übernimm doch die Umbauarbeiten hier am Cottage. Sieh es als deinen ersten eigenen Auftrag an. Du hast die Pläne sicher schon in Augenschein genommen, oder?«, erkundigte sich Sarah.

»Ja klar. Ich habe einige Ideen mitgebracht. Sollen wir uns morgen alle zusammensetzen und ich zeige euch, was mir vorschwebt?«

»Unbedingt, das machen wir«, stimmte sie dem Vorschlag zu.

Den Rest des Nachmittags nutzten sie, um sich besser kennenzulernen. Sarah gefiel Camerons unkomplizierte und offene Art. Die beiden verstanden sich blendend. Cameron bestand darauf, Sarah zum Essen auszuführen. Sie verbrachten einen entspannten Abend miteinander. Auf dem Heimweg genehmigten sie sich einen Absacker im "Old Dublin". Sie setzten sich an die Bar und Cameron schaute sich um. »Der

Pub gefällt mir«, sagte er und sah dabei Brianna an, die hinter der Theke Bier zapfte.

»Der Pub oder die hübsche Barkeeperin?«

»Erwischt«, lachte Cameron. »Kennst du sie?«

»Briannas Vater gehört der Pub. Sie hat letzten Monat ihr Studium am Dublin Institute of Technology beendet und ist wieder hergezogen. Jetzt arbeitet sie hier, bis sie weiß, wie es beruflich für sie als Architektin weitergeht.«

Cameron sah Sarah verblüfft an. »Sie ist Architektin?«

»Ich mache euch mal bekannt.« Sarah winkte Brianna zu sich herüber.

***

Nicholas freute sich auf Sarah. Er fühlte sich immer unvollständig, wenn sie nicht bei ihm war. Daher brach er in aller Frühe auf und bog bereits um halb acht Uhr morgens in seine Einfahrt ein. Er wunderte sich darüber, dass neben Sarahs Auto ein weiteres Fahrzeug parkte, das er nicht kannte. Sicher hatte sie einem Gast vom B&B erlaubt, den Wagen hier abzustellen.

Er schloss leise die Haustür auf und ein Lächeln erschien auf seinen Lippen. Er hatte vor, sich sofort zu Sarah unter die Decke zu kuscheln. Dann stutzte er. In der Küche stand ein Mann im Halbdunkel, der nur Boxershorts trug und ihm den Rücken zukehrte. Er war offensichtlich dabei, Kaffee zu kochen. Es musste eine Erklärung geben, sagte sich Nicholas. Sarah würde ihn nicht betrügen. Seinem Gesichtsausdruck war jedoch anzusehen, dass er vor Eifersucht kochte.

Sarah hatte sich den Bademantel übergezogen und tappte verschlafen in Richtung Küche, um sich ihre morgendliche Dosis Koffein zu gönnen. Sie trat aus dem Schlafzimmer und bemerkte Nicholas, der seine Reisetasche lautstark zu Boden fallen ließ und sich räusperte. Sie erfasste sofort, was los war und bekam einen Lachkrampf. Nicholas sah erst irritiert zu ihr herüber und dann drehte sich der Mann um.

»Hey Dad, du bist aber früh dran. Wir hatten dich erst später erwartet.«

Nicholas schlug die Hände vors Gesicht und schüttelte den Kopf. Er hatte seinen Sohn nicht erkannt. Sarah ging lachend auf Nicholas zu. Sie umarmte ihn fest und raunte ihm zu: »Bring ihn nicht um, er hat im Gästezimmer geschlafen.«

»Leute, ihr macht mich fertig.« Nicholas konnte sich ein Lachen nicht mehr verkneifen. Dann gab er Sarah einen kurzen Begrüßungskuss.

»Cam, diese Überraschung ist dir ohne Frage gelungen. Ich freue mich, dass du hier bist. Könntest du dir aber bitte etwas salonfähiges anziehen? Der einzige Mann, der hier halb nackt oder nackt in der Küche stehen darf, bin ich«, grinste er seinen Sohn an.

Cameron hielt sich die Ohren zu. »Viel zu viele Informationen, Dad«, sagte er, bevor er seinen Vater kurz umarmte und im Gästezimmer verschwand.

»Ich werfe mir besser ebenfalls was *salonfähiges* über.«

»Warte, ich komme mit. Du brauchst dabei garantiert Hilfe«, flüsterte Nicholas und schob Sarah vor sich her ins Schlafzimmer.

***

Er schloss die Tür hinter sich und öffnete ohne Umschweife den Gürtel von Sarahs Bademantel. Nicholas streichelte ihre zarte Haut und zog sie zu einem Kuss heran. Er knabberte an ihrem Ohrläppchen und ließ die Lippen ihren Hals hinunter wandern. Sarah fühlte ein sehnsüchtiges Ziehen. Ihre Haut brannte unter seinen Berührungen.

»Nicholas, bitte«, stöhnte sie.

»Bitte was?«, sagte er heiser und ließ den Bademantel über ihre Schultern zu Boden gleiten.

»Bitte, jetzt nicht. Dein Sohn ist gleich nebenan.«

»Mein Sohn ist alt genug, um zu wissen, was man in einem Schlafzimmer außer Schlafen noch macht. Er wird garantiert ein paar Minuten ohne uns auskommen. Wie du hörst, hat er außerdem gerade die Dusche angestellt.« Nicholas fuhr unbeirrt fort, Sarah zu streicheln. Ihr entglitt ein Seufzer, als er über ihre aufgerichteten Brustwarzen strich.

»Ich wusste, dass dir das gefällt«, sagte er leidenschaftlich und zog sie mit aufs Bett.

»Und wie steht es damit?«, fragte Nicholas mit rauer Stimme, als er sich über sie schob und seine Härte an ihr rieb. Sie biss sich auf die Lippen, da sie befürchtete, laut zu stöhnen. »Verdammt, jetzt bring das hier zu Ende«, flüsterte sie erregt.

Sie öffnete mit schnellen Bewegungen seine Hose und schob sie ihm ungeduldig über die Hüften. Sofort war er in ihr und nach wenigen harten Stößen spannte sich Sarah an und explodierte. Er ließ sich mitreißen und fühlte plötzlich, wie sie ihm den Mund zuhielt. Er kam mit einem erstickten Aufschrei. Nachdem sich ihre Atmung wieder normalisiert hatte, blickte Sarah ihn vorwurfsvoll an.

»Du spielst unfair, Nicholas.«

»Was habe ich denn getan?« Er sah sie unschuldig an.

»Das weißt du genau.« Sie kniff die Augen zusammen. »Meine Rache wird irgendwann fürchterlich sein. Als Strafe machst du auf jeden Fall jetzt Frühstück und trittst deinem Sohn gegenüber. Das wird peinlich.«

»Auf den Teil mit der Rache freue ich mich schon«, entgegnete Nicholas mit einem anzüglichen Grinsen. Er ging schnell ins Bad, bevor er sich wieder anzog und das Schlafzimmer verließ.

Als Nicholas in den Wohnbereich trat, war Cameron dabei, Rühreier und Speck zu braten.

»Super, du machst ja schon Frühstück. Ich habe einen Bärenhunger. Was kann ich tun?«

»Du könntest Teller und Besteck holen. Ich würde mit dir nachher gerne spazieren gehen und etwas besprechen. Hast du Zeit?«

»Natürlich habe ich Zeit für dich. Lass uns gleich nach dem Frühstück losgehen.«

Nicholas deckte den Tisch.

Ohne sich vom Herd umzudrehen, sagte Cameron: »Falls du es vergessen hast, euer Schlafzimmer liegt gleich neben meinem. Die Wände sind übrigens nicht isoliert. Wenn ihr das Haus umbaut, besteht hier dringender Handlungsbedarf.«

In diesem Moment kam Sarah dazu. »Siehst du, ich habe dir gesagt, das wird peinlich.«

Dann sahen sich die drei an und brachen in Gelächter aus.

***

Nicholas und sein Sohn liefen an der Bucht entlang.

»Ich dachte, es wäre komisch für mich, dich mit einer anderen Frau zu sehen, aber ich mag Sarah ausgesprochen gern. Die hast du dir toll ausgesucht. Ich habe dich seit Ewigkeiten nicht mehr so entspannt und gelöst gesehen. Ich freue mich total für dich, für euch beide.«

»Danke Cam, das bedeutet mir eine Menge.«

»Sarah hat mir angeboten, eine Weile bei euch zu wohnen. Das würde ich gerne annehmen.«

»Ich freue mich, wenn du länger bei uns bleibst. Aber was ist mit deiner Arbeit?« Nicholas sah seinen Sohn fragend an.

»Darüber wollte ich mit dir sprechen. Ich habe gekündigt. Für andere zu arbeiten ist nichts für die Ewigkeit. Ich trage mich mit dem Gedanken, mein eigenes Architekturbüro aufzumachen.«

»Respekt. Dazu bekommst du meine volle Unterstützung. Brauchst du Hilfe bei der Finanzierung?«

»Ich möchte das gerne alleine schaffen. Trotzdem danke für dein Angebot.«

»Das verstehe ich. Versprich mir aber, dass du mich um Hilfe bittest, wenn nötig. Ich gebe dir das Geld gerne auch als Kredit, wenn dir das lieber ist. In Ordnung?«

»Okay, Dad. Ich sage Bescheid, wenn es eng wird«, erwiderte Cameron und umarmte seinen Vater. Dann grinste er. »Aber momentan läuft es prima, denn meinen ersten Auftrag habe ich schon. Ich baue euer Cottage um.«

»Da ist man mal eine Nacht nicht daheim. Du brauchst mich offenbar wirklich nicht«, sagte Nicholas kopfschüttelnd und lachte. »Kommt Ada dich hier besuchen, wenn du länger bleibst? Ich würde deine neue Freundin gerne kennenlernen.«

Cameron seufzte. »Ada ist schon wieder Geschichte. Ich hatte mit meiner Wahl nicht so viel Glück wie du. Aber lass uns das Thema nicht vertiefen. Sie war offensichtlich nicht die Richtige für mich.«

»Ich bin immer für dich da, wenn du Redebedarf hast. Das weißt du. Komm, lass uns zurückgehen. Jetzt bin ich neugierig auf deine Pläne fürs Haus.«

***

Sie steckten die Köpfe zusammen und ließen sich Camerons Vorschläge für den Umbau zeigen. Er hatte dafür ein 3D-Modell auf dem Notebook erstellt.

»Ich habe von Vancouver aus Kontakt mit dem zuständigen Bauamt hier aufgenommen. Wenn euch meine Ideen gefallen, gibt es ohne Probleme grünes Licht für den Ausbau. Was denkt ihr?«

»Ich finde deine Überlegungen genial«, sagte Sarah beeindruckt.

»Das sind erstklassige Vorschläge. Ich bin stolz auf dich«, fügte Nicholas hinzu und drückte seinen Sohn.

»Ist es in Ordnung für euch, wenn ich erst in einer Woche mit dem Umbau anfange? Dann habe ich etwas Zeit, um mich einzugewöhnen.«

»Wir richten uns vollkommen nach dir. Es eilt nicht. Nimm dir so viel freie Zeit, wie du brauchst.« Cameron klappte das Notebook zu und stand auf. »Klasse, ich gehe dann mal auf ein Pint in den Pub. Wartet nicht auf mich, wird sicher spät.«

»Schnapp sie dir«, sagte Sarah mit einem Lächeln, bevor sich die Haustür hinter Cameron schloss.

Nicholas sah sie irritiert an. »Wen soll er sich schnappen?«

»Cam hat ein Auge auf Brianna geworfen.«

»Er hat einen einwandfreien Geschmack«, grinste Nicholas. »Wenn ich das richtig sehe, haben wir einen freien Abend. Was fangen wir nur damit an?« Er blickte sie herausfordernd an.

»Hm, lass mich mal nachdenken.« Sie knöpfte Nicholas' Hemd auf und drängte ihn vor sich her ins Schlafzimmer.

Als sie später aneinandergekuschelt im Bett lagen, sagte Sarah: »Was hältst du davon, wenn wir uns nach Vancouver absetzen, während dein Sohn sich hier um den Umbau kümmert? Dann lerne ich endlich Matt und Katie kennen. Claire freut sich bestimmt auch, uns zu sehen.«

»Ich sage, das ist eine großartige Idee. Hast du eigentlich schon die Haustür gehört?«

»Nein, bisher nicht. Cam lässt sicher noch seinen Charme bei Brianna spielen.«

»Sehr gut. Ich hätte da nämlich ein Problem, um das du dich kümmern müsstest, bevor mein Sohn zurück ist.«

Nicholas schob sich aufreizend langsam zwischen Sarahs Beine.

»Das glaube ich nicht«, lachte sie. »Diesem *Problem* habe ich mich doch heute schon mehrfach gewidmet.«

»Ich weiß auch nicht, aber irgendetwas hast du vermutlich bisher immer falsch gemacht«, flüsterte er, bevor Sarah die Beine um ihn schlang.

39. Der Umbau

Nicholas und Sarah genossen die Zeit in Vancouver. Der Umbau in Irland verlief nach Plan. Cameron hatte laut eigener Aussage alles unter Kontrolle. Er weigerte sich jedoch beharrlich, Bilder zu schicken. Connie, Finlay und Alex hielten ebenfalls dicht. So blieb den beiden nur, sich zu gedulden.

Sarah lernte Camerons Geschwister kennen. Sie war vor dem ersten Treffen nervös, was sich als unbegründet herausstellte. Matt und Katie nahmen sie ohne Vorbehalte in die Familie auf. Sie sahen, dass ihr Vater über alle Maßen glücklich war und dass sich ihre Mutter prima mit Sarah verstand.

Claire benutzte seit Kurzem nur noch eine Krücke und es bestand Hoffnung, dass sie bald komplett ohne Gehhilfe auskam. Sie arbeitete sogar schon wieder stundenweise in ihrer geliebten Galerie. Sie war glücklich, dass ihr Chef ihr diese Möglichkeit bot. Das war nach der langen Krankheit nicht selbstverständlich und Claire wusste das zu schätzen.

Sarah hatte überhaupt kein Problem, zusammen mit Claire unter einem Dach zu wohnen. Sie betrachteten sich alle als Freunde. Claires Küche und der Garten wurden kurzerhand als Gemeinschaftsbereiche deklariert und sie verbrachten eine Menge Zeit zusammen.

***

»Sarah, kommst du morgen Abend mit mir zur Vernissage, während Nicholas sich seinen langweiligen Geschäften widmet?«, fragte Claire. »Danach wird er vermutlich wie immer mit Peter versacken.«

»Hey, wann bin ich denn je mit Peter versackt?«, meinte Nicholas gespielt pikiert.

»Das fragst du doch nicht im Ernst. Also, da wäre zunächst mal ...«

Nicholas hob abwehrend die Hände. »Stop, ich gebe mich geschlagen. Ich kann nicht riskieren, dass Sarah schlecht über mich denkt«, lachte er.

»Dafür ist es schon lange zu spät«, lautete Sarahs trockener Kommentar, der für allgemeine Erheiterung sorgte.

»Claire, ich würde gerne mitkommen und mir die Ausstellung ansehen«, nahm Sarah das Angebot an.

»Und ich werde nicht versacken, meine Damen, sondern nachkommen, sobald Peter und ich alles erledigt haben.«

»Bring ihn doch mit, wenn er für den Abend nichts weiter geplant hat«, schlug Claire vor.

***

Sarah gefiel die Ausstellung. Es waren eine Menge interessante Kunstwerke zu sehen. Claire unterhielt sich mit Kunden und so begab sich Sarah allein auf Entdeckungsreise. Die Zeit verging wie im Flug.

Nicholas betrat mit seinem Anwalt die Ausstellung und schaute sich suchend nach Sarah um. »Da ist sie ja. Komm mit, ich stell dich ihr vor«, sagte er zu Peter, der dem Blick seines Freundes folgte.

Plötzlich sah Nicholas ein männliches Wesen zielgerichtet auf Sarah zusteuern. Der Typ riss sie in seine Arme und küsste sie schamlos auf den Mund. Nicholas war bereit, Sarah sofort zur Hilfe zu eilen und dem Kerl eins auf die Nase zu geben. Dann sah er, dass sie lachte, diesem Mann ebenfalls einen Kuss gab und ihn an sich drückte. In Nicholas brodelte wieder

Eifersucht. Ihm gefiel dieses Gefühl nicht, aber sobald ein Mann Sarah zu nah kam, war er machtlos dagegen.

Peter sah ebenso irritiert aus. »Äh, habt ihr eine offene Beziehung?«

Bevor Nicholas dazu etwas sagen konnte, sah ihn Sarah und winkte. Sie nahm Mark bei der Hand und kam auf die beiden zu. Sie gab Nicholas einen schnellen Kuss und wandte sich dann an seinen Anwalt.

»Hey, du bist sicher Peter. Schön, dass wir uns endlich kennenlernen. Das ist mein lieber Freund Mark, der mich hier überraschenderweise entdeckt hat. Sein Mann ist im Getümmel verloren gegangen. Aber den finden wir sicher gleich wieder.«

Peter gab Sarah die Hand und begrüßte anschließend Mark.

Plötzlich dämmerte es Nicholas. Er erkannte den Mann, mit dem er Sarah damals gesehen und den er für ihren neuen Partner gehalten hatte. Er entspannte sich langsam. Mark hatte seinen Arm um Sarah gelegt und sah Nicholas an.

»Das ist also der Mann, der dich so außerordentlich glücklich macht?«

»Ja, das ist er«, sagte Sarah mit einem strahlenden Lächeln.

»Optisch ist er definitiv eine Augenweide«, flüsterte er in ihr Ohr. Sie stieß ihn in die Seite und lachte. Nicholas machte sich mit Mark bekannt und dann erschien Toby. Claire gesellte sich zur Truppe.

»Hier ist ja mächtig was los. Hallo Peter«, sagte sie und begrüßte ihn mit einem Kuss auf die Wange. Sarah stellte Claire ihre Freunde Mark und Toby vor.

»So ein Zufall, dass ihr beide in unserer Kundenkartei seid und dann hier auf Sarah trefft.«

»Wir kommen geradewegs vom Flughafen. Die letzten Wochen waren wir für eine Reportage in der Antarktis unterwegs und währenddessen praktisch völlig von der Außenwelt abgeschnitten. Daher wussten wir gar nicht, dass Sarah in Vancouver ist. Um ehrlich zu sein, sind wir hier nur eingefallen, um ein paar Häppchen und was zu trinken nach der Reise abzugreifen«, gab Toby zu.

»Ich bin für heute hier fertig. Was haltet ihr davon, wenn wir jetzt alle auf einen Schlummertrunk zu uns fahren? Wir nehmen ein paar Reste vom Büffet mit und dann lassen wir den Abend gemütlich ausklingen«, schlug Claire vor. Der Vorschlag wurde einstimmig angenommen und zwanzig Minuten später saß die Gruppe gemütlich auf der Terrasse. Claire zündete einige Gartenfackeln an, die den Außenbereich in ein angenehmes Licht tauchten.

Nicholas und Sarah kümmerten sich darum, Getränke auszuschenken und das Essen in der Küche aufzubauen. Nicholas sah Sarah zu, wie sie die letzten Handgriffe an die Präsentation der Häppchen legte. Selbst bei Resten vom Büffet blieb sie Profi und richtete alles perfekt her. Sein Herz lief über vor Liebe. Manchmal konnte er es immer noch nicht fassen, dass diese bezaubernde Frau zu ihm gehörte. Sarah blickte auf und lächelte ihm zu.

»Was ist los? Du starrst mich an.«

Er nahm ohne ein Wort ihre Hand und zog sie hinter sich her in den dunklen Flur.

»Hey, was wird das denn? Ich bin noch nicht fertig«, protestierte Sarah.

»Das geht so nicht«, sagte er heiser und zog sie in seine Arme. »Seit Stunden sind immer Leute um uns herum und ich habe mich schon lange genug zurückgehalten. Ich muss dich jetzt endlich küssen. Wenn wir damit länger warten, garantiere ich für nichts mehr«, flüsterte er, bevor er mit der Zungenspitze aufreizend langsam die Konturen ihrer Lippen nachzeichnete. Sarah legte die Arme um seinen Hals und erwiderte Nicholas‘ Zärtlichkeiten.

»Besser?«, fragte sie leise.

»Nein, jetzt ist es sogar schlimmer«, stöhnte er frustriert.

»Oh ja, ich fühle, dass du in ernsten Schwierigkeiten steckst«, neckte sie ihn und rieb den Unterkörper herausfordernd an seinem.

Sie wurden von einem lauten Hüsteln unterbrochen. »Mannomann, die Temperatur ist soeben um mindestens hundert Grad gestiegen.« Peter fächerte sich mit der Hand Luft zu. »Man hat mich auf die Suche nach euch geschickt. Ich gehe jetzt besser wieder zurück, bevor ich mehr sehe, als ich ertragen kann. Ich gebe Bescheid, dass ihr einen Moment braucht.«

Während er sich umdrehte, murmelte er kopfschüttelnd: »So was darf man doch keinem unfreiwilligen Single zumuten. Ich werde auch in Irland mein Glück versuchen. Morgen früh buche ich einen Flug. Oder besser jetzt gleich.«

Nicholas und Sarah sahen sich an und brachen in schallendes Gelächter aus. Dann gingen sie Hand in Hand hinaus zu den anderen.

***

Claire war müde und verabschiedete sich nach dem Essen von den Gästen. Peter erhob sich ebenfalls, um nach Hause zu fahren. Nicholas begleitete ihn zur Tür.

»Du bist ein echter Glückspilz. Halte die Frau bloß fest, sonst schnapp ich sie mir.«

»Das vergisst du besser mal sofort. Sarah gebe ich nicht mehr her.«

»Dann bekomme ich sicher bald nach der Scheidung eine Einladung zur Hochzeit.« Er umarmte Nicholas zum Abschied, bevor er sich ins Auto setzte und den Motor anließ. In diesem Moment kamen Toby und Mark aus dem Haus.

»Für uns wird es ebenfalls Zeit. Wir sind völlig erledigt von der Reise. Toll, dass wir dich jetzt endlich einmal kennengelernt haben«, sagte Toby zu Nicholas.

»Man spürt förmlich die Magie zwischen euch. Habt ihr vor zu heiraten?«, erkundigte sich Mark.

Sarah kam mit einer Flasche in der Hand aus dem Haus und Nicholas blieb eine Antwort schuldig.

»Nehmt den Champagner bitte mit. Claire hat alle restlichen Flaschen aus der Galerie entwendet. Sie besteht darauf, dass ihr eine davon bekommt«, grinste sie. »Schade, dass wir nicht mehr Zeit haben. Ihr beide müsst uns unbedingt einmal in Irland besuchen. Ich bin mir sicher, euch würde es in Dolphin Bay gefallen. Wann wart ihr das letzte Mal in Urlaub?«, erkundigte sich Sarah.

»Urlaub?«, fragte Mark, »Was ist das denn? Den Ausdruck kenne ich nicht.«

40. Rückkehr nach Dolphin Bay

Zwei Wochen später flogen Nicholas und Sarah zurück nach Irland. Sie waren unglaublich gespannt, was Cameron aus ihrem Cottage gemacht hatte. Als sie in die Einfahrt einbogen, standen Cameron, Alex, Finlay und Connie schon Spalier. Nach einer fröhlichen Begrüßung nahm Nicholas Sarah bei der Hand.

»Los Cam, spann uns nicht länger auf die Folter«, forderte er seinen Sohn auf. Dieser lief vor und öffnete die Tür. »Hereinspaziert in euer Heim.«

Cameron trat zur Seite und ließ die beiden eintreten. Sarah stieß einen Freudenschrei aus, als sie die neue Küche sah.

»Das ist sogar besser geworden, als in meinen Träumen.« Sie drehte sich zu Nicholas um. »Schau nur, wie viel Arbeitsfläche wir bekommen haben. Und für dich ein besonders großes Doppelspülbecken zum Entspannen.« Nicholas streckte ihr amüsiert die Zunge heraus.

»Ich habe euch ein paar zusätzliche Überraschungen eingebaut«, erklärte Cameron. »Hier am Tresen finden ohne Probleme sechs Personen zum Essen Platz. Wenn das nicht reicht, lässt sich die Platte ausziehen. Dann kommt ihr auf zehn. Ihr habt jetzt sogar einen Weinkühler.«

Sarah fiel Cameron ausgelassen um den Hals. Er lachte. »Ich freue mich, dass es dir gefällt. Dad, jetzt bist du dran. Folge mir ins Tonstudio. Was die technische Einrichtung angeht, habe ich mir kompetente Hilfe gesucht. Colin hat das gesamte Equipment besorgt und war für ein paar Tage hier um alles aufzubauen und zu testen.«

Nicholas fehlten endgültig die Worte. Er sah sich staunend um. Der Bereich war perfekt. Nicholas ging zu seinem Sohn und umarmte ihn.

»Ich bin jetzt schon völlig fertig und habe Angst, mir den Rest anzusehen. Ich glaube, ich werde ein Taschentuch brauchen.«

»Du wirst definitiv mehr als ein Taschentuch brauchen, wenn du meine Rechnung siehst.« Er war glücklich, dass seinem Vater und Sarah bisher alles gefiel. Im Anschluss zeigte er den beiden das Gästezimmer und Sarahs Büro.

»Ich hoffe, dass dir der Arbeitsplatz ausreicht. Ich habe extra ein großes Fenster eingesetzt, damit es nicht klaustrophobisch wirkt. Es sind halt nur acht Quadratmeter. Der Schreibtisch geht über zwei Wände und bietet dir auf jeden Fall reichlich Ablagefläche.« Cameron sah sie abwartend an.

»Das ist perfekt. Mehr brauche ich nicht und du hast jeden Winkel optimal genutzt.«

Connie, Finlay und Alex blieben in der Küche zurück, während Cameron die beiden ins neue Bad führte.

»Willkommen in eurem privaten Wellnessbereich. Der ist etwas größer ausgefallen als geplant.« Sarah und Nicholas sahen sich sprachlos um. »Wow«, brachte sie nach einer Weile beeindruckt hervor. Warme Farben und Holz dominierten. Es gab ein großzügiges Doppelwaschbecken. Die Dusche mit Massage- und Dampfdüsen sowie einer gefliesten Sitzbank lud zum Entspannen ein.

»Ich habe hinter dem Schlafzimmer ein ganz kleines bisschen angebaut«, grinste Cameron die beiden an.

Sarah drehte sich in die andere Richtung und riss die Augen auf. »Ich glaube es nicht.« Sie sah Nicholas an. Der stand mit offenem Mund neben ihr und war genauso fassungslos.

Im Anbau gab es eine große Sauna mit Panoramafenstern, die den Blick auf die Bucht und einen Teil des Hafens freigaben. Zwischen Sauna und einem Whirlpool hatte Cameron einen Kamin eingebaut. Davor stand eine XXL-Liege.

»Die Fenster sind verspiegelt. Von außen ist es nicht möglich, hier hineinzusehen«, erklärte Cameron.

Sarah liefen Freudentränen über das Gesicht. »Entschuldige, aber das muss jetzt einfach sein.« Sie drückte Cameron an sich und gab ihm einen dicken Kuss mitten auf den Mund. Nicholas nahm Sarah und seinen Sohn in die Arme.

In der Küche hörten sie Korken knallen. Alex, Finlay und Connie erschienen kurz darauf mit gefüllten Sektgläsern.

»Ihr zwei müsst jetzt tapfer sein. Connie und ich haben euer Haus besetzt. Ihr zieht in unser heruntergekommenes B&B. Nachdem uns Cam herumgeführt hat, waren wir tagelang deprimiert und es gab keine andere Lösung für unser Problem«, grinste Finlay. »Lasst uns anstoßen«, sagte er anschließend fröhlich und verteilte die Gläser.

Nicholas räusperte sich und wandte sich seinem Sohn zu: »Ich bin selten sprachlos, aber du hast es geschafft. Das ist ein Traum und ich bin schier überwältigt. Wir werden dieses Haus nie mehr länger als unbedingt nötig verlassen. Du hast ein richtiges Heim für uns daraus gemacht. Cam, du wirst dich bald vor Aufträgen nicht mehr retten können. Danke für alles und auf eine glückliche Zukunft.« Nicholas erhob sein Glas.

»Und jetzt schaut bitte kurz weg«, sagte er, nachdem alle miteinander angestoßen hatten. Er zog Sarah an sich und küsste sie hingebungsvoll.

»Äh, wir verdrücken uns besser mal in die Küche. Onkel Fin, gibt es da mehr Alkohol?« Die vier verließen lachend den Raum.

»Am liebsten würde ich das neue Bad jetzt sofort mit dir einweihen«, flüsterte Nicholas zärtlich und sah Sarah mit vor Leidenschaft leuchtenden Augen an. »Wir brauchen schnell einen Plan. Wie werden wir die Leute in unserer Küche am besten los?«

»Ich denke, wir benehmen uns heute, gehen da raus und feiern zusammen. Das hat Cam sich verdient. Du weißt doch, dass Beste kommt immer zum Schluss. Uns bleibt anschließend die ganze Nacht. Schon vergessen? Wir haben jetzt isolierte Wände. Vorfreude ist das Schlüsselwort«, erwiderte Sarah vielsagend und war schon dabei, das Bad zu verlassen. Nicholas hielt sie zurück und zog sie wieder in seine Arme.

»Mit Schlüsselwörtern kann ich nicht gut umgehen, weißt du? Ich brauche unbedingt etwas, das mir die Warterei erträglicher macht.«

»Erklär mir das mit den Schlüsselwörtern bitte, da komme ich nicht mit.« Sie warf Nicholas einen fragenden Blick zu.

Er erzählte ihr, was mit ihm damals passiert war, als sie überraschend zum Abendessen bei Finlay und Connie aufeinandertrafen. Sarah konnte nicht anders und lachte laut los.

»Ich fasse nicht, dass du das witzig findest«, sagte er mit gespielter Empörung in der Stimme. »Du hast mich an den Rand des Wahnsinns getrieben. Ich habe gelitten. Sehr gelitten. Extrem gelitten. Den ganzen Abend. Und die ganze Nacht. Und die Tage danach. Das war grausam. *Du* warst grausam.«

Sarah wischte sich die Lachtränen aus den Augen und versuchte normal zu atmen. Sie hielt sich die Hand vor den Mund und prustete schon wieder los. Die Vorstellung wie Nicholas sich gleich zweimal ins Bad flüchtete, um nicht aufzufallen, fand sie zu köstlich.

»Dir wird die gute Laune gleich vergehen.« Er schaute sie mit einem dämonischen Ausdruck in den Augen an und drängte sie auf die Liege. Sein Mund nahm hemmungslos von ihrem Besitz. Eine Hand schob er unter ihr Kleid und glitt mit seinen Fingern sofort unter den Rand ihres Slips. Sarah stöhnte und öffnete ihre Schenkel für ihn. Er spürte, wie bereit sie war. Nicholas brachte alles an Selbstbeherrschung auf, um sich von ihr zu lösen, bevor es für ihn zu spät war. Sarah atmete schwer und sah ihn fragend an, als er aufstand.

»Vorfreude ist das Schlüsselwort.« Nicholas zwinkerte ihr zu und verließ das Bad.

»Das zahle ich dir heim«, flüsterte sie lachend.

***

»Da seid ihr ja endlich. Wo wir jetzt alle zusammen sind, habe ich eine Neuigkeit zu verkünden.« Cameron blickte seinen Vater und Sarah an.

»Okay, wir sind gespannt«, meinte Nicholas.

»Ich habe in den letzten Wochen einige Kontakte geknüpft. Hier stand schon länger ein Architekturbüro zur Übernahme. Der Inhaber möchte in Rente, fand aber bisher keinen Nachfolger. Die Auftragslage ist mehr als gut, die Ablöse machbar und Peter hat sich für mich bereits um alle Formalitäten gekümmert. Ich werde das Büro in zwei Monaten komplett übernehmen, und bis dahin zusammen mit dem alten Inhaber arbeiten. Zum Büro gehört eine kleine Wohnung. Dort bin ich gestern eingezogen. Ich werde hierbleiben. Was sagt ihr dazu?« Cameron schaute gespannt in die Runde.

»Wenn ich mit allem gerechnet hätte, aber damit nicht. Das ist großartig. Ich freue mich, dass ich dich weiter in meiner Nähe habe.« Nicholas lachte glücklich und drückte seinen Sohn.

»Darauf stoßen wir an«, sagte Sarah und füllte die Gläser auf. Dann flüsterte sie Cameron zu: »Ich finde es klasse, dass du uns erhalten bleibst. Wie läuft's mit der hübschen Barkeeperin?«

»Ich hatte nicht viel Zeit in den letzten Wochen. Aber ich glaube, sie mag mich. Ich werde jetzt mal bei ihr Gas geben.«

»Freut mich zu hören.«

»Weiß deine Mutter schon, dass du nach Irland übersiedelst?«, unterbrach Nicholas das Geflüster der beiden.

»Ich habe heute früh mit ihr telefoniert. Sie hat gesagt, dass ich ihr mit meiner Fürsorglichkeit sowieso auf den Wecker gefallen bin. Sie freut sich darauf, dass ich nicht ständig in der Türe stehe, um sie zu fragen, wie sie sich fühlt. Aber den Zahn habe ich Mum gezogen, denn ich werde sie stattdessen dauernd anrufen«, grinste Cameron. »Nein, im Ernst. Mum findet meinen Entschluss prima und wünscht mir viel Erfolg. Sie hatte zum Glück nie ein Problem damit, uns Kinder loszulassen. Außerdem hat sie schon angedroht, dass sie zu Besuch kommen wird, um zur Abwechslung uns auf die Nerven zu fallen.«

Nicholas war amüsiert. »Ja, das klingt nach Claire.«

41. Ein warmer Spätsommerabend

Kurze Zeit später wurde Nicholas rechtskräftig geschieden. Fast zeitgleich kam die Aufenthaltserlaubnis mit der Post. Nicholas liebte Sarah jeden Tag mehr. Seit der Rückkehr aus Vancouver ging ihm eine Sache immer wieder durch den Kopf. Ihm war es nicht mehr genug, nur mit Sarah zusammenzuleben. Diese Erkenntnis kam ihm, als Peter und Mark unabhängig voneinander eine mögliche Hochzeit erwähnten. Ihm wurde klar, dass er seinen Ring an ihrem Finger sehen wollte. Jeder sollte wissen, dass diese bezaubernde, erotische, warmherzige Frau zu ihm gehörte. Er beschloss, Sarah einen Antrag zu machen. Sie hatten bisher noch nicht über die Möglichkeit einer Heirat gesprochen und er war nervös. Würde sie nach Marcus ein zweites Mal zu einem Mann Ja sagen? Er wünschte sich nichts sehnlicher.

***

Eines Abends stand für Sarah ein längeres Telefonat mit ihrem Verleger an. Sie bereitete dafür im Büro einige Dinge vor. Nicholas traf sich währenddessen mit

Finlay auf ein Pint im Pub. Die Männer unterhielten sich zunächst locker über Alltägliches.

Nachdem Nicholas für beide ein weiteres Bier an der Bar geholt hatte, räusperte er sich und sagte zu seinem Freund: »Ich werde Sarah bitten, meine Frau zu werden.«

»Das wurde aber auch Zeit. Connie und ich haben uns schon länger gefragt, was dich wohl von diesem Schritt abhält.«

»Sarah war so glücklich mit Marcus. Ich bin mir unsicher, ob sie überhaupt wieder heiraten möchte. Das Thema haben wir bisher nicht angesprochen.« Nicholas zuckte mit den Schultern.

»Mensch Nic, hast du Augen im Kopf? Sarah ist vollkommen verrückt nach dir. Ich wette, sie wird dich vor den Traualtar zerren, bevor du die Frage überhaupt beendet hast.«

In Nicholas keimte Hoffnung auf.

»Ich denke schon seit einer Weile darüber nach, wie ich es am besten anstelle. Normalerweise habe ich kein Problem, die richtigen Worte zu finden. Aber alles, was mir einfällt, erscheint mir für Sarah zu banal. Ich zermartere mir außerdem das Hirn nach einem passenden Ort für den Antrag. Ich komme mir vor wie ein Teenager vor seinem ersten Mal.«

Finlay lachte. »Lass uns nachdenken. Wäre doch gelacht, wenn uns dazu nichts einfällt.«

***

Es war ein warmer Spätsommerabend. Sarah saß an ihrem PC im Büro und erledigte die lästige Buchhaltung. Nicholas nahm einen Termin in Cork wahr. Zumindest hatte er ihr das gesagt. Er würde erst spät nach Hause kommen. Sie hörte plötzlich die Haustür und drehte sich überrascht mit dem Schreibtischstuhl um. Sie hatte nicht so früh mit Nicholas gerechnet und wie immer schlug ihr Herz schneller, wenn er in ihrer Nähe war. Er lehnte lässig am Türrahmen und Sarah blieb die Sprache weg. Mit weit aufgerissenen Augen starrte sie ihn an.

»Wow, was war das denn für ein Meeting? Du siehst unglaublich sexy aus. Ich habe dich bisher nie im Smoking gesehen. Könnte ich das jetzt bitte öfter haben? Das macht mich richtig an.«

Nicholas betrachtete sie liebevoll. Leidenschaft flammte in seinen Augen auf. »Das macht dich an?«, fragte er mit rauer Stimme.

»Absolut.«

Sarah erhob sich vom Stuhl und schritt langsam auf Nicholas zu. Als sie sich vorbeugte, um ihn zu küssen, legte er einen Finger auf ihre Lippen, und stoppte sie in ihrem Vorhaben. Sie sah ihn mit hochgezogenen Augenbrauen an. Es war wichtig, cool zu bleiben und auf keinen Fall mit ihr im Bett zu landen. Sarah fiel seine Erregung natürlich sofort auf. Nicholas erkannte, was sie vorhatte und bevor sie ihn dort berührte, hielt er ihre Handgelenke fest.

»Babe, bitte tu mir einen Gefallen und lass für einen Moment die Finger von mir.« Er schaute sie eindringlich an. Sie sah auf seine Hände, die sie festhielten und dann in Nicholas' Augen.

»Muss ich mir Sorgen machen?«

Er ließ sie sofort los. »Nein, nein. Natürlich nicht«, sagte er schnell. »Komm mit, ich möchte dir etwas zeigen.«

Er hielt ihr die Hand hin. Sarah war verwirrt, aber sie vertraute ihm und legte die Hand in seine. Sie verließen das Haus und er führte sie zum Hafen, ohne sie loszulassen und ohne zu reden. Sarah sah ihn mit gerunzelter Stirn von der Seite an. Normalerweise war Nicholas die Ruhe und Ausgeglichenheit in Person. Sie fühlte, dass er angespannt war, und fand keinen Grund dafür. Das machte sie nervös.

Als sie zum Hafen kamen, stand dort Jensen McMillan, der offenbar auf sie wartete. Ihm gehörten einige Ausflugsboote und eine kleinere Jacht, die er an Urlauber vermietete.

»Hallo«, rief er ihnen schon von Weitem zu und winkte.

»Hi Jensen«, erwiderte Sarah den Gruß und gab ihm die Hand.

Jensen überreichte Nicholas einen Schlüssel. Dann beugte er sich zu ihm vor. »Ist alles vorbereitet. Viel Erfolg«, sagte er leise und klopfte ihm auf die Schulter, bevor er verschwand. Nicholas sprang zuerst auf die Jacht und half Sarah anschließend an Bord.

»Du hast einen Bootsführerschein?« Sie schaute ihn verblüfft an.

»Ich habe fast mein ganzes Leben am Meer gewohnt. Was dachtest du denn?« Er lächelte sie an.

»Du überrascht mich immer wieder«, gab sie erstaunt zu.

»Ein paar kleinere Geheimnisse musste ich mir schließlich bewahren, damit ich dich hin und wieder beeindrucken kann.«

Sarah konnte sich immer noch keinen Reim darauf machen, was das alles zu bedeuten hatte. Nicholas dirigierte sie zu einem Sitzplatz. Dann löste er die Leinen, startete den Motor und steuerte das Boot sicher aus dem Hafen. Sarah sah ihm gebannt zu. Er brachte ihr Herz zum Stolpern. Nicholas stand in diesem atemberaubenden Smoking am Steuer und der Fahrtwind spielte mit seinen Haaren. Sie wäre am liebsten zu ihm gegangen und hätte sich an ihn gekuschelt. Aber irgendetwas war heute anders und daher blieb sie auf ihrem Platz sitzen.

Sarah genoss die Fahrt. Als sie zum Ende der Bucht kamen, tauchten plötzlich Delfine auf und schwammen Seite an Seite mit dem Boot. Sarah schaute den Tieren fasziniert zu. Sie begleiteten die Jacht und zeigten sogar einige beeindruckende Sprünge.

Nicholas stoppte das Schiff unterhalb des Leuchtturms und warf den Anker. Dann kam er zu Sarah und hielt ihr wieder wortlos die Hand hin. Sie folgte ihm und sah kaltgestellten Champagner. Nicholas deutete ihr mit einer Handbewegung an, auf einem der

Sessel Platz zu nehmen. Er verließ sie kurz, kam mit seiner Gitarre zurück und setzte sich ihr gegenüber. Nicholas' Nerven lagen blank und seine Hände zitterten leicht. Sarahs Puls spielte verrückt. Langsam dämmerte ihr, was hier passierte.

Nicholas sah ihr fest in die Augen und fing an zu spielen. Er hatte das Lied, das er vor Jahren kurz nach ihrer ersten Begegnung schrieb, für diesen intensiven Moment ausgewählt. Es drückte aus, wie er sich damals fühlte und daran hatte sich bis heute nichts verändert. Das Lied stand für seine grenzenlose Liebe, die aus Faszination und Leidenschaft zu einer völlig Unbekannten erblüht war. Er hatte den Song bisher wie einen Schatz aufbewahrt und nur für sich allein gespielt. Nicholas sang einfühlsam und emotional. Er legte alle Empfindungen in die Stimme und beschrieb damit seine Gefühle für sie so eindringlich und intensiv, dass Sarah die Worte tief berührten. Als das Stück endete, stellte Nicholas die Gitarre beiseite, atmete einmal tief durch und kniete vor der Frau, die er über alles liebte, nieder. Er nahm ihre Hände in seine und schaute Sarah tief in die Augen. Nicholas schoss Adrenalin durch die Adern. Er hatte vor Nervosität feuchte Hände.

»Ich werde nie den Augenblick vergessen, als ich dich das erste Mal sah. Ich habe mich sofort rettungslos in dich verliebt. Du raubst mir den Atem mit deiner Sinnlichkeit, du bringst mich zum Lachen mit deinem Humor. Wir hatten nicht nur gute Zeiten und es hat sich gezeigt, dass ich mit dir auch im Regen tanzen kann. Du bist alles für mich. Du bist mein Leben, das Kostbarste, was ich besitze. Du gibst mir Wärme, Geborgenheit und Liebe. Du nimmst mich so, wie ich bin. Nur mit dir fühle ich mich wohl. Jede Minute, die ich ohne dich verbringe, ist verlorene Zeit. Wenn du nicht in meiner Nähe bist, bin ich unvollständig. Wenn ich an dich denke, habe ich Schmetterlinge im Bauch. Du machst mich grenzenlos glücklich. Ein Leben ohne dich ist für mich undenkbar geworden. Du bist die Luft, die ich zum Atmen brauche. Würdest du mir die Ehre erweisen, meine Frau zu werden?«

Er hatte mit seinen Worten ihre Seele berührt. Sie nickte stumm und sie erkannte, dass Nicholas genauso bewegt war und seine Augen ebenfalls feucht schimmerten. Er stand auf, zog Sarah vom Sitz hoch und schloss sie fest in die Arme.

»Du hast mich gerade zum glücklichsten Mann in diesem Universum gemacht«, sagte er heiser und senkte die Lippen auf ihre. Im Hintergrund ging die Sonne in spektakulären Farben unter.

Epilog

Die romantische Trauung fand nur wenig später im Leuchtturmwärterhaus von Dolphin Bay statt. Neben Cameron, Matt und Katie waren Claire, Peter, Mark und Toby angereist. Nicholas hatte außerdem seine ehemaligen Bandmitglieder samt Familien und Colin Docherty eingeladen. Finlay, Connie und Alex komplettierten die Hochzeitsgesellschaft. Nicholas' Schwester konnte bedauerlicherweise nicht dabei sein. Sie war mit dem Orchester auf Tournee. Dafür drohte sie den beiden ihren Besuch zu Weihnachten an.

Nicholas stand mit dem Standesbeamten vor den Gästen und starrte mit nervöser Spannung auf den Eingang. Sein Herz schlug ein wildes Stakkato. Er konnte es nicht mehr abwarten, Sarah endlich zu sehen und diesen bedeutenden Schritt mit ihr zu gehen. Er rieb seine schweißnassen Hände und fuhr sich immer wieder durch die Haare.

Die Musik setzte ein. Nicholas hielt den Atem an, als Sarah am Arm von Alex den Raum betrat.

Sarahs bester Freund übergab sie stellvertretend für ihren verstorbenen Vater an Nicholas. Sie strahlte über das ganze Gesicht. Das elfenbeinfarbene Kleid im

Empire-Stil betonte ihr Dekolleté. Die Haare waren kunstvoll hochgesteckt und einige Locken kringelten sich verführerisch um ihren Nacken. Nicholas verschlug es den Atem. Als er sie auf sich zukommen sah, war es um seine Fassung geschehen. Sie hatte nie schöner und begehrenswerter ausgesehen. Seine Augen füllten sich mit Tränen.

Alex legte Sarahs Hand in die von Nicholas. Er küsste seine Freundin auf die Wange und umarmte den Bräutigam. Bevor er sich neben Finlay setzte, flüsterte er Nicholas zu: »Pass auf diesen Engel auf. Ich vertraue dir heute einen besonderen Menschen an.«

Sarah nahm Nicholas‘ Gesicht in die Hände und wischte ihm zärtlich die Tränen von den Wangen.

»Können wir mit dem Weinen bis nach dem Jawort warten? Wenn du mich jetzt zu Tränen rührst, verläuft mein Make-up. Dann sehe ich schnell so unattraktiv wie ein Zombie aus und ich kann es nicht riskieren, dass du es dir in letzter Sekunde anders überlegst und Nein sagst«, flüsterte sie ihm zu, bevor sie nachlegte: »Du siehst so scharf in diesem Smoking aus, dass ich kaum unsere Hochzeitsnacht abwarten kann. Es wäre doch eine Verschwendung, wenn du mich abweisen würdest.« Sie zwinkerte ihm zu und schenkte ihm ein betörendes Lächeln.

Nicholas stöhnte auf und lachte sie dann an. »Du weißt immer, was du zu mir sagen musst«, gab er leise zurück.

Die Gäste waren ergriffen von den liebevollen Blicken und Gesten des Brautpaars während der Zeremonie. Der Standesbeamte unterbrach an einem Punkt seine Rede und nickte dem Bräutigam zu. Nicholas räusperte sich. Er drehte Sarah zu sich um, sodass sie ihm gegenüberstand und ihn ansah. Er umschloss ihre Hände fest mit den seinen.

»Als ich dich das erste Mal im Supermarkt sah, wusste ich sofort, dass dieser Moment mein Leben verändern würde. Was ich für dich empfinde, ist mit Worten allein nicht zu beschreiben. Was auch immer vor uns liegt, wir werden es gemeinsam meistern. Wenn du fällst, fange ich dich auf. Wenn du weinst, trockne ich deine Tränen. Wenn du lachst, teile ich die Freude mit dir. Alles, was ich bin und alles, was ich habe, gehört dir. Allein der Gedanke an dich zaubert mir jedes Mal ein Lächeln auf mein Gesicht.«

Sarah schaute ihm in die Augen. Sie erkannte darin die tiefe Liebe, die er für sie empfand. Er bezauberte sie mit seinen Worten und ihre Knie wurden weich. Sie hatte nichts von diesem Eheversprechen geahnt. Er überraschte sie wieder einmal.

»Ich liebe es, wenn wir gemeinsam das Abendessen bei einer guten Flasche Wein und Musik zubereiten.« Dann setzte er ein vergnügtes Grinsen auf und sagte: »Ich würde dich schon alleine wegen deiner Schokoladenmousse heiraten.«

Dieser Satz sorgte für lautes Gelächter unter den Gästen und Sarah stimmte ebenfalls mit ein. Nachdem sich die Hochzeitsgesellschaft beruhigt hatte, sprach Nicholas weiter: »Dass wir unsere Liebe heute vor Familie und Freunden bezeugen, macht mich zum glücklichsten Menschen. Sarah, du bist mein Wunder, mein Ein und Alles, meine Liebe, mein Leben, bis ans Ende meiner Tage.«

Nun kullerten Sarah doch Tränen der Rührung die Wangen herunter. »Ich dachte, wir hätten vereinbart, dass du mich erst nach der Trauung zum Weinen bringst. Wo soll das denn hinführen, wenn du dich schon vor dem Eheversprechen nicht an Absprachen hältst?«, sagte sie laut genug, sodass es jeder hörte. Das sorgte aufs Neue für Belustigung unter den Anwesenden.

Alex schaute währenddessen immer wieder verstohlen zu der Frau herüber, von der er wusste, dass es sich um Claire handelte. Sie war gestern erst spät angereist. Heute Morgen war sie in aller Frühe bereits mit Mark und Toby zum Rosehill House aufgebrochen, in dem später die Feier stattfand. Das Trio hatte sich um die Dekoration gekümmert und dafür gesorgt, dass mit dem Catering alles glatt lief. Alex hatte die Aufgabe, den Blumenschmuck für die Trauung abzuholen. Anschließend richtete er im Leuchtturmwärterhaus mit Finlay und Nicholas' Kindern alles für die Zeremonie her. Daher hatte er vor der Trauung keine Gelegenheit gefunden, sich Claire vorzustellen. Dass sie dafür gesorgt hatte, dass Nicholas und Sarah wieder ein Paar wurden, faszinierte ihn aus psychologischer Sicht. Ihm fiel auf, dass sie sich ehrlich für das Brautpaar freute. Dies ließ ihre gesamte Haltung und Mimik erkennen. Jedes Mal, wenn er sie ansah, empfand er nicht nur ein berufliches Interesse. Etwas an ihr fesselte ihn. Dieses Gefühl war neu für ihn und ließ sich nicht einordnen. Er war definitiv neugierig darauf, Claire kennenzulernen.

Der Standesbeamte fuhr mit der feierlichen Handlung fort und Alex widmete seine Aufmerksamkeit wieder

der Hochzeit. Kurze Zeit später sagten Nicholas und Sarah strahlend und mit fester Stimme Ja zueinander.

Nur Sekunden, nachdem sie die Ringe getauscht und damit offiziell verheiratet waren, zog Nicholas seine Frau im Glücksrausch zu einem Kuss heran. Als Sarah die Arme um seinen Nacken schlang, hätte er am liebsten die Feier übersprungen und sie sofort in die Flitterwochen entführt. Die beiden vergaßen für einen langen Moment die Welt um sich herum.

»Hebt euch davon was für die Hochzeitsnacht auf«, rief Finlay und brachte damit alle zum Lachen.

Widerstrebend löste sich Nicholas von Sarah und sah Finlay an. »Du bist eine echte Nervensäge. Hast du überhaupt eine Einladung zur Hochzeit erhalten? Ich habe dich nicht auf der Gästeliste gesehen«, schoss er amüsiert in Richtung seines Freundes zurück.

Die Hochzeitsgesellschaft bestieg den gemieteten Bus, der sie zum malerischen Rosehill House auf die andere Seite der Halbinsel brachte. Das steinerne Herrenhaus lag auf einer Anhöhe. Nur wenige Meter entfernt befand sich ein privater Sandstrand. Nicholas und Sarah würden ihre Hochzeitsnacht nach der Feier in Rosehill House verbringen und am nächsten Tag in die Flitterwochen aufbrechen. Die beiden freuten sich auf eine vierwöchige Kreuzfahrt durch Skandinavien.

Während der Catering-Service Champagner ausschenkte und Häppchen verteilte, nahmen Nicholas und Sarah freudestrahlend Glückwünsche entgegen.

Finlay nutzte die Gelegenheit, sprang auf die Bühne und schnappte sich das Mikrofon.

»Liebe Gäste, Nicholas und Sarah haben beschlossen, ohne großes Aufsehen und ohne Trauzeugen zu heiraten. Ich vermute, sie hatten gehofft, auf diesem Wege peinlichen Reden aus dem Weg zu gehen. Tja, meine Lieben, lasst es mich so ausdrücken: Das war nichts.«

Nicholas stöhnte auf. »Wo ist die Security, wenn man sie braucht? Entreißt dem Mann bitte mal einer das Mikro oder dreht wenigstens den Strom ab?«

»Hört gar nicht auf ihn«, erwiderte Finlay mit einer wegwerfenden Handbewegung und sprach unbeirrt weiter: »Wie die meisten von euch wissen, kenne ich Nic seit meiner Jugend. Ihr seid jetzt alle sicher heiß darauf, ein paar anrüchige und peinliche Geschichten aus seinen wilden Jahren zu hören, doch leider ist das nicht möglich, denn ich war bei allen krummen Dingern dabei. Ich habe daher beschlossen, mich nicht selbst zu belasten. Vor allem, um meine Ehe nicht in Gefahr zu bringen.« Er sah zu Connie herüber, deren Augen vor Belustigung funkelten.

»Ich werde euch aber nicht vorenthalten, dass ich so etwas wie die männliche Glücksfee für Nic und Sarah bin. Ich habe dafür gesorgt, dass sie sich wieder über den Weg gelaufen sind. Ich habe meiner Frau nicht gesagt, dass Nic seine Finger vermutlich nicht bei sich behalten könnte, als sie ihn während des Unwetters unwissend bei Sarah einquartiert hat. Damit bin ich ebenfalls verantwortlich für den ersten Kuss. Und für alles andere, was die beiden sonst in dieser stürmischen Nacht getrieben haben. Heute war ich dabei, um sicherzugehen, dass mit dem Jawort alles glattgeht. Ich habe ihnen meine Bereitschaft gezeigt, mit auf Hochzeitsreise zu kommen, aber die beiden haben sich vorgenommen, es von jetzt an ohne mich zu schaffen.« Finlay sorgte mit seiner Rede dafür, dass alle Lachtränen in den Augen hatten.

»Nic, Sarah«, fuhr er fort, »ich liebe euch. Ich wünsche euch, dass ihr immer so glücklich seid wie heute. Damit das eintritt, ist es wichtig, dem Ehepartner regelmäßigen Freiraum zu geben. Um zu garantieren, dass Nic seiner Frau diese Zeit gönnt, werde ich ihn daher auch in Zukunft häufig mit in den Pub nehmen. Sarah, du kannst aufatmen«, beendete er seine kleine Rede. Applaus brandete auf. Nicholas lieferte sich einen spielerischen Boxkampf mit Finlay, bevor sich die beiden Männer lachend umarmten.

Nachdem das Abendessen vorbei war, stand Nicholas von seinem Platz auf. Er schlug mit einem Löffel an sein Glas, um die Aufmerksamkeit der Gäste zu bekommen.

»Keine Sorge, ich werde euch nicht mit einer langen Rede quälen. Aber ein paar Worte muss ich einfach loswerden. Ihr wisst, was mir dieser Tag bedeutet, nach allem, was geschehen ist.« Er schaute in die Runde. »Ich hatte nie die Gelegenheit, jedem von euch zu danken. Aber da ihr heute alle hier zusammen seid, nutze ich diesen Augenblick. Ich sage von ganzem Herzen: Danke. Danke, dass ihr uns den Rücken gestärkt habt. Das Leben ist eine große Herausforderung und mit eurer Hilfe haben wir die Aufgaben gemeistert. Ich bin verdammt froh, euch zu haben. Ohne euch wäre ich heute nicht hier. Durch euch habe ich gelernt, dass, egal was das Leben einem in den Weg wirft, der Schlüssel zum Glück daraus besteht, immer weiter zu gehen und nicht aufzugeben. Ich danke besonders meiner wunderbaren Claire, ohne die es diese Hochzeit heute nicht gegeben hätte.« Claire trat auf ihren Ex-Mann zu und drückte ihn fest an sich.

Alex griff sich das Mikrofon und schaute fröhlich in die Runde. Sein Blick verweilte etwas länger als nötig auf Claire, bevor er sagte: »Ich habe spontan beschlossen, ebenfalls ein paar Worte an das Brautpaar zu richten, bevor es hier zu rührselig wird. Wer mich nicht kennt, ich bin Alex Fraser und der Bruder, den Sarah nie hatte. Mit stolzgeschwellter Brust habe ich heute meine beste Freundin in Nicholas‘ Hände gegeben. Wie genau sich die Beziehung der beiden in Zukunft entwickeln wird, ist zu diesem Zeitpunkt nur schwer vorherzusagen. Ich bin jedoch sicher, dass Nicholas glaubt, dass er in der Ehe die Hosen anhat.«

Alex wandte sich direkt Nicholas zu: »Entschuldige, aber ich dachte, es wäre das Beste, wenn ich dir diese Illusion gleich heute schon nehme. Die Hosen wirst du praktisch nie zu sehen bekommen, weil du darüber ständig eine Küchenschürze tragen wirst.« Nicholas prustete los und Sarah nickte mit einem gespielt ernsten Gesichtsausdruck.

»Ich kenne Sarah und Nicholas als äußerst entspannte und unkomplizierte Menschen. Wie ich aus einer zuverlässigen Quelle erfahren habe, enthält der Ehevertrag daher nur eine einzige Bedingung: Nicholas spült und Sarah sorgt dafür, dass ihm das schmutzige Geschirr nie ausgeht. Aber bevor der Alltag beginnt, dürfen die beiden sich eine Weile entspannen. Die Flitterwochen werden sie damit verbringen, sich an Stellen zu küssen, wo sie sich nie zuvor geküsst haben ...« Als lautes Gelächter losbrach, hob Alex eine Hand und fuhr amüsiert fort: »Nein, nicht was ihr jetzt alle denkt. Beherrscht euch bitte. Ich spreche vom Nordkap und dem Rest Skandinaviens.«

Sarah japste nach Luft und hielt sich ihre Seite.

»Alex, hör jetzt sofort auf. Mir fällt das Atmen schwer und mein Zwerchfell tut weh. Du möchtest doch nicht, dass ich gleich blau anlaufe«, rief sie ihm zu.

Alex hob die Hände. »Okay, okay. Ich lasse ausnahmsweise Gnade walten, weil heute dein Hochzeitstag ist. Zum Abschluss gibt es ein paar Worte in eigener Sache. Für mich als Junggesellen ist diese Hochzeit eine grandiose Möglichkeit, mich den weiblichen Anwesenden zu präsentieren, die alleinstehend sind. Haben Sie unverheiratete Freundinnen, sprechen Sie mich ruhig an. Ich gebe

Ihnen gerne meine Telefonnummer. Meine Damen, Sie finden mich ab sofort an der Bar. In diesem Sinne, lasst uns alle anstoßen.« Alex hielt sein Glas in die Höhe und prostete den Frischvermählten zu.

Claire lachte aus vollem Halse. Sie hatte bisher gar keine Möglichkeit gehabt, sich mit Alex zu unterhalten. Sie wusste aus Sarahs Erzählungen das ein oder andere über ihn. Claire fand, dass Sarah nicht übertrieben hatte, als sie ihn als extrem attraktiven, humorvollen und lebensbejahenden Charakter beschrieb. Er entsprach so gar nicht ihrem Bild von einem Psychologen. Als sie Alex jetzt tatsächlich auf die Bar zusteuern sah, folgte sie ihm. Sie war neugierig auf ihn.

»Alex Fraser, besorgst du einer Single-Frau einen Drink oder war das eben nur heiße Luft?«

Er drehte sich überrascht um und blickte in die schönsten, ausdrucksvollsten grauen Augen, die er je gesehen hatte. Claire hatte schwarze Haare und einen frechen Kurzhaarschnitt. Alex hatte mehrfach versucht, sie heute auf der Feier anzusprechen, aber sie war immer schon mit jemandem im Gespräch gewesen.

Er lächelte sie an. »Dein Wunsch ist mir Befehl.« Alex drehte sich zur Bar um und bestellte zwei

Whiskey Sour. Sie hob überrascht eine Augenbraue in die Höhe. »Woher weißt du, was ich trinke?«

»Gute Beobachtungsgabe.«

»Beeindruckend. Was hast du denn sonst so drauf?«, fragte sie ihn mit einem bezaubernd provokanten Lächeln. Sie fand ihn interessant. Äußerst interessant.

Er stieg auf ihr Flirten ein und wackelte mit den Augenbrauen. Alex gestand sich ein, dass ihm Claire auch auf den zweiten Blick gefiel. Er würde sich gerne länger mit ihr unterhalten. Nachdem er einen großen Teil ihrer Geschichte kannte, beeindruckte es ihn, welche Vitalität sie ausstrahlte. Bis auf das kaum merkliche Hinken war nichts mehr von ihrer schweren Erkrankung erkennbar.

»Sei gewarnt, die Liste meiner herausragenden Eigenschaften ist extrem lang. Lass uns einen gemütlichen Sitzplatz finden. Dann verrate ich dir gerne mehr.«

***

Sarah stupste Nicholas an, während sie eng umschlungen miteinander tanzten. Sie deutete zu Alex und Claire, die mit Getränken in der Hand Richtung Strand schlenderten.

»Sieh mal, wer da gemeinsam einen Spaziergang unternimmt.«

Nicholas schaute kurz zu den beiden herüber und lächelte. Er würde sich freuen, Claire wieder glücklich zu sehen. Aber heute ging es nur um Sarah und ihn. Er zog seine Frau näher an sich und küsste sie innig.

»Ich finde, wir haben jetzt lange genug gewartet. Lass uns verschwinden. Es sieht so aus, als kämen alle Gäste ohne uns klar. Seit du mir vor der Trauung ins Ohr geflüstert hast, fällt es mir schwer, nicht ständig an unsere Hochzeitsnacht zu denken. Ich kann es nicht mehr erwarten, endlich mit meiner Frau allein zu sein.«

»Ich dachte schon, du würdest das nie sagen«, lachte Sarah ihn an.

***

Die beiden verließen Hand in Hand die Tanzfläche. Sie machten sich auf den Weg zur Hochzeitssuite, die im Ostflügel und damit weit genug von der feiernden Meute entfernt lag. Nicholas öffnete die Tür und nahm

Sarah plötzlich auf die Arme. »Was tust du denn? Ich bin doch viel zu schwer«, protestierte sie lachend.

»Erstens bist du leicht wie eine Feder, zweitens kann ich nicht zulassen, dass irgendein missgünstiger irischer Geist mir die Hochzeitsnacht und im Zweifel sogar die ganze Ehe vermasselt. Tradition ist Tradition.« Er schenkte ihr sein betörendes Lächeln und zwinkerte ihr zu.

Nicholas trug Sarah über die Schwelle und stieß die Tür mit dem Fuß zu. Er setzte sie sanft auf dem Bett ab. Dann öffnete er die Fliege seines Smokings.

»Lass mich das machen«, sagte Sarah zärtlich. Sie nahm die Fliege ab und streifte ihm die Smokingjacke von den Schultern. Als sie langsam die Knöpfe des Hemdes öffnete, fanden sich ihre Lippen zu einem verzehrenden Kuss. Sie vergaßen die Welt um sich herum und gaben sich ihren leidenschaftlichen Gefühlen hin.

Anmerkung der Autorin

Ich liebe Irland. Das für mich schönste Fleckchen dort ist mit Abstand die Dingle Halbinsel im County Kerry. Daher ist es nicht verwunderlich, dass Dingle Town als Pate für das fiktive Dolphin Bay herhalten musste. Ich habe mich dazu entschieden, diesen Ort zu erfinden, um mir einige künstlerische Freiheiten zu erlauben. Das "Old Dublin" suchen Sie zum Beispiel genauso vergeblich wie Bishops Landing. Kennen Sie die Gegend aus einem Urlaub, wandern Sie einfach mit Ihren eigenen Erinnerungen durch die Region oder erträumen Sie sich Ihr ganz persönliches irisches Fischerdorf.

Sind Sie schon einmal dort gewesen, ist Ihnen sicher auch „Fungie“ der Delfin begegnet. Seit vermutlich 1984 lebt der freundliche Meeressäuger in der Bucht und unterhält dort Jung & Alt. Erraten Sie jetzt, wie Dolphin Bay zu seinem Namen kam? Jedes Jahr freue ich mich aufs Neue, wenn ich Fungie bei meinen Besuchen gesund und munter wiedersehe.

Die Beehive Huts sind übrigens nicht meiner Vorstellungskraft entsprungen. Sie gibt es genauso, wie das alte Fort. Diese und viele weitere

Sehenswürdigkeiten liegen am Slea Head Drive, den ich kurzerhand in Ocean Drive umbenannt habe.

Möchten Sie sich die Gegend einmal mit eigenen Augen ansehen, lege ich Ihnen einen Besuch außerhalb der Saison ans Herz. Sie werden dort Ruhe finden und können wunderbar die Seele baumeln lassen. Von den vielen Pubs ist garantiert immer einer geöffnet, wo Sie es sich vor einem wärmenden Kamin gemütlich machen können. Falls es kein Feuer gibt, wählen Sie einen Irish Coffee – der hilft auch.

Zum Schluss danke ich Ihnen, dass Sie sich für mein Buch entschieden haben. Ich freue mich, wenn die Geschichte von Sarah & Nicholas Sie ein wenig aus dem Alltag entführen und zum Träumen veranlassen konnte.

Sollte Ihnen die Lektüre gefallen haben, dürfen Sie sich auf den nächsten Teil der Dolphin Bay-Reihe freuen.

Herzlichst, Ihre
Helena Sanfort

Leseprobe Wiedersehen in Dolphin Bay

Alex Fraser gelang es nicht, sich zu konzentrieren. Er starrte den blinkenden Cursor auf dem Bildschirm des Laptops an, während sich seine Gedanken ununterbrochen um Claire drehten, die er gestern auf der Hochzeit seiner guten Freundin Sarah kennengelernt hatte. Von der zierlichen Frau mit den kurzen, schwarzen Haaren und den ausdrucksstarken, silbergrauen Augen fühlte er sich auf den ersten Blick angezogen. Sie hatten während der Feier etwas zusammen getrunken, miteinander getanzt und sich lange angeregt unterhalten.

Alex stand seufzend vom Stuhl auf, steckte die Hände in die Hosentaschen und trat ans Fenster. Der für Irland typische Nieselregen fiel auf die wolkenverhangene Bucht von Dolphin Bay und die Berge im Hintergrund waren nur schemenhaft zu erkennen. Ein Fischerboot tauchte aus dem Dunst auf. Es schipperte von einem Schwarm Möwen begleitet Richtung Hafen.

Erneut schweiften Alex‘ Gedanken zu Claire. Ob er sie heute wiedersehen würde? Sie wohnte, genau wie er, im B&B von Finlay und Connie McIntosh. Mit den beiden Inhabern der Pension verband Claire eine jahrzehntelange Freundschaft. Er träumte weiter vor sich hin, bis ihn ein Klopfen an der Tür zurück in die Wirklichkeit holte.

Alex öffnete und sah Connie vor sich, die ihn angrinste.

»Wir haben die Reste vom Hochzeitscatering angeschleppt. Hast du Hunger?«

»Und wie. Außerdem brauche ich dringend eine Pause. Heute läuft es bei mir nicht.«

»Dann schnell, die anderen machen sich bestimmt schon über das Essen her.«

Sie liefen die Treppe nach unten in den Frühstücksraum. Wie Connie vorausgesagt hatte, saßen ihr Mann Finlay sowie Matt und Katie, die beiden erwachsenen Kinder von Claire, schon vor vollgeladenen Tellern.

Eine leise Enttäuschung, dass Claire nicht zu sehen war, breitete sich in Alex aus. Er ließ sich nichts anmerken und setzte sich zu den anderen, um seinen hungrigen Magen zu füllen.

»Habt ihr Cameron angerufen?«, erkundigte sich Connie bei Matt und Katie. »Wir sollten dafür sorgen, dass euer Bruder etwas Gesundes isst, bevor sich unser

Stararchitekt wieder wochenlang vor lauter Arbeit nur von Fast Food ernährt. Ich habe ihn letztens im Supermarkt mit einem Einkaufswagen voller Tiefkühlpizza erwischt. Und wo ist Claire überhaupt? Sie hat auf mein Klopfen nicht reagiert.«

Wie es weitergeht, erfahren Sie in
Wiedersehen in Dolphin Bay

Erhältlich als Taschenbuch und eBook

Printed in Germany
by Amazon Distribution
GmbH, Leipzig

17915511R00214